U0902536

[韩] 崔宰勋 著
张纬 译

華中科技大學出版社
http://www.hustp.com
中国·武汉

图书在版编目（CIP）数据

七只猫眼 /（韩）崔宰勋著；张纬译. -- 武汉：华中科技大学出版社, 2019.5

ISBN 978-7-5680-5116-3

Ⅰ. ①七… Ⅱ. ①崔… ②张… Ⅲ. ①中篇小说－小说集－韩国－现代 Ⅳ. ①I312.645

中国版本图书馆CIP数据核字（2019）第069805号

湖北省版权局著作权合同登记 图字：17-2019-024号

本书由韩国文学翻译院资助出版  韩国文学翻译院 Literature Translation Institute of Korea

七只猫眼 [韩]崔宰勋 著
Qi Zhi Mao Yan 张纬 译

策划编辑： 罗雅琴
责任编辑： 李 娜
封面设计： 傅瑞学
责任校对： 梁大钧
责任监印： 徐 露
出版发行： 华中科技大学出版社（中国 · 武汉） 电话：（027）81321913
武汉市东湖新技术开发区华工科技园 邮编：430223
录 排： 北京欣怡文化有限公司
印 刷： 北京富泰印刷有限责任公司
开 本： 787mm × 1092mm 1/32
印 张： 11
字 数： 195千字
版 次： 2019年5月第1版 2019年5月第1次印刷
定 价： 46.00元

本书若有印装质量问题，请向出版社营销中心调换
全国免费服务热线：400-6679-118，竭诚为您服务

目录

回到家中，打开门

黑暗中，我看到七只猫眼

我养的小猫只有三只

白猫，黑猫，花猫

我怕得不敢去开灯

第六个梦

为《七只猫眼》创作的支离破碎的配乐。

曲一《不眠之梦》，为《第六个梦》而作（5 分 26 秒）。

“为什么是六，而不是七？”这个像大脑皮层里的羽毛一样的疑问，是一个为了保持不眠、延续醒觉的梦而讲述的故事的开头，也是结尾。

好，接着讲吧，免得我们睡过去。我已经筋疲力尽。我不知道这是哪儿，自己又是谁。这样反复地讲同样一个故事撑着不睡有什么意义吗？意义……怎么说呢，至少我们还能感觉到沉闷无聊啊。而且，我们并不是在反复地讲同一个故事，每次讲的时候都有变化，一点儿，一点儿，越积越多。真的吗？我倒没觉得……可我知道，而且心里还有点儿期待呢，不知道这一次讲起来又将是怎样一个新的故事。是吗？是我们的记忆正在变得模糊吧？没关系，我们可以像现在这样，一直把它填补完整。不管怎样，那些人的记忆都不会改变，能够改变的，就只是我们的故事而已。我们得在故事里面等待。倒也是，我现在确实不该发牢骚，这样沉闷的时间，我是怎样才争取到的啊！没错，我们是怎样才争取到的啊……哈哈，那就让我来重新讲起吧。

上周六傍晚，我们六个人聚集到了山庄，可是发出邀请的恶魔本人却没有来。大家都是初次见面，彼此挤出生硬的笑，不自然地互致问候。当然，所谓问候，也不过是各自报上自己的网名，让对方可以用真人替换网上的形象而已。啊，您就是那个谁哦，很高兴见到您。谁也没有提及自己的真实姓名和身份。对我们来讲，这样不是更自然吗？而且还有秘密会面的惊险刺激。实名和身份知道了反而别扭和麻烦。那倒也是，我自己也没打算对显示器以外的自己婆婆妈妈介绍许多。

我们先是各自在狭窄的客厅里踱来踱去，碰到后，只是相视一笑，等到这样的局面再也维持不下去的时候，几个人的视线都瞟向了摆满各种威士忌和白兰地的原木装饰柜。有人提起邀请函里的内容，打开装饰柜；有人手脚麻利地从厨房拿来了玻璃杯和冰块；又有人翻起了背包，而后怪不好意思地掏出罐装的坚果和肉脯。我们围坐成一圈，把杰克丹尼黑牌和卡慕 VSOP 放在当中。之所以选这两种酒，是为了即便主人突然出现，也不至于显得太过分放肆。冰块互相撞击发出清脆的声音，彼此羞答答地碰杯的声音，十分自然地提起了我们的兴致。酒过几巡之后，大家身上的寒气渐渐消散，尴尬生疏的气氛缓和了许多，主人却仍然没有现身的意思。有什么办法呢，大家自然地聊起天来，话题是杀人狂的故事。

“我觉得开膛手杰克属于过度包装，就因为至今无人知道谁是真凶。我去伦敦的时候，发现寻访他的犯罪现场居然还是一条观光线路。他的罪行尽管残酷，但其实全部算上也不过是在三个月里杀死了五个站街妓女而已，而且也没有证据表明是同一人所为。但关于凶手，却众说纷纭，有说他是一个疯狂的外科医生的，有说他是个屠宰场的老板的，还有说是英国王室为了铲除王子的私生子而制造的阴谋……甚至有一种说法认为刘易斯·卡罗就是开膛手杰克，据说《爱丽丝漫游奇境》里利用拆字的方式暗藏了全部罪行的细节。总之，一直到今天，开膛手杰克都是许多关于连环杀手的电影和小说的素材，就这一点来看，他确实厉害。就因为这个，还有很多人都误以为开膛手杰克是连环杀手的鼻祖，其实，他不过是当时流行的廉价小报吹捧出来的明星罢了。至于连环杀手，很久很久以前不就有很多了吗？蓝胡子和小红帽的故事难道是凭空来的不成？”

敏规轻轻摇了摇手里的酒杯，随着冰块互相撞击，浮在表面上的水和威士忌混合在了一起。他能感觉到其他四个人的视线都在关注着自己的每一个动作。他觉得自己顺利地打开了话题，所以颇为满意。开膛手杰克，这个例子是不是太平凡一点了？不管怎样，在这种场合一定要在开始阶段抢先主动出击主导气氛，一旦被贴上沉默寡言的标签，就很难再轻松自如地加入到谈话当中了，这一点敏规是很清楚的。

“的确，我也觉得连环杀手是在其真面目浮出水面的瞬间才变得完整，尤其是当得知凶手是一个意想不到的人物时，那种震惊不是比凶杀案本身更加恐怖吗？你看‘杀人小丑’约翰·韦恩·盖西，他是个成功的实业家和地方贤达，还热衷于扮作小丑到医院参加慈善活动，谁能想象得到他家的地板下面埋着三十多具尸体呢？”

贤淑能感觉到自己下意识地在“成功的实业家和地方贤达”部分加重了语气。想象中，比她年长十一岁的丈夫的脸和小丑的妆容叠加在了一起。一个踏实体贴、善于交际、赢得身边所有人信任的男人，一个具备了完美条件的丈夫，让妻子无法向任何人抱怨和他一起生活所感到的空虚。假如丈夫竟然是个有着双重面孔的连环杀手会怎样呢？准比他把钻石手镯装在黑塑料袋里带回家就算作是所谓惊喜礼物的时候更刺激一千倍吧？假如有一天，她十分偶然地在丈夫雷克萨斯的后备箱里发现一具男孩的裸尸，惊慌失措，危险的同居仍在继续……贤淑为自己的胡思乱想哑然失笑。她用余光打量着另外几个人。女会员包括自己在内一共三人，稚气未脱的流血娘子看起来像个不谙世事的演艺预备生，长得很漂亮，是在任何场合都会受追捧的类型，只是尚显青涩。每次她把垂落到脸颊上的长发拢向脑后时，两个男人都盯住了看，而她显然很享受这样的关注。自称没有出口的迷宫的女孩佝偻着肩膀抱膝坐着，几乎不怎么讲话。她身材瘦长，不施脂粉，像个孤独的青春期少年。两个女孩看上去都比自己小上十岁左右的样子，贤淑抚弄着垂到耳朵下面的卷发，想着可不能让别人看出来自己已经结婚而且都有小孩了。

“我更感兴趣的是那些杀人狂的变态、独特的行为，而不是他们杀死了多少人。如果单看数量，死亡医生哈罗德·希普曼当然是第一名，他的杀人数目超过两百啊。可因为他是注射药物杀人，感觉上就没那么震撼。你们有没有觉得他不像个可怕的杀人魔，倒像是个拼命追求业绩的营销员？”

塞娜缓缓地捋着头发说道。她陶醉于自己清纯的外貌和狂野的爱好之间的不和谐所吸引的充满好奇心的视线。初次品尝的干邑的辛香直扑向喉咙和两颊。她希望自己和那些追求所谓时髦，全都打扮成一个模样的女孩子们有所不同，她想要拿独特、怪诞的魅力装饰自己。艺员培训班里也有很多比她漂亮的女孩儿，她们都仗着相貌标致涌进培训班，就好像藩篱里的羊群，总是蜂拥着来来去去。而那些男学员安排的约会路线全都如出一辙，钓上谁算谁，最好的结果也不过是在廉价的情人旅馆里收场，所有那些乏味无聊的把戏让人一眼就能看穿。而她自己，可是一头野山羊，男生要想赢得她的芳心，就得跨出藩篱，冒险攀登险峻的山峰。

“从这个方面来讲，我觉得还是爱德华·盖恩最厉害。《精神病院》《得克萨斯电锯杀人狂》《沉默的羔羊》里的杀人狂不都取材自爱德华·盖恩的故事吗？你们都看过警察搜查他的农庄时的资料照片吧？哇，他的收藏品多么辉煌！人皮马甲、骷髅头骨汤碗、平底锅里的心脏、剜割下来的鼻子和外阴……”

“如果你亲眼目睹他那些收藏，还会觉得它们辉煌吗？”

倚墙而坐的令修打断她的话茬，插嘴说道。

“什么？”

“你在谈到杀人、肢解的时候太不当回事儿了，好像在品评一个发夹。”

塞娜噘起嘴瞪着他，原本就因为酒意而变得红润的两颊更加滚烫起来。讨厌，偏有这种喜欢唱反调显示自己高明的家伙。

“那又……有什么了？汉尼拔先生不也是因为对这些东西感兴趣才加入银锤的吗？”

令修直直地竖起食指，轻轻地推了推方框角质眼镜的镜架。

“我感兴趣的不是这些变态行为的本身，而是那些犯下如此罪行的杀人魔的心理和成长背景。他们令人难以理解的残酷行为，究竟是人类内心疯狂的迸发，还是世界的冷漠与隔绝，把他们变成了怪物？比如说，爱德华·盖恩犯罪的主要动机源于他变性为女人的欲望，那么他的这种欲望与他的童年生活，也就是说，在一个疯狂信徒母亲手里，完全孤立于社会地长大的经历之间，存在着怎样的联系？这才是我们首先应该关注的，我的意思是说，在我们品评他那些辉煌的收藏品之前应该先关注这些。”

令修瞟了塞娜一眼。她借着往自己的杯子里斟酒，避开了他的视线。

“想必大家都知道，连环杀手不过是些把自己的幻想变成现实的人，可以说，他们不是软弱的梦想派，而是果敢的行动派。那么，其幻想，那些超越了禁忌的、毁灭性的幻想，从何而来？细究其深层心理之后，我们究竟又能断言它距离我们有多远呢？”

令修暂时停下话头，逐一看向每个人的眼睛。

“也许区分他们和我们的所谓‘现实原则’并不是一堵像我们想象的那么坚固的墙。毕竟，扣动扳机只需要一瞬间。越是这种话题，就越需要我们拿出严肃、慎重的态度来对待。如果把连环杀手的话题当作是一件饰品，那我们和那些肆虐无道的冷血人又有多大差别？”

令修看着女孩子涨红、扭曲的脸，满意地笑了。这个机会抓得不错。组织型连环杀手总是精心挑选能够满足自己幻想的猎物，制订周密计划，而后实施犯罪。从这个有着一头润泽黑亮的长发、眼神清澈、皮肤粉嫩的女孩子介绍自己是流血娘子的那一刻起，她就已经是令修选中的猎物了。

令修从很小的时候就意识到，他的五短身材和平凡无奇的相貌在任何圈子里都不大可能引起他人的注意，同时，他也开发出了一个能够一举给人留下强烈印象的有效生存战略，那就是，针对聚会上最引人注目、条件最好的女生或者男生，在逻辑的武装下，施以正面痛击，暗暗地制造知性与美貌的二元对立局面，而后一鼓作气登上他们对面的知性宝座。虽然自己不免被人看作是讨厌鬼，但“聪明、有主见”的印象却能给他平凡的外貌罩上一道光环。不是都说，宁可遭人鄙视，也胜过无人关注吗？

“这话说得太过了吧？”

敏规马上出头维护塞娜。他有意地气运丹田，让自己的声音显得铿锵有力。

“咱们又不是在开什么国际研讨会，这个聚会不就是为了同好之间可以随意聊聊吗？流血娘子又没有凭空编造事实。各位请克制一下，不要说这些伤和气的话。”

令修轻轻地冷笑了一下，仿佛在说，没你什么事儿。仲裁成功的敏规朝着塞娜微笑，可惜她正紧闭着眼睛往嘴里灌干邑，并没有看他。

真不该来的。然偶坐得离大家围成的圈子稍远一步，只是随着说话声转动着眼珠。看看这些人！个个满面酡红，满口巧言饰词，其实空洞无物，一会儿互相安抚，一会儿彼此牵制。她虽然原本也没期待能和这些人建立起怎样特别的关系，可也越来越觉得浑身不自在起来。当初她在一堆垃圾邮件中间发现银锤版主发来的邀请函时，还觉得十分诧异，“最为活跃的几位会员”里竟然包括自己！“活跃”这个词看上去简直像古代梵语一样生硬。不过她很快就意识到，那是因为对方在网络的空间里看不到她毫无热情的性格和语调，还有总能把别人的心情也变得阴郁的愁苦表情。她发的帖子比谁都多，回帖兢兢业业，周三讨论和周五知识竞赛从不缺席，当然算得上是最活跃的会员。她本来一直犹豫不决，最后是在“少数几位”这句话的鼓舞之下，才鼓起勇气决定参加。

这些人为什么会对连环杀手的世界感兴趣？每次坐在没开灯的房间里登录银锤，我都觉得好奇，这些隔着苍白的显示器与我分享内心世界秘密的人们，为什么偏偏研究连环杀手，而不是收集球型关节、可动人偶或是美味馅饼的食谱……用不着想得太严重，大家都希望自己的心给什么东西占着嘛，因为只有这样，才可以不必认真地、长时间地省察自己的内心。至于沉迷的是什么，应该纯属个人偏好吧？就像在芭斯罗缤店里挑冰淇淋。就像挑冰淇淋一样……只是这样而已吗？那你是怎么开始对连环杀手感兴趣的？这个嘛……我也不知道。看着银锤上的牺牲者的图片，我曾经想象过自己落到了埃德·盖恩或者约翰·韦恩·盖西那样的杀人魔的手里，哀求他们放我一条生路。想象中，我泣不成声地求对方高抬贵手，求他让我回到我那该死的、令人厌倦透顶的生活当中。我就跟你说嘛，这事儿就像挑冰淇淋。没准儿也有人愿意涕泗横流地哀求人家提供配方，让他可以做出更加完美的蓝莓馅饼呢。先不说这个，山庄里怎么只有五个人？你不是说有六个人吗？还有一个人来晚了呀。酒喝了快一半儿的时候，响起了敲门声……那是谁来着？我都记不清了。

敏规起身打开玄关门。太植挺着肥大的肚子，跟着一股灌门而入的冷风一起走了进来。他长着一张扁平大脸，毛衣领子紧箍在几乎和阔脸一样宽的脖颈上。太植吃力地弯下腰，解着登山鞋的鞋带，敏规低头看着他后脑勺上乱蓬蓬的、卷曲的短发，问道：

“您是，恶魔吗？”

“不是，我是巨型鼹鼠。”太植拍打着自己的大肚腩，笑道，“我刚要问你同样的问题呢。这么说，主人还没到啰。哇，这么偏僻的山里倒还真有个山庄。我还以为自己走错路了呢。”

太植一坐下，客厅的圈子顿时扩大了不少。敏规依次为大家做介绍。

“很高兴见到您。我是全麻，这位是汉尼拔，这位是流血娘子。”

“啊，我就觉得你准是个叫人胆战心寒的美女，果然给我猜中了。”

塞娜赧然一笑，浅浅地点了点头。就像他这样，轻轻巧巧说句俏皮话不就挺好……敏规想起刚见面时，他也想对她说句赞美之辞，却在踌躇之间错过了时机。

“这位是失眠症，这位是没有出口的迷宫。”

真奇怪，为什么不管是什么场合，我总是最后才被介绍到的那一个呢。然偶苦涩地笑了笑，只用眼神打了个招呼。

太植接过酒杯，细细地打量着其余五个成员。自己肯定是年纪最大的一个，不过还好都是过了二十岁的成人。他本来想着，如果是一群每天窝在网吧里上网的、没教养的毛孩子在这里闹腾，他就立马开车打道回府。那些毛孩子埋坐在巨大的转椅里，不带脏字就不说话，一会儿要泡面，一会儿要零食，一会儿要倒烟灰缸……

他之所以出来，就是希望可以哪怕暂时地摆脱那些小怪物。太植把杯中酒一饮而尽。

“哈——，游戏已经开始了吗？”

“还没呢。恶魔还没到，我们也不知道是什么游戏。”

“外面正飘雪珠呢，如果恶魔这时候来，路上肯定要堵车的。”

六个人的视线同时投向了窗外。在前院室外灯的照射下，米粒大小的细雪星星点点地飘落。

我们一直聊到了深夜，大着胆子选了麦卡伦 18 年、轩尼诗 XO 和尊尼获加蓝牌以助谈兴，形形色色的杀人魔的故事则做了我们的佐酒小菜。残杀包括自己母亲在内的十多条人命，专喜欢分尸、奸尸的埃德蒙·肯珀，奸杀了许多女性，却在收监之后仍然收到大量情书示爱的贵公子型连环杀手泰德·邦迪，将甲壳虫的唱片与《约翰启示录》结合在一起，自命为邪教教主的嬉皮士领袖查尔斯·曼森……巨型鼹鼠一到，就以其诙谐的谈吐主导起了气氛，而缄默风格的全麻就给挤下了主持人的宝座。是啊，他们俩彼此较劲儿互不服输的样子还挺可爱的。说起较劲儿，流血娘子和汉尼拔两人才更热闹呢，他们俩整个晚上一直针锋相对，争执不下。到后来，大家也都有意无意地煽风点火起来。不知是谁从厨房走出来，抱怨说只有酒，没下酒菜。恶魔先生是不是因为断粮了，所以才外出去打猎杀人了呀？不知是谁说了这么一句血淋淋的玩笑话，我们听了也还都能淘气地跟着大笑。是谁又更进一步，说烤大腿归他来着？从那时候起，我们的话题就换成了恶魔。他究竟是怎样一个人呢？

恶魔是透明的。读遍所有他发的那许许多多的帖子，也找不出任何能够推断他身份的线索，不要说年龄、性别、职业，就连他的性格倾向、想法，都无从知晓。我们知道的，只是他在历史和心理学方面的知识十分渊博，语言表达充满知性、富有逻辑。全世界数百名杀人魔的身份资料、详细的履历和口供、录音文件、在监狱里画的图画、犯罪现场的血腥图片、逼真地再现主要案件的 3D 影像、精致的连环杀手塑像……银锤里那洋洋大观的珍贵资料，他究竟是怎样收集到的呢？关于他的传闻多极了，诸如前 FBI 探员、剑桥大学专门研究杀人历史的怪教授、变态的在日韩侨房地产富豪，甚至还有传说他自己就是个连环杀手。这类网站往往容易受到“美化犯罪”的指责，但银锤不一样，恶魔从来都只提供经过验证的信息，只陈列客观事实，从不赞美杀人凶手，也从不对他们的行为赋予特殊意义。对啊，这也让他显得更加神秘。虽然银锤在发烧友中间享有盛名，但恶魔只接受少数能通过复杂认证程序的人成为会员。是啊，我们六个是从为数不多的会员中挑选出来的精英，这让我们都暗暗觉得自豪，现在我们马上就能见到面纱背后的银锤版主——恶魔了。

可是直到接近天明时分，墙边已经摆了一排空酒瓶，而他，或者她，却仍然没有现身。也有人看着越来越大的雪花表示过担心，但很快就淹没在了酣然的醉意和喧闹的说笑声里。我们是一群偶然相聚的陌生人，也许不会再见的事实把彼此之间因生疏而引起的紧张感推向了一触即发的躁狂状态。直到灰蒙蒙的晨光翻过山脊的时候，我们才分头进了收拾得干干净净的六个房间。是的，到那个时候为止，一切还都很好……

半梦半醒之间，传来一阵刺耳的轮船汽笛声。敏规把被子拉过头顶，可是那汽笛的长鸣执拗地抓着他的后脖子不放。汽笛声渐转细弱，随后变作了一声尖厉的惊叫，接着又传来重重的开门关门的声音，奔上楼梯的脚步声。敏规也迷迷糊糊地起来，慢吞吞地穿着衣服。空腹灌了太多的威士忌，这会儿他觉得好像有一张砂纸在使劲摩擦着他的胃壁。

大家都聚集在二楼当中那间屋子的门前。他踮起脚尖往屋里看，只见汉尼拔仰面躺在床上，两手整齐地交握在腹部，脸上仍然戴着眼镜。敏规一边打着哈欠，一边揉着眼睛说，没见过人睡觉吗，都在这儿干吗呢？就在这时，他的手忽然停了下来。红色的枕巾不知怎么十分刺目。那红色太过鲜明了。

“那……是不是血啊？”

“他好像没在呼吸。”

“是不是应该先打 119 呀？还是 911？”

“哎，他肯定是在装死呢。这准是个游戏，他和恶魔是一伙的。”

大家只是在门口七嘴八舌地说着，谁也不敢跨过门槛。敏规推开僵立的几个人，走到床边。嘴唇紧闭、下颏内收的汉尼拔，仍然是昨晚那副目中无人的表情。敏规一只手按着他的颈动脉，另外一只手翻开他的眼皮观察瞳孔，他的眼睛像动物标本的眼珠一样，没有任何反应。

“他已经死了。”

敏规的一句话让门口的骚动顿时安静下来。贤淑摇摇晃晃地抓住了门把手，可是没人去扶她。敏规抓住尸体的肩和骨盆，小心翼翼地把尸体扳到侧卧状态，血浸透的枕巾粘在后脑勺上被带了起来。他伸出一只手去拿开枕巾，却手一滑，尸体整个扣翻了过去。身后有人短促地惊叫了一声。流血和尸体他在医院里见得多了，遇害横死的尸体却还是第一次看到。死者的后脑勺当中塌陷了一块，干涸的血和头发粘在一起。

“他被人砸中了后脑勺，凶器是锤子之类的东西。”

塞娜的手臂好像被绳子牵着一样轻轻地抬起，颤抖的食指指向抽屉柜上的一个锡铸模型。赤身裸体的肌肉男右手托腮屈身坐着，凝视着令修的尸体。敏规抓住模型的头部小心翼翼地提起来。正方形底座的边缘染着血迹。八只眼睛同时看向塞娜。那凌厉的眼神压迫得她踉踉跄跄地后退了几步，颓然瘫倒在地上。

“什、什么啊……怎么可能……是梦、梦呀。不是我，不是我干的，我不可能杀他！”

塞娜的独白越来越激昂，最后演变成了尖锐的嘶吼，其他几个人都面面相觑。敏规走过去蹲在塞娜面前。

“你说什么？你慢慢说，从头说起。”

她一副失魂落魄的表情，喃喃说道：

“昨天夜里，我喝醉了，睡着以后……做了一个梦。在梦里……我看到一个人，一个男的走进了那个房间。”

塞娜很快地把“一个人”更正为“一个男的”。

“汉尼拔正趴在床上睡觉，那个男的双手抓起那个思考者的铸像……砸他的后脑勺，四下，不，五下。他身体颤抖了几下……然后就瘫倒不动了。接着，那个男的又把尸体像现在这样放平，找到眼镜给他戴上以后走出了房间。因为这个梦实在太诡异了，所以我一起床就过来看……”

“你看到那个男人的脸了吗？”

“脸？”

塞娜咬着下嘴唇，专心致志地想着。

“他披着黑色长袍，好像电影里的中世纪的修道士一样，还包着头巾，脸……是的！他戴着面具。是那种覆盖整张脸的黑色面具，没什么形状，只有眼睛露在外面。”

“就是说，你也看不出那是个男的，还是个女的喽？”

“这……因为从体格来看，还有……”

敏规回头看着其他三个人。每个人都表情僵硬，缄口不言。

“你确定是梦吗？”

听到敏规的问话，塞娜急切地点点头。

“在梦里，你自己在哪里？”

她无法回答，只是半张着嘴，没有焦点的眼睛呆呆地望向虚空。

他们想收拾残局，却陷入了更大的混乱。没用上多长时间，他们就意识到了自己的处境有多糟糕。他们想先报警再说，却发现五个人的手机全都显示“不在服务区”。昨天晚上我还跟秀珉通过电话呀……贤淑摩挲着手机，迟迟不愿放下。原本轻舞飞扬的雪花一夜之间已经演变成了暴雪。太植出去查看车子能不能发动，却很快就披着一身雪回来了。

“车上的蓄电池没电了。”

他们检查过后，发现另外五辆车也都是一样。

“虽说是冬天，可也不至于一夜之间全都……”

“这肯定是有人故意放电。”

太植冲口而出的阴谋论，挑起了大家不祥的想象。

“就算车子能发动，冒着这么大的雪下山也太危险。”

“咱们还是下山去吧，哪怕是步行呢。”

“在这样的暴风雪里吗？我们很快就会迷路，然后死在雪地里。大家酒都还没醒呢。”

“是啊，下了国道以后又曲曲折折开了好久才到这里的。”

“妈的，那你们说怎么办？”

失联……他们开始惊慌起来。看着白雪击打玻璃窗留下的一道道雪痕，他们听到了自己留在身后的世界渺然远去的声音。

“反正得等到雪小些再说。咱们先到处看看，这里既然是山庄，没准儿有无线电或者救生设备之类的，还有……”

敏规本想提议搜寻一下杀人案的线索，却把后半截话吞了回去。昨晚出现频率最高的“杀人”一词，现在却让他难以出口了。

敏规和太植走在最前面。塞娜仍然一副让什么东西摘了魂儿似的表情，像个幽灵一样跟在大家的后面。贤淑则神色紧张地不断瞟着身后的塞娜。山庄内部全部用浅色原木吊顶贴墙，显得十分整洁舒适，但是好像急就章的电视剧摄影棚，不知怎么让人觉得粗糙，没有人气儿。这是一套复式结构的别墅，一楼和二楼各有三间房间，一间卫生间，一楼附带一间宽敞的客厅和厨房。正面的大门和厨房那边的后门都从里面反锁着，没有外部入侵的痕迹，各间房间的窗户都锁着。

“如果这屋子的主人是凶手，他当然用不着入侵。”太植没好气地说道。

“我这才想到，房间就只有六间。”

然偶的一句无心之言牢牢地黏附在了大家的心底。如果这次聚会的主人恶魔也到场，一共就是七个人……会不会他已经到了呢？大家心里都带着同样的疑惑，可是谁也没说出口。他们仔细察看了房子的每个角落，没发现任何步话机或能帮助他们逃离此地的救生设备，以及任何杀人案的线索，反而只是确认了他们不得不面对的又一个难题而已：山庄里的全部食物就是那满满一柜子的威士忌和白兰地。

山里冬天的日头可真短啊。暴风雪没有一点儿要停的迹象。就在我们惊慌失措之际，薄暮像滴入鱼缸的一滴墨水，渐渐弥漫开来。按照预先的计划，这本该是我们享受了一个另类周末之后返回各自安乐窝的时间，把连环杀手之类的东西忘在脑后，回归各自平稳的日常生活……我们像头一天晚上一样，重新又围坐在了客厅里，因为少了一个人的缘故，圈子似乎缩小了许多。你看到流连在二楼当中房间的那些眼神了吗？每个人都装作没有在看，其实都在轮番偷瞥。没错，我们都已经疲惫不堪，那房间里的尸体叫人害怕，不，叫人憎厌。我们的肚子像在合辙押韵一般此起彼伏地发出咕噜噜的声音，不过谁也没有抱怨。因为在五个大脑里横冲直撞的同一个疑问挤走了饥饿感：杀人凶手究竟是在山庄外面的暴风雪里，还是就在山庄里面？

敏规倒上满满一杯水，慢慢地喝着。一整天只靠白水填肚子，让他觉得一阵阵恶心。才一个晚上，每个人都像老了好几岁。

“还是先睡觉吧。明天早上雪停了之后，总有办法走到国道上的。这样下去，要是耗尽了体力，我们就什么也做不成了。”

听了敏规的话，大家只是互相看着彼此的脸色，不说好也不说不好。各回各的房间，他们觉得害怕，可是都睡在一起呢，也还是不能放心。太植乜斜着眼睛看塞娜。她仍然一副魂不守舍的表情，目不转睛地盯着地板上的节疤。

“晚上睡觉的时候，你们就由着她在这儿啊？”太植朝塞娜努了努下巴。

“啊？你说什么呀？”

塞娜抬起头眨巴着眼睛。四个人的视线都集中在了她的下颏附近。

“你们是说……我是杀人凶手吗？哈，怎么可能。”

“你不是说你看到他让人杀死的吗？我看你讲得挺真切的嘛。”太植毫不客气地说道。

“是在梦里看到的！碰巧……一致而已。”

“碰巧？你觉得这可能吗？你是什么灵媒吗？”

“我干吗要杀他？我根本就不认识他。”

“昨天夜里你们一直都在拌嘴嘛。”这一次是贤淑平静地指出来。

“天！……谁会因为那么一点小事杀人。哎，你们到底看我哪儿像杀人凶手啊？”

“那可不好说，我们根本就不认识你嘛。”太植冷嘲热讽，步步紧逼。

“那真的只是一个梦！”

塞娜眼泪汪汪地看向敏规。敏规拢着头发，避开了她的视线。他也很难挥去对塞娜的猜疑。做梦一说太不靠谱，若说是在似醒非醒的时候目击杀人，也同样牵强。就现在来讲，她是最大的，也是唯一的嫌疑人。四个人互相交换着意义含糊不清的眼神。稍后，太植断然做出决定。

“我看见厨房里有根晾衣绳，安全起见，咱们还是采取措施吧。”

他们半拖半拽地把塞娜按倒在一楼正中间屋子的床上，四个人分别按住塞娜拼命挣扎的手脚，用晾衣绳把她的手脚捆在了床的四角上。非要做到这种地步吗……然偶心里很乱，可是不怕一万，只怕万一，这种时候任何反对意见都是软弱无力的，因为那个“万一”的致命后果就躺在楼上的房间里。然偶咬着嘴唇往塞娜纤细的手臂上结结实实缠上晾衣绳。塞娜翻着白眼，拼命挣扎。那个家伙今天晚上还会出现的，他会来杀了我的！

“我们整个晚上都会待在客厅里，明天一早就把你放开。你别折腾了，老老实实睡觉。”

塞娜安静下来，低声叫住正磨磨蹭蹭往外走的敏规。他又走回到床边。塞娜一副万念俱灰的样子，眼神空洞地看着天花板。

“我真的，杀了他吗？……我也不知道。因为酒的缘故，我不是很清醒。我讨厌他，讨厌得恨不能杀了他。可是我并没真的要杀他。一丝一毫……也没有过。一开始我很确定那只是个梦，可这会儿我也不能肯定，那黑色面具是我在梦里看到的呢，还是说，那就是我……”

敏规呆立在床边，低头看着喃喃呓语的塞娜。她四肢张开受缚的样子仿佛是用活人献祭的祭品，让他忽然想起前不久刚看过的电影《金刚》里的一个场面。响彻密林的鼓声，一排排的火炬，绑缚在祭坛上的金发美女，迷乱的眼神，蓬乱的黑色长发，羞怯地蜷缩在羊绒衫下的乳房，包裹在黑丝袜里的结实的小腿，披荆斩棘赶来救美的毛茸茸的巨兽……敏规用力摇了摇头，你想什么呢，在这种时候！他拉起被子一直盖到塞娜的下颏，走出了房间。

四个人从各自的房间里取来被褥，远远地各守住客厅一角，铺好被褥，茫然地你看看我，我看看你，随后，没有关灯，就心怀忐忑地钻进了各自的被窝。外面猛烈的暴风雪仍在摇撼着山庄。偶尔有人翻身，也像装了扩音器一样，声音听起来大极了。

太植没枕枕头，枕的是自己的背包，右手插在背包里握着折叠式登山刀的刀柄。他打算一感觉到有什么不对劲，就立马抽出手来挥刀就刺。他妈的，这叫什么事儿。难得出门想透口气，却……每次走进灰尘和香烟雾气缭绕的地下网吧的时候，他都觉得自己好像进入到了科幻电影里。未来城市的贫民区里的毒窟。各占一个隔间，整张脸浸在显示屏淡蓝光里的中毒者。每天和堂弟两班倒在网吧里待上十二个小时以后，喉咙里就像吸了煤烟一样火烧火燎，两眼也变得昏花迷离。真不知道一直这样下去，自己的眼睛会不会渐渐退化成鼹鼠的眼睛。此起彼伏的枪声，刀刺的声音，临死前的惨叫，怪物的咆哮，汽车的轰鸣，不加迟疑地狂喊着几十亿、几百亿的下注声……一个人深埋在柜台里，手里抓着零食往嘴里送的时候，常常觉得好像脑子里有根保险丝啪嗒一声断开，自己也跟着陷入幻觉。客人们同时起身朝着柜台摇摇晃晃地走来，个个皮肤苍白、眼神空洞，嘴角还有未干的血迹……该死的僵尸！他从柜台底下掏出猎枪一阵扫射。人头破裂，脑浆如喷泉一般飞溅，残肢断臂横飞。子弹打光了。塞一把虾条到嘴里，这回取出手榴弹……他奶奶的，早知道这样，应该从店里拎几包虾条出来的，还有维也纳小香肠串。一直忘在脑后的饥饿感袭来，太植像只虾一样蜷起身体。

然偶从牛仔裤的口袋里掏出一张皱皱巴巴的 A4 纸，小心翼翼地展开，尽量避免弄出声音。“没有出口的迷宫先生，本周末拟邀论坛内最活跃的少数几位会员到本人别墅联谊，届时将公开一直未上传的珍贵资料，并备有趣味横生之游戏，诚请务必参加。敝宅美酒佳肴齐备，先生空手前来即可。附路线图。恶魔上。”未上传的珍贵资料的确远远超出预期。因为她还是生平头一次亲眼目睹遇害的尸体，而且被害人还是与她共饮到凌晨的同伴。二楼的那具尸体这会儿也在渐渐腐烂吧……可实际上扰乱她心绪的却是些和杀人案毫无关系的念头。不能给家里的金鱼喂食怎么办？出门的时候她到底有没有把锅炉设定为“外出”模式？应该买卫生巾来的；被捆在床上的流血娘子要是夜里想用卫生间怎么办……然偶压低声音叹了口气，觉得自己真是可笑，为了逃避眼前紧迫的危机，只管惦记这些不相干的小事儿。她又开始重新研究邀请函。“游戏”，唯独这个词跳出来，在纸上蠕蠕而动。

我们都希望我们捆起来的女孩是真正的杀人凶手。因为这样一来，我们就等于把恐惧和憎厌也一起捆了起来。虽然不是十分说得通，但反正只有她有杀人动机嘛。对啊，被害人头一天夜里一直针对她，大大地伤害了她的自尊心。她一看就是那种无论到哪里都被当作公主一样捧着的女孩，肯定觉得特别丢人，因为人家不但没把她当公主，更干脆把她看成是一个轻浮冒失、没长大脑的傻丫头。每次口角之后她猛灌下去的烈酒多半都让她的恨意更加重几分。现在回想起来，到最后她那副面色灰败、横眉立目的样子，真像能干出什么事儿来似的。扣动扳机只需要一瞬间嘛。没错，即使是别人看起来不值一提的小事，如果她本人觉得受到了极大的侮辱，也有可能杀人吧？埃德·盖恩还无缘无故就杀人剥皮，做成衣服穿呢。

贤淑俯卧着，头枕在胳膊上看着窗外。天渐渐亮了，可暴雪仍然没有减弱的迹象。今天无论如何都得下山去了……秀珉一定已经打了几十通电话了。枕边的手机仍然“不在服务区”。她觉得那句提示好像是在宣判她没有为人妻为人母的资格。她跟丈夫只说是要和美院的同学一起去温泉玩儿一个周末。临出门时，丈夫问她住哪里，同去的都有谁，她不耐烦地顶了回去，就一个晚上而已，问那么多干吗。这时候丈夫大概已经开始担心起来，正在给她那些他都不怎么认识的朋友打电话呢。贤淑坐起身来，极度的饥饿感让她直不起腰来。另外三个人仍然裹着被子躺着。她忽然记不清有没有给捆在房间里的流血娘子盖被子了。夜里很冷的……她艰难地撑起身体，觉得一阵眩晕。

一走进房间，贤淑倒抽了一口冷气。往上一直卷到腰部的短裙，层层叠叠堆在颈部的毛衣，撕破的丝袜像一条条的海带一样缠在大腿上，粉红内裤胡乱塞在嘴里，翻白的眼睛瞪视着她。“我更感兴趣的是杀手变态、独特的行为，而不是他们杀死了多少个人。”贤淑像一条上了钩的鱼，头完全不能转动，只是歪歪斜斜地不住向后倒退。她到客厅里左冲右撞地把另外三个人都摇醒，她的喉咙里发不出声音，只是干喘气。贤淑跌坐在客厅当中，手指着中间那间房。

敏规踉踉跄跄地走到床边。那是活人献祭仪式结束以后的景象。手腕和脚腕上深陷的伤痕仿佛在痛诉着诅咒和怨恨。面部青肿，血管爆裂形成的红斑像雀斑一样遍布眼睛的周围，是窒息死亡的典型特征。死者脖子上一圈清晰的手印，仿佛在宣布正确答案。这究竟是……敏规心里一寒。他朝着那片青蓝的淤血缓缓伸出右手。

“什么啊？怎么回事？”

听到身后催促的吼叫声，敏规慌忙拿开手，用袖子擦了擦额头的冷汗。

“是给人……掐死的。”

敏规想先解开捆着她手脚的绳索，可是并不容易，四个人分头打的结乱七八糟地纠缠在一起，他试了几下之后就放弃了。把毛衣拉下来盖住她露在外面的乳房，从尸体嘴里扯出内裤胡乱扔在她两腿之间，然后把短裙也拉下来。他从地上捡起被子，抬头正好看到尸体圆瞪的双眼。“我真的，杀了他吗？”敏规拿被子把尸体连头脸一起盖上，走出了房间。

“她让人强奸了，对不对？”贤淑歇斯底里地喊着，轮番怒视着两个男人。

“什、什么？你这是在怀疑我们吗？那可能吗？整个晚上你不是和我们一起待在客厅里吗？”太植瞪圆了眼睛反问她。

“那可不一定，大家都睡着了呀。”

“哈，那你自己呢？你怎么知道大伙儿都睡着了？我倒要问问了，失眠症，你一晚上不睡觉干什么去了？”

“不睡觉，谁不睡觉了？就因为我也睡着了，所以才不能确定嘛。”

贤淑又转过头去看敏规，却不忍心再追问下去了。敏规的脸色比尸体还要苍白。

“咱们，都在门外……怎么可能……”敏规垂着头，结结巴巴地说道。

然偶咬紧牙关，控制住不停颤抖的下颏。人们的说话声好像是从出了故障的扩声器里传出的一样喧嚣杂乱。她能感觉到某个神秘而庞大的存在喷吐的气息变成了潮湿的云雾笼罩在四周。然偶把手伸进口袋里，把恶魔的邀请函揉成一团握在手里，用细若游丝的声音喃喃说道：

"游戏……已经开始了。"

随着时间的推移，暴风雪越来越猛烈。太植试着开了一下玄关门，风雪马上像机关枪扫射一样直扑进来，门险些再也关不上。前院的停车场里已经看不出车的轮廓，只有六个坟包并排耸立着。横七竖八地分散在客厅里的四个人，看着彼此憔悴似鬼的样子。

"就算那个恶魔是凶手吧……"贤淑开口说道，"山庄外面什么也没有，那么大的暴风雪里，他能在哪里藏身，然后进入到这里来杀人呢？"

贤淑又轮番瞪视着两个男人。这两个人里会不会有一个是伪装的恶魔？不过她比谁都明白这种可能性极小。如太植所说，她昨晚几乎没睡，是因为本来就精神高度紧张，再加上又没有按时吃药的缘故。客厅里的三个人除了进出卫生间以外并没有走开过。可是自己中间似乎也打过几次盹，所以还是拿不准。

"这个山庄里没准有密室。哎，电影里不是常有的吗？变态的家伙屋子里到处都安装着摄像头，说不定他这会儿也正在什么地方观察我们呢。"

听了太植的话，贤淑和然偶都缩头扫视四周。

"这个山庄，从一开始我就觉得挺可疑的。这地方又没登山路，却孤零零有这么一所房子。"

“这么说，那个姑娘说在梦里看到的黑色面具是真的吗？凶手是因为和她打了照面所以才杀死她的吗？”

“他妈的，这要是个游戏，就意味着还有下一个。”

躺在地板上的敏规有一搭没一搭地听着大家说话，一个人陷入了沉思。梦……黑色面具……梦……酒里会不会掺兑了特殊的毒品，让人喝了之后产生幻觉，或者把自己实际看到的东西当成是幻觉？不，如果是这样，药力应该即刻发作才对。这不可能。敏规紧紧地闭上眼睛。流血娘子青肿的脸在眼前挥之不去。“我也不知道，黑色面具是我在梦里看到的，还是，那就是我……”他用手掌的肉厚部分使劲揉搓着眼皮，眼前冒起金星，抹去了流血娘子的脸。现在必须把心念集中在这一件事上：一定要在这个游戏里活下来。被暴风雪困在山里，没有粮食，每天早上睡醒之后，都有一个人悄无声息地死去……妈的，至少也给个提示嘛，什么游戏这么不靠谱。

“哎，你倒是说点什么啊。”

敏规睁开眼睛。三个人都绝望地低头看着他。他用两手使劲拍打了一下两颊，坐了起来。

“如果是游戏，就必定有规则。”

敏规看着三个人的眼睛。

“我们都是作为银锤的会员来此地参加聚会的，那个家伙是银锤的版主，如果有线索，他一定会暗藏在银锤里。让我们来把各自知道的知识都调动起来。从到目前为止的一系列事件来看，恶魔极有可能是一个组织型的连环杀手，这种杀手的特征是，他们一般都会先树立一定的标准和目标，然后再选择匹配的受害者。”

“并且通过控制和支配受害者获得快感。”贤淑加了一句。

“是的。如果那个家伙现在是在玩儿连环杀人的游戏，应该不是随机把我们召集到一起的。我们六人之间一定有什么共同特征，或者互相联系的某个点。只要能找出这个共同特征来，我们也许就能找到解开这个谜题的线索。”

“现在连那个家伙在哪儿都不知道，我们弄这些，能有什么用？”太植没好气儿地反对。

“是很难说。不过很显然，像现在这样什么也不做，更加不是办法。”

三个人都不知所措地看着敏规。

“那你说怎么办？”

“先从自我介绍开始吧。我们都还不认识彼此呢。我叫姜敏规，二十九岁，是一家综合医院麻醉科的住院医生。”

敏规说完看着太植。

“闵太植，三十八了，现在经营着一个巴掌大的小网吧。”

“我叫金贤淑，三十五岁……全职太太，有一个三岁大的儿子。”

“小姐，啊，不，大妈，你都已经三十五啦？哇，你保养得可真好。”

太植仿佛真心羡慕似地咂了咂嘴。敏规和然偶都不加掩饰地皱起了眉头，贤淑却只是矜持地扁扁嘴，似乎并不讨厌。

“我叫李然偶，二十七岁，自由职业者，做翻译的。”

“英语翻译吗？”敏规问道。

“不是，西班牙语。”

接下来一阵沉默。大家的目光都投向紧闭着的两扇房门。敏规闷哼了一声，起身从两个死者的房间里拿出他们的背包和外套。

“你翻包的时候，顺便找找，有没有零食什么的。”

敏规乜斜着眼瞟了太植一眼。这个人就只长了一张嘴说话，连一根小手指头也不动。钱包找到了，可是翻遍书包也没有发现一丁点儿可吃的东西。

“汉尼拔名叫吴令修，二十五岁，这儿有学生证，首尔大学法学系。”

“学习倒真他妈好，我就说这家伙怎么那么聪明呢。”

太植的嘲弄又引来一阵鄙夷的目光。太植自己也朝楼上的房间看了一眼，仿佛有些不好意思似地干咳了一声。

“流血娘子叫韩塞娜，二十一岁，可能是要进演艺圈的，包里有演艺培训班的听课证。”

又是一阵沉默。

“全都不一样。难道是抓阄选的吗？”贤淑有气无力地说道。

“从发布在银锤上的帖子就可以看得出来，恶魔绝不简单。现在他不也在如此计划周密地逼迫我们吗？大家都耐心一点儿，再好好想想。”

我们花了好长时间交换信息，因为反正也无事可做。出生年月日，地址，电话号码，家庭关系，朋友，职场同事，爱好，经常光顾的地方，加入银锤的日期和动因，在论坛上发的帖子，对连环杀手的热衷程度，最近发生过什么特别事件和烦心事，以前有没有和人结过仇，有没有害过别人，和恶魔一词有关的所有记忆……是不是很有意思？我们真的在按照恶魔的提议“联谊”，而且还是以非常快的速度。不到半天，我们已经比认识多年的老熟人对彼此的了解还多，好像一群已经预知死期的死囚，临死之前抓紧时间彼此亲近。可是，尽管如此，我们还是没找到能把我们联系在一起的点。倒好像恶魔为了选择彼此没有关联的人特意做过事前调查似的。是的，我们是完全不相干的陌生人，如同我们从一开始就知道的一样。这让我们更加焦躁不安起来。已经死了两个无辜的人了，我们却连恶魔为什么把我们召集到一起都还不知道。倒宁可我们是同谋，曾经参与过一桩毁掉某人一生的罪行，也许心里反而舒服得多。要真是给抓阄选中的，岂不冤枉。

“还是算了吧，扯来扯去，只扯得人肚子更饿。”太植仰头往后一倒，嘀咕着说，“也许邀请函根本就是随机发送的，咱们六个最闲，所以中招了。”

“为了控制局面，发出邀请时肯定要限制人数的，房间也只有六间。”敏规反驳他的声音也没了力气。

“我现在才想到，‘六’可是恶魔的数字啊。”太植仍然躺在地上，嘟哝道。

“已经又到太阳下山的时候了。”

听了贤淑的话，大家齐齐将视线投向窗外。积雪覆盖的山谷里，夜幕又开始降临。山脊那边渐渐转为深灰色的天空也染黑了他们的脸。他们怀着被困在野兽出没的荒岛上、眼睁睁看着救生船遥遥远去的心情，死死地盯着太阳落山，无法移开视线。太植霍地站起身，从装饰柜里随手取出一瓶酒，往玻璃杯里倒上半杯，一口气连喝了两杯。

“空腹别喝那么多酒。”

“你要是觉得担心，就弄一桌下酒菜来啊。”

太植冷笑着又倒上一杯酒。不知是不是因为胃里烧得难受，他蹙眉苦脸地打了一个响亮的酸嗝，另外三个人也都跟着皱起了眉头。太植把新倒的酒送向嘴边，却又停下来，忽然递到贤淑面前。

“大妈，你也来一杯吧。头一天晚上我就看出来了，你酒量不错。”

贤淑大怒，瞪视着太植。太植满不在乎，嬉皮笑脸地把酒杯直递到她的嘴边。

“拿开！”

贤淑像赶苍蝇一样把太植的手挡开。酒杯一荡，溢出的酒打湿了太植的手背。他的表情顿时僵硬起来。两人彼此怒目而视，互不相让。

“呛啷！”

尖锐的碎裂声回荡在客厅里。贤淑尖叫着后退，抄起立在墙边的一个空瓶子，倒提在手里。当中那间屋子的门口散落了一地的玻璃碎片，斜斜地泼在房门上的威士忌顺着木纹一路淌了下来。四个人同时想到了遮在房门里面的景象。

“两位别这样。”

敏规拦在了太植和贤淑中间。太植怒气略减，垂下头，鼻子里呼哧呼哧喘着粗气。贤淑也顺从地把酒瓶放回原处，换了个姿势坐下。事情这么容易就被摆平了，倒让不尴不尬地站在当中的敏规觉得讪讪的。

“这多半也是恶魔的计谋，他就是要在我们之间制造紧张气氛、破坏团结。这个混蛋正从游戏中取乐呢。”

“游戏，游戏，我要烦死了，去他妈的鬼游戏。”太植仍然垂着头，嘟哝着说道。

“要想不被敌人左右，咱们一定要团结。线索就在我们身上，他肯定在我们之间的什么地方安排了线索。”

“除了大家都是勤勤恳恳的模范市民以外，咱们之间哪有什么共同点。”

“怎么没有？”

整个下午只有在被问到的时候才不得已回答一句的然偶忽然开口说道。六只眼睛都看向了她。

“我们不是都对连环杀手特别着迷吗？所以才聚集到这里来的，不是吗？”

第三天夜里，谁也没睡觉。可也是，得多大的胆子才能在那样的情况下睡着啊。两间房间里各躺着一具尸体，房间还空着四间。我们听着仿佛是巨大的雪人在吹口哨一样的风声，蜷缩着坐在客厅里熬了一整夜。无限深邃的静寂唤醒了我们刻骨的饥饿感。渐渐地，饥饿开始变得像神秘杀手一样令人畏惧。因为接连不停地喝水，我们不得不整个晚上不停进出卫生间。衣角掠过的声音，开门关门的响动，冲马桶的水声，地板的吱扭作响……极小的一点动静都让我们像沙漠里的猫鼬一样伸长了脖子四处张望，我们也因此得以平安地迎来了清晨。我还记得照进客厅的那一缕朦胧的阳光。是的，我们都还在这里，一个也没少，这小小的胜利让我们暂时忘记了仍然气势汹汹的暴风雪和两具尸体。虽然只是非常短暂地……被赐予的这新的一天，我们惊慌失措，不知该做什么才好。有人提议应该趁尸体腐烂之前抬到外面去，不过很快就没有了下文，因为马上就有人提出来，不能毁损证据。大家都点头同意，因为这个主张里面包含了希望，也许我们很快就能从此地脱身，然后警察将来调查，抓获凶犯。是的，如果潘多拉的盒子已经打开，最底层总还有希望。

然偶呆滞地看着窗外。白色的旋涡吞没了整座山，再也看不到任何东西了。

“你不觉得奇怪吗？这里又不是珠穆朗玛峰。”

站在一旁的敏规也是一样的想法。出发前他查过天气预报，气象预报员一脸阳光地说，最近都是晴好天气。难道就连这样的异常天气也是恶魔计划的一部分吗？

“我们看到的会不会都是幻影？”

然偶伸出手臂，用掌心缓缓地抹了一下结了霜花的玻璃窗。一股寒气直透进骨节。

“幻影是从什么时候开始的呢？从吴令修第一个遇害开始的吗？还是从我们到达这个地方以后就开始了？或者是从我们加入银锤的时候起？或许……从我出生开始？”

敏规回头看了看梦呓一般喃喃自语的然偶。断食第三天，肌肉的营养成分在悄然流失，人的视力开始变得模糊，再发展下去，还会出现判断力减退、幻觉、幻听等症状。幸好还有自来水，人只靠饮水也至少能维持三周，不过那是指除饥饿以外没有其他变数的情况。对神秘的杀人魔的恐惧，彼此之间的猜疑和对立，尤其是睡眠不足，都比饥饿的威胁更大。敏规看着玻璃窗上映出的那个一脸憔悴的男人。

“如果那是幻影，我们也都是幻影。现在我们得好好想想怎样才能从这个幻影里逃生了。”

敏规把大家叫到一起。

“假如只是没有食物，一个月也能坚持，可不睡觉，我们连五天都撑不住。”

“粒米不进挺一个月？”太植吃力地眨着深陷、呆滞的眼睛。

“我最知道失眠的痛苦了。”贤淑没理太植，接过了话头。

“咱们就利用白天的时间睡觉吧。”

按照敏规的意见，他们决定轮流就寝。不过方法和次序却不容易决定。一开始他们考虑过采用军队的方式，一人值班，另外三人睡觉。但是一个念头同时掠过了他们的脑海：要是那个值班的刚好是恶魔呢？一男一女分作一组，两班倒的方法也不怎么安全。因为如果恶魔是个男的，他要制服一个饥饿的女人可就太容易了。最后他们决定，每人轮流睡三个小时，另外三个人值班。非常时期，安全比效率更重要。

最后抓阄决定的顺序是贤淑、然偶、敏规、太植。借口男女平等，极力主张抽签决定次序的太植抽到了“4”，嘴里说着“4就是死”之类的晦气话，脸色十分难看。贤淑首先走进一楼尽头的房间，让房门敞开着，自己躺到了床上。其他三个人留在客厅里，做起了警卫员。太植在装满洋酒的装饰柜旁边晃来晃去，敏规和然偶则各占一面墙坐下，时不时抬眼看看墙上的壁钟。秒针好像腿上缠了沙袋似的，一拖一曳地在数字盘上转着圈儿。

“这个恶魔，至少在酒上面还挺慷慨的嘛。妈的，就我这样的，什么时候才有机会喝这样高级的洋酒？”

太植拿起一瓶据说价值300万韩元的人头马路易十三，直接对着瓶吹起来。这已经是继轩尼诗理查之后的第二瓶了。敏规劝过他，可是他完全听不进去。

“可惜啊，你我以后肯定不会再见，所以我就不跟你道谢了。为什么！因为我死了以后是要上天堂的。为什么！因为我是个非常非常善良的好人，从来不占人家便宜，也从来没害过人，在地窟里伺候一帮颐指气使的毛孩子，哎，每天工作十二个小时，攒钱，一次不落地给济州岛的老头老太太寄钱，时不时还给地铁站里的乞丐扔几枚硬币……你说为什么我还落到这个地步？”

敏规不安地看着红着眼睛东拉西扯的太植。他的脖颈和手臂因为酒精反应而生出了许多红斑，油腻打结的卷发和黑黢黢的胡子青楂盖住了半张脸。一个半疯狂的、身躯庞大的男人，等于又增加了一个不利因素。恐惧让人变得过激，尤其是那种你看不到它的真面目，却听得到它踢踢踏踏地在周围转来转去的恐怖。

“全都完蛋了，我们都会死在这里，变作一具具尸体被人发现，就像一串串的维也纳香肠，不是死在变态杀人魔的手里，就是饿死。”太植带着哭腔说着，双手抱住了头。

“继续这么滥饮下去，你会首先死于酒精中毒引起的休克。”

敏规冷冷地回嘴，太植打着嗝吃吃地笑起来。

“休克！那可体面多了。哎，麻醉，你也不用自以为多了不起，我看就你最像是恶魔。你该不会是把我们全都麻翻了，自己找那姑娘快活去吧？我看你从一开始看她的眼神就不对劲。也是啊，那姑娘是挺粉嫩的，滋味如何啊？欲仙欲醉，是不是啊？”

敏规的脸涨得通红，强忍住冲过去对着太植的脸踢上一脚的冲动。为了坚持到最后，他得避免不必要的体力消耗。

“哎，迷宫小姐，咱们来玩儿周五知识竞赛好不好？今天是星期几来着……去他的，随便什么时候玩儿又怎么了。我来出题目，亚伯特·费雪、杰夫瑞·达莫，嗯……安德烈·奇卡提罗、汉尼拔·莱克特的共同点是什么？”

蜷缩着坐在角落里的然偶皱着眉头转过头去。

“叮咚叮！到底是模范学生。怎么样？肚子不饿吗？咱们都不用费力气打猎，那边就伸着腿躺着一对嘛，公母齐全！时间一长，腐坏了可就不能吃啦。”

“请你不要太过分。”敏规瞪起了眼睛。

“哼，再饿一天试试，看你们还觉不觉得我是在瞎说。安第斯还是哪里，飞机失事的时候，不就有人靠吃死尸幸存吗。别人都能吃，我们有什么不能吃的，人不就是那么回事儿？哪个部位最好吃呢？胸脯？后臀？”

“你要喝，就闭上嘴老老实实喝你的酒去！”

敏规咬着牙怒气冲冲地说道。两个人瞪着眼窝深陷的眼睛对峙起来。然偶抱紧了膝盖。太植避开眼神，站起身，提着酒瓶摇摇摆摆地走向一楼最后一间空房间。

“你去哪儿？你得遵守规则啊。”

“去他妈的，什么规则不规则的……还不都是个死。”

太植走进房间以后不久就鼾声大作。敏规想了想，觉得还是宁可让他睡觉比较好。

“他这也都是因为害怕，但愿他能克服……”敏规抬头看看壁钟。“时间到了，你去换班吧。”

然偶扶着墙站起身，走向房间。刚到门口就听到匀细的呼吸声。还睡得挺好嘛。然偶低头看着流着口涎沉睡的贤淑，摇了摇她的肩膀。贤淑睁开眼睛，懒洋洋地坐起来。

“已经到时间了吗？”

“是，三个小时。”

贤淑用手背抹了一下嘴角，不好意思地笑了一下。

“你一定在想，号称失眠的人在这样的情况下居然还能睡得这么踏实，对不对？”

“啊？没有，我只是……”

然偶没有说下去。贤淑把床让给她，站在地上，大大地伸了个懒腰。

“失眠也要活着才有机会。你也好好睡一觉吧。我觉得脑袋清爽多了。”

“我不觉得自己能睡着。”

然偶坐在床上拍了拍枕头。贤淑在波士顿包里翻了翻，掏出一个塑料的小药瓶。她拉过然偶的手，倒了一粒药在她手心里。

“吃了吧，你会睡个好觉的。”贤淑附在然偶的耳边低声说道。

“那，不是阿司匹林吗？”然偶斜眼瞟着药瓶，也压低了声音说道。

“是安眠药。思诺思是我吃过的药里效果最快的一种，又不会引起头痛。这方面我可算个专家呢。”贤淑莞尔一笑，加了一句，“我把药瓶换过了。”

敏规困得整个脸都耷拉着，只有眼睛勉强圆睁。走进客厅的贤淑脸色好了许多。

“网吧老板去哪儿了？”

敏规抬起下巴指了指太植睡觉的房间。贤淑往房间里看了看，咂舌道:“哎哟，只剩你自己，可累坏了吧。”

听了贤淑泛泛的宽慰之词，敏规登时挺起了肩膀。贤淑并不坐下，只是提着包踱来踱去，对着窗子照照，用手拢了拢头发，忽然朝浴室走去。

“你不介意的话，我去洗个澡，已经两天没洗了……”

没等敏规回答，浴室的门已经关上，接着从里面传来反锁的声音。真是无语，也不怕我就是恶魔。独自在客厅里的敏规抱膝把头枕在膝盖上。他觉得自己好像是在堆积层里，正渐渐僵硬变作化石。就我一个人可怜巴巴地坚守什么该死的规则……还是和这些醒着的人打交道最麻烦，一个比一个自私、无耻、任性。那会儿为安全起见订立规则的时候，大家全都表示赞成，可是这么一会儿工夫就已经把尸体啊，恶魔啊，全都忘在脑后了吗？不过，敏规心里不是不羡慕这些人的满不在乎和健忘的本领的。独自一个人这么呆坐着，好不容易才赶走的困意又悄悄掩袭而来。三只熊住在一座房子里，轮到一只熊去睡觉，一只熊喝醉了自顾自睡倒，一只熊睡醒了去洗澡……一只熊……不，不是只有三只熊吗……眼皮像拉下的卷帘门一样不由自主地耷拉下来。

贤淑靠在浴室的门上侧耳听外面的动静，什么声音也没听到。她走到安装在角落里的三角形浴缸旁边，拧开淋浴的水龙头。水柱倾泻而下拍打着浴缸底。贤淑坐在马桶盖上，从包里掏出有机土豆制成的饼干，撕开包装后数出十块，把剩下的又藏回包里。为了不发出声音，她把饼干放在舌头上用唾液浸得湿透了以后，才把软软的一团一点儿一点儿吞咽下去。她从来没觉得饼干竟有如此美味。食物刚一咽下喉咙，就觉得仿佛身体所有的器官都活动起来争夺那一点儿营养似的。

贤淑从能带孩子外出开始，包里总会储备一两样零食。她想起被抱在爸爸怀里一直送她到停车场的秀珉。孩子听说妈妈要在外面过一晚才回来，垂着眼睛，小嘴儿一扁一扁地要哭。这两天多半又哭又闹，饭也不肯吃……就算是为了秀珉，我也一定要活着回去。贤淑吞咽着饼干泥，狠下心来。十块饼干眨眼工夫就吃完了。她犹豫着要不要再拿出几块来吃，最后决定还是忍一忍。还不知道要在这里坚持多久呢。贤淑在洗脸池里洗了洗手，用掌心接水喝了。镜子里苍白憔悴的女人哑然失笑。哈，为了秀珉？

要是没有这个孩子……看着寸步不肯离开自己的孩子，这句话她不知道对自己重复过多少次。我就可以毫不留恋地摆脱婚姻生活，就可以重新开始画画，就可以不必再犹豫，启程去纽约留学，就可以找回自我……等这个小鬼终于肯放开我的时候，我都已经进入人生的黄昏期了。当她觉得用牙床死死咬住妈妈乳头不放的新生儿，像个饿鬼一样的时候，就醒悟到，原来母性本能并不是生育时附赠的品质保证书之类的东西。

孩子一天天长大，而自己的人生和梦想却变得像无人造访的凶宅一样衰败。抱着孩子站在二十五楼的阳台上，她越来越感觉到地上风景的诱惑。她怕起来，开始主动接受心理咨询，服用抗抑郁药物。要是没有这个孩子……我不是一直都在拿那个还什么都不懂的小娃娃当借口，掩饰自己的无能和失意吗？这会儿却又来嘴硬，说什么我之所以坐在马桶上瞒着别人偷偷吃饼干，是因为我是个妈妈，为了孩子无论如何都要活下去。

镜中的女人牙齿缝里塞着饼干的残渣。贤淑从包里拿出牙刷和牙膏开始刷牙。她死死地盯着镜子，狠狠地推拉着手臂，扯得下巴一下一下地向后退缩。我只是产后抑郁症持续的时间比较长而已，而且即便如此，我也不是不爱秀珉的。现在无论如何我都要挺住。他们又和我有什么不一样了？也许他们也都在偷偷吃自带的零食呢。只要再坚持一下就好。丈夫多半已经在跟检察厅有权势的朋友联系了，也许警察已经在我的信箱里发现了恶魔发来的邀请函。邀请函上有路线图……

贤淑俯下身在洗脸池里漱口。如果能回去，以后不管多么大的难处我都有信心克服，而且我很清楚这自信从何而来。任何一个人，亲眼看到好好的两个大活人在自己面前惨死之后，肯定都会马上惦记起自己玫瑰色的希望来。我还不晚，我的生活里还有无穷无尽的机会，我不会再抱怨来抱怨去，我要先找一个工作室，假如我能成为一个成功的画家，秀珉也会为妈妈感到骄傲吧？首先我要和全家一起去旅行，在夏威夷的海边懒洋洋地待上几天，一定就能将这个噩梦冲刷得干干净净，或者去别府泡温泉……贤淑吐掉嘴里含着的漱口水，抬起头来。镜子里面一个表情明朗了许多的女人和她身后一团像铜像一般伫立不动的黑影映入眼帘。裹着宽松头巾的黑影猛地举起一只手。一个扁平的、遮住整张脸的黑色面具，两个圆洞里充血的眼球，高悬在女人头顶的寒光闪闪的登山刀……贤淑像在看街上张贴的电影海报一样呆呆地看着镜子里面。

我说过没有？小时候每次读《蓝胡子》，心里都有一个疑问。假如蓝胡子的妻子听从丈夫的叮嘱，没去打开那间密室，后来会怎样？她有可能太平无事地在雄伟的城堡里和蓝胡子一起度过幸福的一生吗？吃饭，睡觉，在舞会上和着欢快的音乐跳着舞……旁边就是一个墙壁上挂着一具具尸体的密室，那岂不更加恐怖？然而假如妻子没打开那间密室，蓝胡子准会大发脾气，嫌弃她竟然没有好奇心。呵呵，也是啊，蓝胡子从此不能再婚另娶，难怪他要大发脾气。假如他的前一任妻子也没打开密室的门，她当然也就不会变成尸体，被悬挂在密室里。假如他的再前一任妻子也没打开那扇门，还有再再前一任妻子，再再再前一任妻子……最后，蓝胡子和他的糟糠之妻一起生活了很多很多年，幸不幸福，我们就不知道了。可是……假如从来没人走进过那间密室，假如墙上挂着的那一具具的尸体从来就没存在过，那么，最起初那个空房间里有些什么呢？

睡梦中有人在戳自己的肋骨。太植咂着嘴睁开眼睛。老子正做好梦呢……是敏规和然偶站在身旁低头看着自己。太植仍然躺着，揉了揉眼睛，对准焦距。路易十三的空瓶胡乱滚倒在床上，剩下的一点儿酒也都被它吐了出来。

“金贤淑遇害了。就在刚才，在浴室里。”

太植猛地坐起来。脑袋里到处都像螺丝在钻一样地刺痛。他妈的，还真要把我们一个个全都杀死才算吗？酒劲渐消，不安和恐怖重又悄然袭来，卡住了喉咙。

“她大概是在偷吃自己带来的点心时中招的，她包里有饼干的包装纸。”

敏规把提在手里的贤淑的包扔到太植旁边。

“哈哈哈，臭娘儿们，想自己偷生，结果倒先去了哈。”

“你一直都在这儿睡觉吗？”敏规盯着太植问道。

“你不应该比我更清楚吗？”

“我也是一个人在客厅里……打了个瞌睡。请你先回答我的问题。”

语气里明显有极力克制的敌意。太植这才注意到敏规手里拿着一根木方。是原来放在厨房里的餐桌的一条桌腿。

“怎么，你这是在怀疑我吗？哎，我现在连自己都支撑不起来，我还能杀谁去啊？”

“那你嘴边的饼干碎屑是怎么回事？”

“什么……”

太植用手背抹了一下嘴角，手背上沾了许多粗粝的碎渣，用舌头舔一下，有点儿咸滋味。胸前的毛衣上和肚子上也散落着一粒粒白色的饼干碎屑。又是一阵头痛。太植昏头昏脑地仰脸看着站在身边的两个人，他们眼神冰冷。他的头脑里开始浮现出模糊的影像。就像有人在调整焦距一样，那影像变得越来越鲜明。

“她……是怎么死的？”

“从背后，被刀刺中后颈。”

太植猛地打了个寒战。他连滚带爬地下了床，爬到放背包的角落。背包里面登山刀还在原处。太植握住手柄打开刀，鲜血淋漓的刀刃弹了出来。太植心中一寒，心脏几乎停止跳动。敏规和然偶从背后走近。

“别过来！”

太植抽出刀，转过身来。敏规吓得一缩头，就在这一瞬间，太植一把扯着然偶的头发拉过去，随即把刀架在了她的脖子上。染了血的刀刃颤抖着。然偶垂下眼帘看着刀，也在跟着一起发抖。

“喂，喂！请你冷静，把刀放下！”

敏规本意是伸手去安抚他，却变成了好像在晃动着木方威胁对方的样子。

“放下木方！快点！”

太植已经是满脸的冷汗，眼睛里血丝密布，几欲爆裂一般。然偶越发苍白的脸在太植下颏的顶压下更加皱缩成了一团。敏规把木方扔到了角落里。太植喘着粗气左右张望，随后抓着然偶的头发走出房间，很快又在胳膊上搭着一条晾衣绳返回。他想从背后把然偶的手腕捆起来，可一手持刀，同时还要监视着敏规，这事儿干起来十分不易。太植把绳子扔到敏规的脚下，把然偶背转过来。

“捆起来！捆紧点！”

敏规缓缓地捡起绳索，开始从背后捆绑然偶的手腕。太植正面对着然偶的脸，把刀横在她的脖子上，像个疯子一样嘟嘟囔囔。

“不是我，我没杀她，那就是个梦。我根本就不知道她藏了吃的。在梦里……那个家伙，那个戴着面具的混蛋……他妈的，为什么偏偏拿我的刀杀人……”

太植让敏规把然偶的脚也捆起来。敏规蹲下来捆然偶的脚腕，这时候，突然耳边传来一声巨响，后脑勺一阵钝痛，眼前变得一片漆黑。敏规觉得自己被吸进了一个地底深处的大坑里，耳边恍恍惚惚地听到一声女人的尖叫。

太植坐立不安地在客厅里打着转，冷不防看到自己手里染血的刀，一惊之下，把刀扔了出去。刀撞在墙上发出一声闷响，掉落在地。那声音仿佛让时间也静止了一样，四周一片死寂。太植缩着脖子查看着周围，突然朝玄关奔去。

“他妈的，老子可不能在这儿等死！”

门刚一打开，大风和齐胸高的雪就一起涌了进来。太植用肩膀顶着门好不容易才把门重又关上。他把背靠在门上，喘着粗气。

“该死的，老子辛辛苦苦地熬日子，可不是为了就这么死掉。只要再苦几年，只要再有三年，我就能和堂弟一起到济州岛盖个度假屋，不是这种烂山庄，要盖得又体面又高级，妈的，然后我就可以接待客人，每天钓钓鱼……”

太植正滔滔不绝地自言自语，只开着一条门缝的卫生间映入了眼帘。他的心脏开始剧烈地跳动起来。仿佛有观众全体起立鼓掌要求返场。太植的腿不由自主地踉踉跄跄朝着浴室走去。不是我，我没有杀她。太植握住门把手，像念咒语一样反反复复地说着。掌声越发喧哗。他把眼睛凑近门缝偷眼窥探着浴室的里面。贤淑跪在瓷砖地面上，身体半挂着，头扎在洗面池里。软软垂落的右手里紧紧地攥着牙刷，后颈上三道刀口血淋淋地裂开来。划过镜子滚落的血滴……和他在梦里看到的一模一样。太植连连倒退，一屁股坐倒在客厅的当中。

"不是的，不是我，我是要上天堂的，我是个好人！"

太植跪着，像个受到妈妈责备的小孩子一样泣不成声。这时候，他看到了掉落在地上的刀。太植探身把刀拿在手里。

"我根本就不知道那女的藏着吃的。我要是知道她在自个儿偷吃，他妈的，我就算是杀了她也要，不是的，我肯定不会那么做的，我绝不会因为几块饼干就杀人。"

太植倒转刀尖，伸直手臂，刀尖准确地指向心脏。他的手瑟瑟地颤抖着，染着血痕的刀刃连连点着头，仿佛在说，它全都能理解。

"那真的……只是个梦。"

在黑暗中睁开眼睛。后脑勺火烧火燎地疼。想伸手去揉一揉，却抬不起胳膊来。手和脚都被死死地捆着。每一次扭动身体，四周都响起一片吱吱扭扭的声音。似乎是在壁式衣橱里。用肩膀去撞门，却只弄出一阵哐当哐当的响声，门并没有打开。调转过身，用脚去踹门，从门缝里可以看到打横捆着两只门把手的晾衣绳。最大限度地蜷起身体，然后使尽全身力气一脚踹向橱柜门。敏规和柜门一起跌倒在地。衣橱另外一个角落里蜷缩着同样被捆住了手脚的然偶。柜门掉落发出巨响，可然偶却没有一点儿反应。房门外面也十分安静。敏规把手腕上的晾衣绳搁在柜门的折页上用力摩擦。绳子捆得十分马虎，中间的一根一断，绳结很容易就散开了。敏规把脚腕上的绳子也解开后，凑到然偶身边。然偶的表情很是平静，呼吸均匀平稳。睡得还挺熟。敏规把束缚然偶的绳索解开，轻轻地拍打她的脸颊。然偶呻吟着睁开眼睛。

“这……是哪里？”

“嘘！那个家伙应该还在附近。”

敏规透过门缝往外看，却没有看到太植。他把门又推开一点儿，这回看到了一个大块头躺在客厅的中央。敏规捡起扔在角落里的木方。他打手势让然偶留在房间里，自己蹑手蹑脚地走进客厅，一时只觉头晕目眩，几乎难以行走。敏规看见了太植手里的刀。他握紧木方，飞身冲了过去，然而正要砸下的木方不尴不尬地停在了空中。一截橙色的晾衣绳缠在肥厚的脖子上，深陷进了肉里。舌头软弱无力地从张开的嘴唇之间耷拉下来。敏规呆立着俯视太植圆睁着的双眼。客厅的地板像俄罗斯转盘一样旋转起来。

然偶跌跌撞撞地走过来。她在太植身旁蹲下，十分镇定地解开了他脖子上缠着的晾衣绳。

“我做了一个梦。”然偶像被催眠了似的，低声喃喃。“在梦里面，这个人就蜷缩在这个位置，手里握着刀，像个小孩子一样哭泣。就在那时候，出现了一个披着黑斗篷的男人。不，也可能是个女人。那人两手缠握着这根晾衣绳，无声无息地从背后接近……眨眼间就用绳索勒住了他的脖子……用力收紧。他的脖颈很厚实，勒起来很不容易。”

然偶张开双手。两手的掌心里分别横贯着一道红色的擦痕。

“我的耳边传来窒息时发出的咔咔声，剧烈的颤抖直接传递到了掌心，但是我停不下来。在收紧绳索的那个瞬间，我并没有感到害怕。因为可以把那染血的刀刃、横七竖八的尸体、饥饿、恶魔……全都暂时忘记。”

她像做梦一般盯着自己的掌心。

“和她们说的一样，在梦里……黑色的面具……”

然偶似乎突然想到了什么，转身看着敏规。

“第二个，塞娜死的时候……”

两人四目相对。敏规的眼角一阵抽搐。

“做梦的人原来是你。”

然偶站起身走到窗边。积雪飞扬，化作白色的烟尘冉冉升到天上。

“我好像知道了，恶魔究竟是在哪里。”

真的是恶魔在我们的梦境里出没、杀人吗？也没准是我们在恶魔的梦境里徘徊。他在悠闲的午后酣然入梦之时，邀请我们进入他的梦境。为什么？为什么是我们？我们做错了什么？谁知道呢。这么问有意义吗？我们要对付的是恶魔——在我们身边狞笑，窃窃私语，玩弄我们于股掌之间的恶魔，而不是高高在上进行公正审判的上帝。就算是这样……我还是不明白，为什么？你就把这事儿当作是《麦克斯威尔的银锤》吧！《麦克斯威尔的银锤》？甲壳虫乐队的歌，你不记得吗？银锤这个名字就是根据这首歌取的嘛。主画面上，杀人者和被害人的照片被混合在一起像瓷砖一样贴在墙上，背景音乐是十分轻快的旋律……

琼是个奇怪的姑娘
在家里研究形而上学
摆弄试管直到深夜
学医的麦克斯威尔·爱迪生打来电话
“我可否请你去看电影，琼？”
当她准备好要走的时候，响起了敲门声
哐！哐！麦克斯威尔的银锤敲中了她的脑壳
哐！哐！麦克斯威尔的银锤送她上了西天

“这个人从小就十分古怪，喜欢收集动物死尸，剥皮后用盐酸把肉处理掉。性格内向，没有朋友，与世隔绝，只沉浸在幻想世界里，杀人、拷打、肢解、食人、奸尸等……”

敏规目不转睛地看着对面倚墙而坐的然偶。她有气无力的样子仿佛是透过脏污的玻璃看到的一样模模糊糊。他自己整个人都像被裹在云朵里四处漂浮。今天是星期几，自己已经饿了几天，该如何逃生，等等，他都想不出来。他的头脑里只剩下了一个念头：这个女人一睡着，我就得死。

“这个人一共杀死了十七个人，专挑黑人男孩下手。他把那些男孩拐骗到家里，把自己模模糊糊幻想的世界变成了现实。搜查他家的警察说就如亲历地狱一般。他虽然最后被判了……九百年……还是多少年刑来着……”

敏规一惊，猛然抬起头。对面然偶的头也已经垂到了两膝之间。他喘着粗气朝她爬了过去。心里虽急，身体却像装满了废铁的麻袋一样沉重。他托着她的下颏把她的头抬起来，从放在一旁的洗脸盆里舀水泼到她的脸上，但是她仍然没有睁开眼睛。敏规拿湿手用全力打了她一记耳光。然偶皱着眉头，茫然地微微睁开眼睛。

“我都……听着呢。”

敏规在她旁边靠墙坐下。

“但是这个人最后在监狱里被两个黑人囚犯给打死了。”

“费雪，亚伯特·费雪。”然偶揉了揉眼睛，说道。

“应该是杰弗里·达默。这个问题很简单的啊。”

敏规眼神凌厉地责备她。

“轮到你了。”

然偶想了好一会儿才有气无力地开口说道。

“这个人个子矮小，声音像个女人，对于自己缺乏男性魅力深感自卑，也因此陷入了对大个子金发女人的食人幻想当中。他想和她们合而为一，成为一体。最后，他在留学巴黎期间遇到了一个叫勒内的女子，让他把深藏在心底的幻想变成了现实。他和尸体同居了四天……

同时满足了自己的食欲和性欲。但他被鉴定为有精神病，只在医院住了一段时间就被释放了。后来他把那个案子写成书出版，还成了畅销书，他又上电视访谈节目，大谈自己的罪行……”

“佐川一政。”敏规像打喷嚏一般，答案脱口而出。

然偶缓缓地点点头。敏规望着她疲惫不堪的样子：两颊和眼窝深陷，像个骷髅，瞳仁蒙了一层白翳，变得有些发白。表情深沉，看起来甚至有些安详。她就像一只脚已经踏进了黄泉。敏规猜自己的样子大概也差不多。

“再忍一忍。雪已经小多了。只要等风再小些，咱们就能出去了。”

“是吗？我却觉得，风雪都更大了啊。”

然偶看着窗外一阵轻笑。敏规也看得出来，雪其实越来越大了。那雪真的是冰冷的吗？那风究竟是从哪里刮来的呢？他用沾了水的手抹了一把脸。

“咱们继续。这个人……对与他人交往感到困难。他患有被害妄想症，总觉得人人都隐藏起真实的想法，想要哄骗、支配自己。他总是小心翼翼，生怕自己的这种念头被对方察觉，在人际关系方面，凡事总是感到紧张、自卑。所以……他开始对麻醉状态的患者渐渐产生了好感。大概可以这么说吧，对着还没醒来的患者诉说心事，反而让他觉得是更真实的感情交流。虽然患者醒来以后一句话都不会记得，但他的潜意识里还保存着我所说的话……老实说，碰到年轻的女患者，也会心动。恋尸癖倒不至于，就是想抱着她和她躺在一起，既不强求，也没有隐瞒的……阉割了意识与感觉的、纯粹的躯体……”

“你杀过人吗？”

然偶突如其来的问题让敏规一脸茫然地转过头看着她。

“我杀过人。”

“……真的吗？”

“翻译的时候。”

敏规笑了，然偶也淡淡地干笑了一下。

“起初我只是恶作剧，把文章里提到的东西换成别的。我挑的都是不大可能引起人注意的东西。比如把咖啡翻译成奶茶，改换窗帘的颜色，把狗换成猫……除非有人仔仔细细地对照过原文和译文，否则很难发现。而我接的翻译也都不是什么重要的作品……这么做，让我觉得好像在这个世界上暗藏了一个只有我才知道的秘密标记，暗地里很是得意。那就像是一块只有我的咒语才能让它发光的魔法石之类的东西……我甚至感到极大的自豪感，觉得自己改变了世界的一个部分。毕竟，这在现实里是绝对不可能的。”

然偶的意识像坏了的灯泡一样忽明忽暗，她想，像这样互相监视着不让对方睡觉，还能再撑多久呢？游戏即将结束……临界极限之时，这个男人能够安然入睡的方法应该只有一个吧。

“这样的恶作剧渐渐变得乏味了之后……我杀了一个人。那是一部名叫《复仇的公式》的阿根廷小说，里面有一个恶棍，没多少戏份，是那种让人想不明白作者究竟为什么要写他的一个人物。就在他最后一次出现的场面……我按自己的想法杀死了他。”

“典型的无目的杀人啊。你是用什么方法杀死他的？”

“我让他……深夜里走过一条小巷时，被人从楼上扔下的酒瓶砸中脑袋，当场死亡。很好笑吧？我就是觉得这种糊里糊涂的死法很适合他……”

然偶的话一停顿，敏规赶快转头去看她。她苦着脸抱住小腹，紧咬的牙关里泄露出微弱的呻吟。

“你怎么了？哪里不舒服吗？”

“是的，不舒服，是你一辈子都没有机会感受的疼痛。”

然偶苦着脸吃力地笑了一笑，然后从身旁的一堆包里找出贤淑的波士顿包，从里面取出一只白色的药瓶。敏规扭头瞟了一眼药瓶的标签。然偶拧开瓶盖数出三粒药倒在手里。她看了一眼手心，又倒了一粒出来，然后把它们都塞进嘴里，伏在洗脸盆上喝了口水。

"月经痛吃太多阿司匹林不好。假如疼得厉害，最好还是到妇科去检查一下。"

"好的，我一定去，回头。"然偶又轻轻地笑起来。

两个人一时间都沉默起来。敏规不时像啄木鸟似的用后脑勺撞一下墙以赶走瞌睡。两个人都感觉到自己无论是精神上，还是肉体上都已经到了临界点。然偶声音干涩地说道：

"《复仇的公式》出版以后，我特地到市里的大型书店去读了一遍。在熙熙攘攘的人群当中，看到自己犯下的罪行……你知道是什么感觉吗？我陷入了极深的犯罪感之中，有一阵子甚至不敢出门，每天晚上都做噩梦，梦见那个阿根廷流氓头顶上喷着血追赶我……我真傻，是不是？那种感觉和把狗换成猫是完全不一样的。可是吧，等那种犯罪感逐渐淡化以后……我又很怀念那种感觉。因为那种刺激也是把狗换成猫所无法比拟的。"

敏规眼神朦胧地看着正在眼神朦胧地看着窗外怒吼的暴风雪的然偶。两个人之间仿佛垂下一道帘幕，把她挡在了后面。只有她的声音断断续续地从帘幕的另一侧传来。

"所以每次接受新的翻译工作以后……我总是一面

浏览，一面不由自主地……开始物色适当的……牺牲者，那种就算突然死了……也不会有人在意……的人物。还有这一次……用什么……法子，可以不引人注意地……除掉他……”

时断时续的声音形不成有意义的句子，只搔得敏规的外耳廓痒痒的。

“你……对我……说过吧，如果那是……幻影……那……我们就也，是幻，影……我们，应该……想，办法，从这幻影……里，生存……”

敏规感觉到有异物附在了自己的肩膀上，不由得睁开眼睛。是然偶像温柔的恋人一样，闭着眼睛把头靠在他的肩上。她平稳细弱的气息吹到了他的脸颊上。敏规用手掌推开然偶的头。她无力地倒向了另外一侧。

“你醒醒！”

敏规用脚踢她的屁股，然偶纹丝不动。敏规叹一口气，膝行过去，往她脸上浇水，打了她几记耳光，可是她就像一个巨大的布偶一样瘫软，根本没有要睁开眼睛的意思。敏规觉得奇怪。他弯腰把耳朵凑在她微微张开的嘴唇上。呼吸极为微弱，仿佛随时都要断气一样，但很明显是呼与吸平稳地交叉进行的状态。敏规急切地抓着她的头发用力摇晃。

“醒醒，快起来！”

他揪着衣领把她扯起来，对着她的脸胡乱抽打。还是没有任何反应。敏规的嘴里一阵发干。他双手举起她的胳膊，张大嘴对着她瘦骨嶙峋的胳膊咬下去。胳膊上的牙印渗出了血水，她却就是不肯从睡梦中醒来。好像麻醉状态的患者。既不强求，也没有隐瞒的，阉割了意识与感觉的纯粹的躯体……敏规的胸腔里面，心脏硿唓硿唓地大发脾气，催他快想办法。

“该死的！快起来！睁开眼睛！”

身后像有人打开冰箱一样袭来一股阴冷的寒气。他飞快地回头去看，却没有任何人。窗外仍是漫天大雪。敏规急促地喘息着。然偶的脸上漾开一个浅浅的微笑，仿佛在做梦似的。那微笑在敏规的耳边窃窃私语。我赢了。敏规干咽下一口口水，慢慢地伸手握住了然偶的脖子。青筋凸起的细长脖颈只够一握。敏规觉得那脖子好像玉米康乐果一样，似乎轻易就能折断。他的手指开始缓缓用力。我这是在干什么？这真的是我吗？空荡荡的脑子里回荡着自责，但心脏却在挤出最后一丝力气灌向十指。

乘风飞来的雪花贴在窗子上，窥探着山庄内部。一个干瘦的男人坐在一个干瘦的女人身上，两手卡着她的脖子。男人扭曲的嘴里流着口涎。凸起的眼球像要掉出来一般，诡异地颤抖着的面孔像是在哭，又像是在笑……而压在他身下的女人却只是闭着眼睛，像个布偶一样，软软地瘫倒在地上。厮缠在一起的男女背后，黑色的形体正在靠近。黑色的长袍，黑色的面具，圆圆的两个洞里露出沉着冷静的一对黑眼睛。它像影子一样无声无息地移动，从袖口掏出橙色的晾衣绳。男人仍然一副似哭似笑的表情，两手掐着女人的脖子。女人蜷缩了一下，皱了皱鼻子。站在男人背后的黑色形体瘦骨嶙峋的两只手把缠握在手上的晾衣绳紧紧绷起。

时间过去了多久？不知道。这个地方时间仿佛是静止的一样。外面还在刮暴风雪吗？谁知道呢，反正天地都是一片白，只是不知道那是雪，是照射着我们的光，还是连光也吞噬了的黑暗……是什么都无所谓。反正事到如今我已经不想出去了。或许这个游戏里，最后剩下的人就将变成恶魔？我来出一个谜题。亚伯特·费雪、杰弗里·达默、安德烈·奇卡提罗、汉尼拔·莱可特，还有我……你知道我们的共同点是什么吗？没关系。是在安第斯山脉还是在哪里，飞机失事的时候不就发生过吗？没关系，重要的是活下去。你现在就只考虑这个问题。我真的还活着吗？可是，我是谁？只要把这个故事一直讲下去，总是能知道的吧，自己是不是还活着，是谁活了下来……我不行了。我……太，困了。我也是。

不过我们还是再坚持一下吧。现在我们应该可以睡觉了吧？游戏不是已经结束了吗？你真觉得游戏已经结束了吗？睡着以后也许不期而至的第六个梦，你受得了吗？第六个梦……不管那梦里是什么，我都不想知道。我也是。所以，我们再加把劲儿。如果我们现在是在恶魔的梦境里，只要我们坚持住就不怕。一直坚持到恶魔入睡。那，这一次由我先开始吧。

上周五的傍晚，我们七个人聚集到了山庄。可是邀请我们的恶魔本人却没有现身……

复仇的公式

为《七只猫眼》创作的支离破碎的配乐。

曲二《蝴蝶，螺旋》，为《复仇的公式》而作（5分24秒）。

“死亡与少女（Der Tod und das M ädchen）”中“～与（und）”不是表示连接的连词，而是一个助词，表示前后两词同格但意义不同。

1

舒伯特的弦乐四重奏《死亡与少女》。CD 封面上印着蒙克的同名油画，画着相拥亲吻的裸体少女和骷髅男子。少女的肌肤是明亮的淡粉红色。红头发像激流一般沿着肩背柔和的曲线倾泻而下。轻轻低垂的眼皮仿佛在微微颤抖。与丰满的少女相比，黄瘦的骷髅男子羸弱堪怜。枯骨一般的手吃力地扶在少女肥硕的腰上。骷髅男子盆骨后倾，畏畏缩缩地似乎正要后退，但少女滑润的手臂紧紧地缠在他的脖子上不肯放松，乳房挤压着男人枯槁的肋骨。

男人把 CD 翻转到背面，用戴着橡胶手套的手，一一点着四个乐章的演奏时间，细心地计算着总和。38 分 28 秒。他瞥了一眼手表，转头去看窗外。新月刚刚摆脱云朵，露出苍白的脸。音乐有点儿长……男人扇扇子似的摆动着 CD，回头看过去，靠墙的单人床上躺着一名男子。面朝天花板躺得端端正正的样子倒像是在等候装殓的尸身，十分不自然。枕头旁边张大着嘴的硬壳文件包里，装满了便携式人工呼吸设备。连接着铝制氧气筒的管子在男子胸口上盘成一圈，头探进张开的嘴巴里。勉强睁开的眼皮下面，露出映着日光灯光的半只眼睛。

“你喜欢舒伯特吗？”

男人背着身子问道，一边把CD插进桌上的便携式音响里。一按下播放键，扬声器里发出一阵微弱的杂音。紧接着，第一乐章随着大提琴庄重的旋律响起。男人负手而立，欣赏着弦乐器的合奏。左手的手指和着节奏有板有眼地轻轻弹动。

“有个电影也叫《死亡与少女》，不知你看过没有。罗曼·波兰斯基导演，西格妮·韦弗主演，国内的片名给译成了《真相》，大概是以为这样的片名能够吸引更多观众。真不知道这些人脑子里到底都是些什么货色……啧啧，白痴。死亡和少女都去了哪里，竟然叫什么‘真相’。”

男人走到床边，一屁股坐在了仰面躺着的男子的身边。男子的身体像在碎浪中漂浮的木筏一样，轻轻摇晃了几下。

“电影以刚刚摆脱军事独裁的南美某国为背景，主人公是一个参加学运时因遭受酷刑拷打而患上精神创伤后遗症的女人。她在蒙着眼睛的状态下受到监督官的多次电击拷打和性侵犯。每一次动刑时，监督官都播放舒伯特的《死亡与少女》。据说在南美，真的存在过这种拷打方式。说是经历过的人毕生只要一听到那音乐就将浑身战栗，好像巴甫洛夫的狗一样。”

男人看着在两面墙和天花板相交的角落处落脚的黑色霉菌，接着说道："正好政府更迭，女主人公和当年曾经一起进行过反政府运动的律师结了婚。但她没能克服过去的创伤，她得了严重的自闭症，不能外出，只能闭门隐居在海边一座孤立的房子里浪费生命。说真的，那种事哪儿那么容易忘记呢。后来有一天，下了一整天的暴雨，她丈夫的车子出了故障，只好搭了住在附近的一个医生的车回家。丈夫请那个医生到家里喝酒，两人谈天说地的时候，女人就躺在卧室里侧耳倾听外间的说话声。你大概也猜到了吧？没错，女人坚信那个医生就是过去曾经拷打过她的监督官。她虽然从来没有见过他的脸，但是只凭他的声音、口头禅和笑声就足以确认。从他车里找到的《死亡与少女》的录音磁带成了决定性的物证。好，女人的复仇就此开始了。关于复仇的电影，我是一定要找来看的。"

从扬声器里流淌出的两把小提琴的合奏像掠过水面的水黾一样，迅捷地在狭窄的房间里纵横驰骋。

"女人把喝醉后睡着了的医生捆了起来，这一次，换她来审问。她想要得到的只是，诚恳认罪。啊，多么朴素的愿望啊。可是医生极力否认罪行，说他和军政府没有任何关系，说他当时在外国。就连深知妻子有歇斯底里症的丈夫也不相信她，场面一片混乱。究竟谁的话是对的呢？沉闷的审问持续了一整夜，但医生始终不肯认罪。最后，女人任意宣判了死刑，押着被告来到海边的悬崖上。医生茫然自失地看着渐渐亮起的晨光和悬崖底下怒吼的波涛，这才吐露了真相。他叙述了自己的种种残酷行径，并且赤裸裸地坦白，在拷问室里他曾经很享受权力的甜蜜，也为失去那权力而感到遗憾。就是说，现在只等主人公的宣判了。而她呢……却默默无语地放过了医生。

"至于我呢，实在不能满意这样一个结局。真相，那能换来什么？我不是说真相没有用，那东西应该就像是博物馆里陈列的名画，达·芬奇的《蒙娜丽莎》，凡·高的《星空》，克林姆特的《吻》……对，很好，很美。可以偶尔去看看，感受感受氛围，净化净化灵魂。——虽然从走出博物馆的瞬间开始，灵魂就又将开始蒙尘。然而伤疤是不同的。它只属于我们自己，如附骨之疽，窃窃私语提醒着我们不可忘记。她应该把那医生推下悬崖。那是一种尊重，是对永远伴随她的创伤的尊重。"

男人歪着头俯视保持静止姿势的男子。他眼皮下干涸的瞳仁里映出男人的脸。

"你现在肯定像鬼压身一样，身子不听使唤，也不能够闭上眼睛。不过不必担心，那是因为我给你注射了肌松药，一种可以切断神经和肌肉之间信号的药物，通常在做手术时和麻醉剂一起使用。因为只有肌肉处在完全松弛的状态时，才比较容易进行开刀、扩张、切除。不过，你仍然有意识，对不对？也能清楚地听到声音。我劝你不要做无谓的挣扎，好好欣赏欣赏舒伯特吧。因为当这美妙的弦乐四重奏结束的瞬间，你将坠下悬崖。”

音乐停顿了一下，第二乐章开始了。像慰灵曲一样阴森的音色漫过地板涌向男人的脚腕，在他脚边缭绕徘徊。

“节奏稍快的行板，缓慢，但活泼地。还剩26分58秒。这个时间，我要用来讲一个关于我的故事。你至少应该想知道自己死在什么人的手里，对不对？当然，我不会像写自我介绍一样，把我在哪儿出生、怎样长大之类的琐碎小事都拿来浪费如此宝贵的时间。”

男人挽起左手的衬衫袖子，把手臂伸到男子的眼前。一道很长的伤疤占据了整条前臂。

“看见了吧？我就只给你讲讲这道伤疤的来历。”

男人把衬衫袖子重新放下，扣上纽扣。

“我十岁的时候第一次发作。当时我在书店里翻看《卡拉马佐夫兄弟》。陀思妥耶夫斯基。对，我就是这么早熟。回头想想，那样的早熟也许是身体启动的一种防御机制吧。算是对我的一种特殊照顾，让我比别人提早经历人生。总之，我手里正拿着那本书的时候，突然就失去了知觉，再醒来时人已经在医院急诊室里了。据说我突然口吐白沫晕倒在地，是急救员把我送到医院的。我晕倒时撞在了书架的棱角上，右边眉毛上面缝了九针。我只是觉得糊里糊涂罢了，奇怪的是母亲的反应。在听医生说明的时候，在拉着我的手回家的路上，母亲都一言不发。我摩挲着额头上的纱布仰头看妈妈，却只见她紧紧抿着嘴角，显出两道深深的皱纹。

“其中缘故我是当天晚上知道的。母亲叫我们兄妹俩坐下，给我们讲述了父亲死亡的经过。她说父亲是独自在家时癫痫发作，呕吐物堵塞气管，造成窒息死亡，并非如我们一直以为的那样死于煤气中毒。我们当然只是点点头罢了。反正没有父亲这一事实并没有改变。可是母亲表情悲壮，令我们也只好跟着肃然起来。接着，母亲又镇定自若地教给我们癫痫的急救措施。让患者侧卧，使分泌物从口中流出，迅速清理周围的危险物品，解开患者的纽扣、腰带，在患者身边安静观察，等待痉挛停止，等等。随后又千叮咛万嘱咐要求妹妹在她不在家的时候，务必要守在我的身边。妹妹噘着嘴不大高兴。因为母亲要到别人家里做钟点工，几乎每天晚上都不在家。

“其实，因癫痫发作而死亡的例子并不多见。但是母亲因为亲身经历过那不多见的例子之一，所以变得极度紧张。想必母亲每次看到我，都不免想起当年独自在房间里无法呼吸渐渐死去的丈夫，还有多年来她背负的自责。那份重压又原封不动地传递给了妹妹。一次，母亲提前收工回来，却发现只有我自己在家。偏偏就在那天妹妹偷跑出去玩儿了。母亲用竹掸子打得妹妹的小腿肚子又青又紫，还把她赶出大门外。当时已经是初冬，外面下着雪霰子，而妹妹连件外套也没穿。我趴在屋里读着《地下室手记》的时候，妹妹就一直在窗外哭喊。妈妈，我错了，妈妈，我错了。妈妈……

“妹妹和我是同日同时出生的异卵双胞胎。但是我们俩不一样。非常不一样。妹妹喜欢大笑，人缘好，经常前一刻还在气急败坏地顶撞母亲，下一刻又撒娇卖乖起来，她懂得追星，喜欢尝试新鲜事物，虽然往往不能坚持……妹妹天生是个充满活力的姑娘，无论在哪里，都让周围焕然生辉。她和我不像，生得很漂亮，这也是她的一个优势。送子娘娘当时准是有一只眼睛得了白内障，才会让妹妹集所有优点于一身，而把过滤剩下的残渣扔给我——癫痫之类的残渣。”

男人一边和着音乐用脚轻轻点地打着节拍，一边看了一眼 CD 机的液晶屏，确认演奏时间。

“母亲教给我们的急救措施很有用。因为我经常在只有我和妹妹两个人在家的时候发作。自然而然地，妹妹必须在身旁守护我的使命感也与日俱增。我常常吃着饭，看着电视，洗着澡，就突地一下……断了电。好像保险丝烧断了一样。然后等我重新恢复意识，惺忪地睁开眼睛，总能看到一双晶莹的眼睛在俯视着我。你醒啦！妹妹微笑着说的这句话，对于我，就像复活的信息，告诉我还没到时候，告诉我保险丝已经换过。妹妹头顶上悬挂在天花板上的圆形日光灯为什么那么像神圣的光环？她是如此明亮耀眼，我简直不敢直视。我两眼翻白、口吐白沫、四肢僵硬扭曲，有时还会括约肌失控，大便失禁的样子，妹妹一定就像这样蹲坐在旁边，目不转睛地都看在了眼里。眼看着自己的另一半像被踩在脚下的虫子一样挣扎、蠕动，她都在想些什么呢？

妹妹一定也有很多不满。她正是喜欢和朋友一起玩儿的年纪，却因为我被困在家里不能出门。是的，我对妹妹既抱歉，又感激，当她是和我一起出生的守护天使。但剥去那一层人性的情感之后，却有一团黑暗的、黏稠的东西在冷笑。它像恶性肿瘤一样疯长着，扩散到我的全身，破坏着我的身体组织……我是很清楚的。”

男人仔细地看着 CD 封面上的图画。少女紧紧缠绕的手臂仿佛在越收越紧，扼住了骷髅男子的咽喉。他空旷如洞的黑眼睛里显出畏惧的神色。

“第一次发作以及因此而得知的父亲死亡的内幕，

在我的内心里，似乎造成了极大的冲击。自从十岁的那天以后，我人生的每一个瞬间都在承受着死亡的压迫。准确地说，是死亡观念的压迫。我也许会因为没有任何预告的发作而从这个世界上消失，就像我那甚至想不起来长什么样的父亲一样。那种恐惧感渐渐地令死亡的观念具有了神的形象。我开始添砖加瓦，筑起神殿，制定教理，要求自己服从。当然，我并未因此而堕落成为神殿的奴隶。因为另一方面，这个宗教还赋予了我秘密的先民意识。当同龄的小孩在传看色情杂志，或在网吧里专心致志地打‘街头霸王’的时候，我自觉已经站在生与死的边界上开始探索存在的秘义了，而我对此也引以为傲。

“自然而然，对我而言，成长就成了逐渐缩减生命价值的过程。从爱情与友情等基本价值开始，包括梦想、和平、希望、自由、艺术、名誉、权利、金钱、快乐、悲伤还有绝望在内，我极力减少感情的起伏，对一切都保持超然的态度。因为我得随时随地准备迎接神的突然降临。不知从什么时候开始，我的嘴边总是带着一丝悠然自得的冷笑，它成了我的标志。在与他人结交的时候，我会精心测定对方设置的防护栏的领域，适当调整距离，避免和我的领域重叠。这样，即使被对方看到我突然发作的样子，也可最大限度地减少我的羞耻心；

即使我只剩下孤身一人，也可以最大限度地减少我的恐惧感。当然，并不是说我在人际关系上存在什么重大问题。反而有很多人都觉得我这样倒干脆省事、彼此方便。还说凡事不介怀是我的魅力。

“你知道什么才是克服恐惧的最佳方式吗？就是与恐惧的对象化为一体。所以，我念了医学院。与‘我将奉献一生为人类服务’云云的希波克拉底誓言无关，我只是想从近距离确认人类是多么软弱、离死亡多么近的存在。除了发作，疾病、事故、自杀，也多么容易就能将据说是有尊严的人类变成一只盛着五升血液和两百零六块骨头的蛋白质口袋。就这样，我复制死亡作为祭物奉献给我心里的神殿，维系着生活。不知是否得益于此，即便是在母亲去世的时候，我也能把悲痛控制在适当的线内。母亲是那样不屈不挠的一个女人……她跟互助会的同伴一起去看枫叶，路上车翻了。她三年都没出过门了，好不容易才下决心出去玩儿一趟。我跟你说，死亡就是这样毫无道理。”

男人看了一会儿不安地悬挂在夜空中的新月。乌云翻涌而来，把月亮藏在了背后。

“我和妹妹一起生活，不过在家里碰面的时候并不是很多。我们都已是成人，又各有各的工作。当时，经过长期药物治疗，我已经很少发作了，不过妹妹一定会打电话确认我回家的时间。我跟她说过没必要，可能是从小养成的责任感，她怎么也放不下吧。现在她成了我唯一的保护人，感觉上对我比从前还要用心。我则越来越经常地故意在学校消磨时间，拖到深夜才回家。

“有一个星期天，妹妹来敲我的门，随后表情一脸为难地走进来。她说她得到一个重要的试镜机会，必须出门一趟。对了，我妹妹从很早以前就梦想着当一名演员。我还看过她念高中时所参加的戏剧社团在文艺汇演上的演出。妹妹扮演莎乐美公主，一看就很有天分。毕业以后她就一边打工赚钱，一边上演艺培训班，已经参加了几十次的试镜。她的动机大概和我正好相反，她多半是想尽情享受人生的趣味无穷、丰富多彩。她那样一个活力四射的女孩子，肯定不满足于只经历一种人生。原来那天的试镜是一位著名导演亲自为新作挑选角色，据说将大量起用新人。导演很有名望，连我都听说过。我让妹妹不要担心，只管去，我学校有学术研讨会，也马上就得出去，又祝她好运。妹妹听了之后双手握拳，运气大喝了一声。妹妹出去以后，我整天都躺在床上看解剖学书打发时间。傍晚时分，我正读到肌肉系统的时候，砰！保险丝又断了。

“醒来的时候，我趴在床下，右手紧紧抓着一张从书上扯下来的全身肌肉图解。图片上的男人露出全身栉齿纹路的红色肌肉，被揉成一团，正对着我怒目而视。我用手掌把图片展开压平夹进书里，然后检查了一下身体有没有异常。左侧门牙有点儿松动，可能是从床上滚落的时候撞到地板上了。我去牙科拍了光片，幸好只是牙根有道裂缝，医生说可以不治自愈，只是近期不可以用门牙嚼东西。近一年来这还是头一次发作，偏偏就在妹妹不在家的时候。

“几天后，我深夜回家时，看到妹妹和两个朋友正在喝啤酒庆祝。妹妹一看到我就欢呼起来。她的两个朋友在旁边一边拍手，一边嘴里模仿着《小号进行曲》的声音。妹妹通过了试镜，正式成了一名演员。我拥抱她表示祝贺。在她两个朋友充满好奇的视线里，我坐下来和她们一起聊了一会儿。妹妹似乎得到了一个颇为重要的角色。故事讲的是聚集在山庄里的人们一个接一个地意外死亡的故事，妹妹扮演的是其中第二个死掉的女人。如果是能一直坚持到最后的主要角色当然更好，不过，哎，总要有人先死嘛。妹妹讲给我听的时候，一副恨不得立马就收拾行李到山庄去的架势。她虽然向来就不是感情深藏不露的性格，但那么兴奋的样子我也还是头一次见。她两颊红艳艳的，像处在躁狂状态下的金丝雀一样，不停地叽叽喳喳地说着话。该怎么说呢……很美，很了不起。我也有点儿好奇，那是种什么感觉。我笑着附和妹妹说话，可老是忍不住用舌尖去轻轻碰触那颗裂了缝儿的门牙……

“从第二天开始，妹妹就整天都拿着剧本守在镜子前面。连我这个门外汉也看得出来，妹妹天生是个演员。之前那些试镜的评委不是全都瞎了眼睛就是太愚蠢了。‘那个家伙今天晚上又会出现的，他会来杀了我的！’妹妹瞪大眼睛，凄厉地喊出这句台词的时候，啊，连我都觉得很恐怖。她看上去就像一个陌生人。变成别人，是很刺激的经验吧？人生要是能活上个三四回就好了，这样活一次，那样活一次。人生只有一次……对我，对我妹妹，还有对你，都太不合理了，你说是不是？结果妹妹也只活了一次。因为山庄里第二个死掉的女人的角色，她没演成。”

男人用戴着橡胶手套的手托着下巴侧耳倾听第二乐章的结尾部分。中间停顿了一会儿，雄壮有力的第三乐章开始了。

“还剩 12 分 34 秒。第三乐章很短，但很强烈，是我最喜欢的部分。”

男人猛地站起身，调高了播放机的音量。从扬声器里迸发的旋律绽放开几百层花瓣，填满了整个房间。男人仿佛在品味那香气一般，轻轻闭上眼睛，把身体沉浸在了音波的花瓣里。

“这个房子隔音好吗？我可不想影响隔壁的邻居。我最讨厌的就是不替他人着想的人，比如非在深夜转洗衣机的人。因为我睡觉特别警醒。”

男人又把音量调低，坐到了床边。

“那天我也是在深夜被一阵轻微的响动惊醒。进了客厅以后，我听到从妹妹的房间里传来压抑的呻吟声。我冲进房间想看看是怎么回事儿。当时的情景，直到现在我都还能清清楚楚地回忆起来。真是历历如昨。斜映进来的淡青色的月光，窗边轻轻飘动的象牙色的薄洋纱窗帘，蛋形微型加湿器喷吐出的白色水蒸气，躺在床上的妹妹。骑坐在妹妹身上的大块头，睡衣上的米老鼠因为前襟敞开而被挡住了半边脸儿，一双毛茸茸的大手捂着妹妹的嘴，妹妹看到我之后放下心来的眼神，那双每次迎接我从发作中醒来的守护天使一般的眼睛……我真的看到了那一切吗？虽然有月光，可终究是漆黑的深夜啊。也许在不知不觉中，在不断地回想那个场面的过程中，我一直都在添枝加叶。增加了细节，涂上了颜色。因为，我刚一冲进房间，砰，保险丝就又断掉了。”

弦乐器尖锐的颤音好像弓箭部队的群箭齐发，飞来插在房间的每一个角落。男人从衬衫口袋里掏出烟盒，把玩良久，又放了回去。

“我可能是在摔倒的时候撞到了头，昏了过去。醒来以后，头盖骨内侧好像有几十只钟在同时敲响。那家伙已经不见了，只有妹妹自己把身体蜷曲成一团躺在床上，蓬头散发，撕破了的米老鼠睡衣的缝隙之间露出雪白的肌肤。你醒啦。妹妹像黑洞一样空旷的眼睛又向我发出复活的信息，随后，她开始无声地哭泣起来。

“是啊，那肯定很难忍受。毕竟，她是在自己的房间自己的床上被一个畜生一样的家伙给强奸了，而在那过程中，我这个当哥哥的就在旁边，两眼翻白，四肢扭曲……但是，我体会不出妹妹的痛苦有多深。因为我没有能够衡量痛苦的尺度。自从我将死亡奉为唯一的神祇以后，痛苦的重量也一直都在缩减。我只是想当然地觉得妹妹一定能挺过去。因为她和我不一样，她懂得笑与泪、欢喜和挫折的差异。妹妹说怕影响到她以后的演艺事业，不肯让我报警的时候，我反倒觉得放心了。妹妹虽然好几天都神情恍惚，窝在房间里不出来，我却仍然相信她过不了多久就能放下这一切，重新站起来。我相信她将会靠在我肩上失声痛哭一场之后，宣布她要把这件事永远忘记，然后重新拿起剧本站在镜子面前演练新的人生。因为那才像她。我做梦也没有想到，她竟然投身进入到了我专有的秘密神殿。啊，已经到最后一个乐章了吗？还剩 8 分 57 秒。”

男人漫不经心地看了一眼手表。

“怎么样，这分分秒秒接近死亡的感觉？不过你就算是幸福的啦，还有人这样殷勤周到地告诉你准确的死亡时间。”

男人起身走到窗边。重又破云而出的新月仙姿绰约地散发着光芒。男人拉上窗帘遮住窗户。

“一天，我回到家里，发现妹妹的脖子挂在阳台天花板的晾衣竿上，身体垂在地上。多可恶，这个国家的大桥和百货大楼都说倒就倒，偏偏一个晾衣竿做得那么结实。我悄悄地给妹妹举行了葬礼之后，把妹妹的骨灰盒带回了家。我们是从子宫里肉眼不可见的受精卵时期就在一起的兄妹，她就像我的另一半，我怎么也不忍心把她独自一人留在阴森森的纳骨堂里。

“妹妹的死和母亲去世的时候又不一样。它没能乖乖地和我在心里复制的无数死亡水乳融合，反而横冲直撞，把我的神殿搅扰得乌七八糟。我拿它一点儿办法也没有。我只能像个缺了一只轮子的手推车一样，在原地一圈圈打转。白天我常常呆呆地盯着一样东西一看就是好几个小时，夜里则噩梦连连。吊在绞刑架上竭力挣扎的父亲，坐在失火的长途汽车里奔驰在弯弯曲曲的山路上的母亲，十五的圆月下被狼人剖腹吃心的妹妹，她身旁像被塞在箱子里的木偶一样大张着嘴流着口涎的我……妹妹守护了我十多年，但在她唯一需要我的那个瞬间，我却没能保护她。那也是没办法的啊，发作又不是我能随心所欲控制的……不过也难说，也许盘踞在我心里的死亡之神能够控制。

“不知从什么时候起，放在书桌上的骨灰盒里老是发出声音。爽朗的大笑，一边察言观色一边啜泣的声音，轻蔑的冷笑，发脾气时的大喊大叫，红着脸像金丝雀一样叽叽喳喳……高中文艺汇演的时候，妹妹在舞台上曾经念过这样一句台词：‘爱情的神秘远远超越死亡的神秘。’想想看，我似乎十分畏惧妹妹那与生俱来的光芒和美丽。我怕那美丽将会令我在漫长岁月里坚守的严肃的教理与黑暗的神殿一举化为乌有……”

男人隔着衬衫抚摸着左前臂上的伤疤。

“有一天夜里，我又从噩梦中醒来，觉得胸口里侧十分疼痛。也不知是心脏、肝还是肺，总之整个胸口都像锥子扎着一样疼。我从未体验过如此的疼痛。我抱胸蜷缩着坐在床上，骨灰盒又对我说，你醒啦。我狂暴地跳起来，把骨灰盒摔到地上。我脱光衣服，把妹妹的骨灰兜头撒下，然后又在身上涂抹起来。我的身上本来就被冷汗打湿了，所以很容易涂得均匀。随后，我站在了妹妹曾经研磨演技的全身镜前面。看着镜中惨不忍睹的男子，我沉浸到了奇妙的快感当中。我捡起滚落在地上的骨灰盒的一片碎片，在前臂上划了下去。可以说，那就像是一个标志，我红色的血在妹妹白色的骨灰上漾开的感觉，啊，是那么令人心醉神迷。我觉得自己好像化身成了正在举行出征仪式的土著勇士。我把流淌的鲜血在身上到处涂抹，同时下定决心：我要报仇。深穴的神殿里马上传来嘲讽的笑声。报仇？那究竟有什么意义呢？不过我没有理睬。因为胸口的疼痛消失，代之而起的是一种热烈的、酸楚的感觉，就凭这种感觉，报仇就有充分的意义。还因为裹在我身上的妹妹的骨灰就像舂得极为细滑的星星的粉末一样，耀眼夺目。”

躺着的男子眨了一下眼皮，眼球慢慢吞吞地移动着，追随着男人的脸。

“说着说着话就长了。我追查那家伙的过程且略过不提。准确地讲，我花了六年七个月八天。很神奇吧，这期间我一次也没有犯过病。”

男人从那男子的喉咙里拔出插管，用手帕擦拭了一下，盘成一个圈收进包里，然后取出一个铅笔盒大小的洋铁盒子。盒子里放着注射器和小药瓶。映在男子眼睛里的灯光微微地颤抖着。

“我可不想把他交给警察，让他坐几年牢了事。那也太不公平了。当！当！当！死刑多年前已经判决。这几天我一直在跟踪他，寻找执行死刑的机会。那就是今天了。”

男人轮番拉紧两只橡胶手套的边缘，让手指完全服帖地伸进手套里，然后从洋铁盒子里取出注射器，除去保护针头的塑料盖。把针头扎进药瓶的橡胶口里，缓缓推动活塞，将药物吸进针管。

“这样一来，我的噩梦就能结束吗？谁知道呢，也没准会变本加厉。我想，那也是没办法的事儿。”

男人用手指轻轻弹了两下注射器的针管部分，确认气泡上升以后，轻轻推动活塞，挤出空气。两把小提琴和中提琴、大提琴的声音彼此纠结在一起，如离弦之箭一般，顺着斜坡滚落。小蝌蚪似的黑色音符朝四面八方散落。

“最后的高潮。你在这个瞬间想必也有许多话要说。可是，对不起，我不想听。我可不需要你真心认罪什么的。这单纯就是报仇，为了妹妹，为了让我能感觉到自己还活着，也为了捉弄一次一直支配我的死亡之神。”

男人朝着男子的脸俯下上身，用左手扒开他右眼的眼皮，把注射器针头对准眼睛。

“非常遗憾的是，你将不会感到痛苦。”

2

越是苦心经营，越容易前功尽弃。不留心放过的一个小小瑕疵，可能成为我们精心建造的高塔的致命缺陷。当我们把全副精力都投入到塔的建造时，不免像过度偏食的孩子一样免疫力下降。然后，我们会渐渐开始把自己付出的努力无限放大，给那座塔赋予过多的意义和价值，到最后，就到了搞不清楚究竟是人在造塔还是塔在造人的地步。当我们精心建造的高塔坍塌之时，那种失落感是无可挽回的，当然也不可能有重新造塔的余力。我的人生就是这种情况。

从我们还是流鼻涕的小孩儿的时候起，这个社会就鼓励我们在同龄的孩子当中找准自己的位置。上小学的第一天，当所有的同学都在楼道里排成两列等着编号的时候，我就意识到了自己个头偏矮这一事实。成绩单则实实在在地证明我显然不是能令父母感到骄傲的英才。体育课上百米短跑纪录又暗暗地提醒我原来我的运动神经也不过如此。班级人气投票结果说明没有一个女生喜欢我，让我火冒三丈。不过，我并没有因此就在自卑的泥潭里扑腾挣扎着度过忧郁的童年，因为我在几乎所有项目上都属于大多数之列。只是我渴望超越他人，渴望受到众人景仰，这欲望始终难以得到满足。自卑感至少还能让同一种人彼此形成默契的共鸣，这种想要比他人更加出色的欲望却不便公开，实在让人不知拿它如何是好。尽管它是一种十分自然的欲望，而且在马斯洛五种需求里堂堂正正地位列第四。

于是，我开始把韩国不考虑特长和个性的注入式教育奉若神明。与百米短跑或者人气投票不同的是，学业成绩与投入的时间和努力是成正比的（当然，并不总是完美的正比例函数）。而时间和努力是公平分配给每一个人的资源呀。为了满足自己的欲望，这些资源不管多少我都愿意投资。一分播种一分收获。多么干脆！没有借口可提。更何况，成绩单还有一个优点就是兼容性很好，不但马上就能在学校和家庭里得到认可，进入社会以后也能够发挥其影响力。只要是靠忍耐和努力能够实现的目标，我就都能做到！这傲视一切的自信在我心中扎根，成长，壮大，给了我支持。我能生在这个国家实在是无比幸运。假如学习不要求整齐划一，就连成绩都要受天生的智力和创造性左右，我肯定更难承受。

升入高三以后，模拟考试成绩单上多出了一项全国名次。哈，是谁想出了这么好的主意？我念的只是外地一个标准化高中，所以对我而言，这一举措是个极大的刺激。全国名次，前百分之几，其中给笼统划在一起当分母的都是些什么人？他们可都是十一年前在全国各地同时进入小学一年级，随着发令枪声一起从起跑线出发的同龄竞争者啊。从在小岛上念分校的乡下孩子，到首尔江南区最趾高气扬的富家子弟，全部只按分数排成一列。为了降低成绩单上显示的百分比，我减少睡眠，累到流鼻血。随着高考季节越来越近，我的排名也打破了我曾经认为是最完美的数字“1”，而开始无限地接近“0”。怎么样，我早早就确定发展方向，是不是做得很对？那些小时候靠着运动神经发达，百米短跑包揽头名的小孩儿里，到了这时候还能继续跑百米的，全国能有几个？

我并不是纯粹因为分数太高，不上可惜才去上首尔大学法律系的。因为父亲是个负责照顾法院花园的技术类公务员，所以初三那年暑假，很偶然地，我曾经有机会旁听过一次庭审。啊，那真是一次令人惊异的体验。法院是一个原始的野蛮性和文明的合理性相互冲突的小宇宙。性侵并杀害智障人士的凶犯的沉默，黑色法官服的崇高权威，宣告无期徒刑的庄严的判决文，最后像给恶灵封印一般决然、清脆的法槌声。当！当！当！那一瞬间，我的心里也有了一个判决。我要成为一名法官。您知道吧？我一旦下定决心，这事儿基本上就等于百分之九十已经成了。

其实，虽然在学校这个藩篱的范围内，我以成绩单为武器，一直所向披靡，但那只能证明我比别人答出了更多题目而已。毕竟，一只豚鼠即使能够以出众的本领闯过科学家设置的迷宫，也不会因此就能当上研究所所长。在我看来，进入社会以后，也许成绩单的形式有所不同，但归根到底都不过是为了什么人积累业绩。然而，法官是不同的，他可以审判和自己同等的人类，可以根据罪名施以合理的惩罚，从而令世界变得公平。罪与罚、比例，还有什么地方比这更适合成为我多年欲望的安息地呢？

大三那年我通过了司法考试一考，开始准备二考。直到那时为止，一切都是顺风顺水。我按照设计图按部就班地建造的高塔，已经到了只剩下最后一块屋顶石和塔尖的竣工阶段。但是，就在二考的前一天，我精心建造的高塔上出现了一道裂纹，一个完全可以不当一回事儿的小小瑕疵。

那天傍晚，我和女朋友正在冠岳山湖公园附近散步。我当时正在努力让自己在最后一道关面前保持心境平和。让我先来炫耀一下我的女朋友吧。她是美院的校花，长得很像我少年时代的梦中情人伊莎贝尔·阿佳妮。她身材苗条，又懂得把自己打扮得优雅迷人。把我们联系到一起的是让·雷诺阿导演。十五天的回顾展上，我和她碰到过几次，混得面熟了，最后一天，一起看完《游戏规则》之后，我就找她搭讪。凭借一边喝意式特浓咖啡，一边谈论让·雷诺阿导演的注重细节的场面调度以及登场人物的悲喜剧性格等，我在她那里拿足了分数。每次我喜欢上什么，总是首先获取丰富渊博的背景知识，这是我长期以来的生存战略。从很小的时候，我就意识到，就凭我这样平凡的相貌，在任何场合都不可能吸引到众人的关注。同时我也意识到，学识和鲜明的个性能为平凡的外貌罩上一道光环。那道光环外加名牌大学法律系学生的名头，使我得以和她成为恋人。我为什么要使用“生存战略”这种说法，现在您应该明白了吧？

很多准备司法考试的考生在考试期间都放弃谈恋爱，我却全然不介意。如果只不过是谈恋爱就让我的意志动摇，那我一早就放弃了。一个仿佛从奥古斯特·雷诺阿的油画里走出来一般优雅美丽的女朋友反而是刺激我成功的活力之源。可以说她就像枯燥的《六法全书》的沙漠里的清新绿洲。不好意思，这个比喻太肉麻了。那天她在刑法讲义的内封上给我画了一张拿破仑（“我的词典里没有不可能”，我最尊敬的偶像）在摘四叶幸运草的漫画，作为幸运的吉祥物送给我。我很是心满意足。当然，我是不需要什么幸运的。

“喂，哥们儿！”

我们经过一片树林的时候，突然冒出一个好像火石互击时发出的声音。一个陌生男子原本靠树而坐，这时候拍打着屁股走近我们。周围已经暗了下来，所以我们从他身边经过都没有发现他。这个男子五短身材，显得方方正正的头特别大些。

“借个火呗？”

一股酸臭的浊酒味道扑面而来。男人把夹在手指间的烟朝我脸上直伸过来，我注意到他手臂上有个文身，是一只刚刚破茧而出、初展新翅的蝴蝶。等蝴蝶飞走以后，肌肉块垒分明的胳膊上就该只剩下没用的茧壳啦。我也不知道自己怎么会莫名其妙地想到这个。

“我不抽烟。”

我揽着女友的手用上了力气。

“妈的，臭学生仔，死硬个劲儿的。”

响亮得让人没法看作是自言自语的骂声飞来，插进我的后脖领里。

“你忙着舔马子……”

我不该回头的。我本该不加理睬，径直走开的……就在四目相对的瞬间，那男人咧嘴一笑。一切都在瞬间发生。胸口和鼻梁上针扎一般的疼痛，苦涩的血腥味儿，女朋友的惨叫……我趴在了地上，蝴蝶文身在翻我的钱包。那家伙骂骂咧咧地把没有几张的纸币胡乱塞进口袋，又从我手指上把金戒指扯下来。那是我们为纪念恋爱一周年买的情侣戒指。我撑起身子抓住那家伙的肩膀，结果又迎来一顿拳头的洗礼。女朋友面如死色，不停地尖叫，蝴蝶文身转过身对着她的肚子踢了一脚。她的钱和戒指也马上进了那家伙的口袋。那个恶棍扯着女朋友的头发，粗暴地揉搓她的胸部，我却只能眼睁睁地看着，无能为力。我吃力地想抬手，身体却不听使唤，喉咙里好像被塞了棉花一样呼吸困难。那家伙满嘴污言秽语，把手伸进了女朋友的裙子里，正在这时候，那家伙忽然停住了手。小路下面一群男生互相勾肩搭背地高声唱着歌，越走越近。蝴蝶文身又朝我嘻嘻一笑，随后消失在了树丛的黑暗里。

第二天早晨的太阳又残忍地照常升起。我满脸伤痕累累地进了考场，可问题是我一个字也看不见，只有前一天的耻辱一直浮现在眼前，折磨着我。就像足球比赛转播的进球场面一样，从各个角度重放、重放、重放……整齐排列的课桌上，其他考生都埋头忙着翻法典，下笔如飞，我却用大颗大颗滴落的汗珠填满了答案纸。我只觉浑身发冷，抖个不停，渐渐地开始呼吸困难。结果，第一门宪法考试一结束，我就逃回了家里。

很长一段时间我都窝在租住的房子里不敢出门。女朋友每天前来探望，安慰鼓励我。跟我说没关系，让我只当被疯狗咬了，劝我忘记。您知道最让我感到痛苦的是什么吗？就是她的安慰和鼓励，是我所爱的人为了我不得不故作开心状的现实。她的微笑不再像从前一样优雅地漾开在脸颊上，而是被僵硬的嘴角阻挡着无处可去，惨不忍睹。羞耻心和屈辱感使得我的身体像炭火上的鱿鱼一样蜷缩成一团。被疯狗咬了怎么忘得了？都传染上狂犬病了！

但我不能永远这样下去。卧薪尝胆。如果这记忆抹不掉，那就把它当作是鞭策自己的催化剂吧。那是一条突然闯进来毁了我花园的疯狗。就算是为了审判这种无赖，我也必须通过司法考试。总不能因为这么一次轻微的擦碰事故，就让整个人生报废吧？我这样说服自己，重新恢复了斗志。女朋友似乎也对我的变化感到放心。我索性申请了休学，专心准备司法考试。反正第一次应试本来就是本着奥运精神熟悉考试氛围的，重要的是明年的第二次考试，我这样安慰自己。只要能通过考试，一切都将恢复正常。

一年以后，万般准备就绪，我重新去参加二考。我充满了自信，简直每一个脑细胞都能把法条倒背如流。可刚一出发，自信心就开始动摇起来。我坐在地铁上，突然开始气喘，冷汗如注。我几乎不能呼吸，只好慌忙出了地铁。换乘出租车之后也还是一样。又下车跑跑、走走、跑跑……好不容易到达考场的时候，几乎已经是虚脱状态了。我极力振作精神，打开考卷，却只见考卷上的文字袅袅地散向四面八方，取而代之的是一年前那天的影像又开始在白纸上重新播放。千万不要，这可不行，一定要沉住气。当！当！当！我回想着那曾经让十六岁的少年为之着迷的清脆决然的法槌声，做着深呼吸，努力集中精神。可越是这样，那影像就越鲜明，就好像曾经有人在我的大脑里修复过底片一样。朝我的脸打过来的铁锤一样的拳头，汩汩地流进嘴里的鼻血，女朋友的惨叫，飞进她裙子里的蝴蝶……我又一次连第一天的考试都没考完就跌跌撞撞地出了考场。

第二年重新参加一考时，又发生了同样的事情。我十分绝望。我无法适应正当的努力如此悲惨地遭到背叛。我不再感到自信，脾气越来越大。而越是这样，女朋友的微笑就变得越勉强。我犹豫了很久之后，还是去看了精神科，医生说我是应考压力太大引起的紧张障碍。应考压力？这诊断真是毫无道理。至今为止，考试可一直都是证明我存在感的最佳机会。

四面楚歌。我能选择的突破口就只剩下了入伍一途。我原想等通过司法考试以后，再以军法务官身份服役，现在也只能调整计划了。穿着没有军衔的作战服排队站在训练营的练兵场上，心情十分复杂。不是军官，只是个列兵，我等于重新回归到了没有任何特殊之处的大多数同龄人的集团里——一个不偏不倚的集团，不必拼命奔跑，只需耗完规定时间。

二等兵的军衔还没摘，我就收到了分手信。我很平静地接受了现实。配得上她的，应该是前途无量的司法研修生，而不是正在接受精神科治疗的失败者。有些人批评说，在恋爱和结婚问题上看条件的风气太过庸俗，我却认为，这种思考方式也同样偏狭。不看条件看人品？不重外貌重内在？大家都说，看脸结婚，过不上三年，可你上哪儿找三年的快乐去？如果说内在重要，那么外在也一样重要，尤其是对于像我这种拼死拼活提升外在配置的人来说。因为那是在这个适者生存的社会里我唯一拥有的竞争力。她和我从一开始就是被彼此的外貌和外在条件所吸引的，这是事实。我既然不再能满足那些条件，被甩掉是当然的结果。我反倒觉得轻松起来，因为算是放下了耻辱记忆的一半。

漫长又短暂的二十六个月如流水般逝去。我决定把退伍作为新的起点。人生就是一锤子买卖，跟别人比，我还不算太晚。现在我不用再畏畏缩缩，面对女朋友反复回味当时的屈辱感，只要我自己努力就没问题。我本来就拥有强韧的自律神经系统，军队不是又为我加载了死磕精神和天不怕地不怕的劲头吗？我是这样相信的。真的，我希望如此。但是以预备役身份参加的第一次考试，就让我发现什么都没有改变。我又开始喘不过气，又像坐在桑拿室里一样汗流如注，那天的事又像逢年过节的“成龙电影”一样开始重播。“成龙电影”至少还是令人愉快的，可这真是……

我重又开始接受心理咨询，服用抗焦虑药物，什么气功修炼、心灵控制、冥想瑜伽，所有哪怕能有一丁点儿效果的方法，我都试过。真是连一丁点儿的效果都没有。我甚至求助于我一向视为亵渎人类意志的罪恶的宗教。可就连神也没能救赎我。年复一年，那记忆不但没有变得模糊，反而添加了陌生的场面，增加了长度。一张粗略的速写不知不觉间变作了工笔画。到了后来，我甚至觉得，也许是我自己像得了强迫症一样纠结于那天的事件，并从中得到快感，就像陷入受虐幻想的跟踪狂一样。

我开始了每年参加一次考试，然后在自责自愧中度过一段时间，再像机器人一样学习一年的循环。自信心爆棚梦想成为法官的抱负早已消失得无影无踪。因为舍不得之前付出的努力而硬撑的阶段也过去了。司法考试对于我，已经沦落成了一种类似于国庆纪念仪式的年度庆典。就这样，又是几年时间流走。直到三十大几了，我才放弃了一个自认为只要努力就能实现的目标。生平第一次。他妈的……对不起，我不自觉地讲了粗话。

一个大学同学给我介绍了一份律师事务所律师助理的职位。薪水不高，只是做些琐碎的文件工作，但我心里是舒服的。遗憾嘛，怎么可能没有呢。我等于是在马拉松比赛里，一直到35公里处都处在领先位置，却因为脚底下打绊儿，一跤摔成了最后一名啊。尽管如此，人这种动物，还真是怎么都能活下去。也许是因为十多年来心气都耗光了，我不再对什么出人头地啊野心啊之类的事情感兴趣。反而是从日常生活里得到的小小快乐带给了我更多的感动。我爱上了下班后那一杯烧酒的滋味，周末和同道中人一起骑自行车旅行也是个乐子。我也常常下载整部《波士顿法律》或者《插翅难逃》等美剧熬夜看完。偶尔在电视上看到小儿癌症患者的抗病记，或者含冤入狱者的故事，我也会沉浸在小市民心态的自我安慰当中。不管怎样，我还算是幸福的嘛。

仿佛袖口上一块泡菜汁儿的污渍一样的悔恨，也随着结婚被洗得干干净净。通过一个房地产诉讼的案子认识的一位老婆婆介绍了个姑娘给我，我们在相亲的时候期待对方有的一切优点，这位姑娘都有。相貌不是特别出众，文文静静的，家境尚可，又已经过了对婚姻抱有过度幻想的年龄。作为我，一个做着一份没什么前途的工作，前额渐渐开始脱发的男人来讲，当然不希望错过。在紫芒山映照着晚霞的紫芒丛中，她接受了我的求婚，当时我的感激之情超过了喜悦之心。一个女人竟然相信我，选择我做她共度余生的伴侣，我觉得鼻根酸楚，好一阵子都默默无语地望着渐渐变成黄金色的紫芒。

结婚的一个优点，当然也是缺点，就是，我们从此无须再为了人生的意义和目标而感到苦闷。之前无数夫妻所选择的套餐自动生成了订单。理财、买房、生儿育女、教育、退休后的保障是标配，共同的兴趣爱好、性生活、自我实现等是可选项。如果我说幸福的定义就是没工夫思考自己有什么不幸的状态，是不是太愤世嫉俗了？

数学系毕业的妻子靠给初、高中学生补课，收入比我好。两个人一起赚钱，省吃俭用，三年居然就攒够了全税款在首尔郊区租下一套二十二坪的公寓。搬进公寓的第二年，就有了女儿悠莉。其实，我倒不是一定要生小孩，但改变套餐项目却不是想象的那么容易。谢天谢地。把刚出生的悠莉抱在怀里，我才算理解了创建套餐菜单的人生前辈们的深意。我从未体验过如此神秘的瞬间。这孩子是用我身上的血肉造成，是我的分身，不管我的优点还是缺点，全都像个十足十。那是和我们制订计划、苦苦争取来的成就完全不同的另外一种果实。玻璃窗上映出的我咧着嘴笑得很开心。我现在也比较能理解朋友们为什么一方面在酒桌上对各自的婚姻生活大发牢骚，一方面却又把存在手机里的小孩儿照片到处拿给人家看了。我也开始把每天一个样儿的悠莉的成长照片存在手机里到处晒给人看。当然还要一条一条地加上注解，证明孩子有多么聪明可喜。

现在我还偶尔会想，如果能够一直那么生活下去，我会不会幸福？我不得而知。因为那是一条我没有走过的路。

“喂，哥们儿！”

当时我是在去瑞草洞法院递交材料的路上，经过藤树休息区的时候，突然传来一个十分耳熟的、像火石互击发出的声音。一个五短身材的男人手指间夹着根烟，正在看着我，黑色紧身T恤上俗艳的银色印花在晨光映照下闪闪发亮。

“借个火儿呗！”

天，我以为自己已经忘得一干二净了……我从口袋里掏出打火机，打着火，男人把烟叼在嘴里，方方正正的一个头凑上来，两手轻轻把住我颤抖的右手。刚刚破茧而出的蝴蝶仍然挂在那手臂上没有飞走。蝴蝶如今已经发了福，变得宽宽扁扁，再也飞不起来了。男人一面吞云吐雾，一面嘻嘻一笑。

“三棵油！”

我进了法院，躲在大厅的柱子后面。那小子很节省地把烟一直吸到过滤嘴部分，而后走进了立决庭。我也跟过去，装作是被告坐下来。那小子是因在一场酒桌上的争吵中伪称警察的罪名出庭的。白长了一把年纪，日子就混成这样，果然是江山易改，本性难移。这小子大概立决经验很是丰富，嬉皮笑脸地哄着法官，最后只是象征性地罚款三万韩币结案。愚蠢的法官，应该罚他七万的。我茫然地看着闪闪发光的银色印花抖动着下了楼梯，走出法院大门，消失在了人海当中。一阵偏头痛伴随着铁钎凿石的声音袭来。在法庭上顺耳听到的那家伙的名字清晰地印刻在了头盖骨的内侧。

和蝴蝶文身遭遇之后，我心里重又开启了地狱之门。一个二十岁的前途无量的法律系大学生所错过的一切可能性，我以为自己早已彻底放下的不舍和悔恨，像含恨的冤鬼一样跑出来，大声嘶吼。我为什么只能给那么一个三流律师跑跑腿？我本应该成为一名法官，审核他们精心准备的材料才对。二十二坪的公寓原本是三口之家的安乐窝，现在却像监狱一样让人喘不过气来。就这么巴掌大的一个破公寓竟然还只是租来的，并不属于我。有几次我看着卫生间瓷砖上黄乎乎的水垢，突然神经质地把牙刷摔到了地上。温柔贤惠的妻子如今只让我觉得闷声闷气、邋里邋遢。才三十多岁而已，就已经满脸雀斑，胳膊上的肉也松弛下来。我的妻子本该是一个长得像伊莎贝尔·阿佳妮的美院校花。从开始学说话之后就拉着人不放，说个没完没了的悠莉把我烦得要死。想到四十不惑的人生将不可能再有什么变化，只觉得无限凄凉。我连在酒桌上假扮警察的莽撞勇气也没有，又是多么可悲……

冤鬼们一刻不停地翻腾我的屈辱感，对着我冷嘲热讽。我开始经常浑身酒气上班迟到，工作上的失误越来越多。律师不过温和地批评了我几句，我却和他大闹了一场，到了这样的地步，我的荒唐也就不用提了。我对妻子，从身材、装束、食物，到语气、化妆，没有不找碴儿的，经常当面给她难堪。对悠莉，我也成了动辄吼叫的坏脾气的爸爸。我突然的改变大概令妻子百思不得其解，她怀疑我在外面有了别的女人。我倒宁可是这样……在得知妻子找侦探事务所调查我那天，我甚至动手打了妻子——我的生活已经到了如此狗血的地步。

您知道爱斯基摩人怎么捕狼的吗？很简单，只要把涂了牲畜血的刀插在冰上，然后耐心等待即可。闻到血腥味的狼会走来舔食刀刃上的血，吃血的时候狼舌又被刀划破开始流血，但冰冷的金属麻痹了狼舌，令它不知道自己在流血。于是，狼血一直流到刀刃上，狼就一直舔食着那血，越舔血流得越多，血流越多，狼越是要舔食……直到最后倒地死去。我的那段记忆就像插在冰原上的刀，我都不知道那上面流的是我自己的血，还一直吃了又吃，吃了又吃，最后终于倒了下来。

等清醒过来，我发现自己已经成了一个废人，躺在阴森森的二十二坪的监狱里。早就被律师事务所炒了鱿鱼，妻子也只留下一张离婚协议，带着悠莉回外地的娘家去了。自作自受，我能怪谁呢？我掏出手机，看着悠莉的照片。液晶画面上，悠莉的笑容定格在了一年前的样子。悠莉应该又长大了吧？希望这个孩子能健康成长，直到第五阶段的"自我实现的欲望"都得到满足……要不要想办法求得妻子的宽恕，一切重新开始？可我怕同样的事情又反复发生。我的余生已经受到了诅咒，再也不能够对任何事情感到满足。我只能一天一天地躺在暴风雪席卷的冰原上，把我身体上堆积的时间不断地输送给过去，再为那过去而感到悔恨。

我又何必那么丑陋地硬撑下去？我猛地起身走进厨房，取出锯齿形刀刃的水果刀，放在左手的手腕上。来吧，你能做到。只要努力谁都能做到。女儿悠莉、妻子、乡下的父亲、朋友们，都像视频通话一样轮番出现来劝阻我。算啦，还有什么值得留恋呢。我紧闭双眼，用力划下。划倒是划了……却划错了地方，掌心肉厚的部分冒出了鲜血。我条件反射一般把嘴凑近伤口吮吸鲜血。一股强烈的薄荷香在头脑里弥漫开来。仿佛干涸的血管里重又有了鲜活的生机。德古拉就是因为爱这种感觉才吸血的吧？我又回想起了很久以前的那天。就在我的眼前遭受蹂躏的女朋友，只能眼睁睁地看着的自己，汩汩流进嘴里的血……视频窗里，蝴蝶文身最后登场，咧嘴一笑。喂，哥们儿，干吗呢？

等等，我为什么要死？该死的人不是我呀。心底有什么东西猛然冒了上来。为什么那条疯狗竟然两次闯进来，把我的花园糟蹋得不成样子？为什么要侮辱我弥足珍贵的努力？为什么我只能独自在这个大泥潭里挣扎？那条疯狗可还活得太平无事，还在路上随便拉着人借火儿呢。坏东西，你就不能随身带打火机吗？我的脸涨得通红，几欲炸开来一般。两只耳朵像高压电饭锅一样喷出蒸汽。也许，我的人生里，还有一件事能让我感到满足，就一件。

比例。我说过，比例很重要。如果那个混蛋是自变数 x，我就是因变数 y。我们两个人的痛苦之间难道不应该有某种函数关系成立吗？有一句话说，报仇，就好像被狗咬了之后去咬狗一样。对我而言，这句话不是反着说的教训，而是正着说的行动指南。没错，我决定报仇。那个家伙把狂犬病传染给了我，我就必须也变成疯狗咬回去。

我立刻取出笔记本和各色圆珠笔，开始制订作战计划。我并不打算怀揣一把包在报纸里的片鱼刀找上门去拼个你死我活。每个人都有自己的风格嘛。一部缜密、巧妙、干脆，最好还能附带一笔收入的智慧型复仇大戏，这才是我的风格。为了制订更加完美的计划，我没日没夜地奋战，绞尽了脑汁，就像从前还在上学读书的时候一样。只不过这次不是跟着注入式教育走，而是一次自律性的、创造性的行动。这不是为了在竞争中领先他人，不是为了赢得炫耀的资本，纯粹只是为了我秘密的满足感而投入的时间和努力。那过程本身就充满了快乐。我从来没有感受过的纯粹的生机彻底地充实了我。

当计划终于完成的瞬间，我不由自主地发出一声欢呼。作战计划名为“22J”。您要不要听？这个计划的核心是把一个更加强有力的第三者拉进来，由他代替我执行计划，以提高成功率和免除后患。也就是说，增加一个变数，创建一个三次函数：x、y、z。等于说那个家伙将在根本不知道我在报仇的情况下就着了道儿。就如同他不知道自己是怎样地毁了我的人生一样。最大的难关就是如何找到变数 z 的最佳人选。可仿佛如有天助一般，我在文件柜的抽屉里发现的一把陌生的钥匙打开了生锈的铁门。我摸索着记忆，想起来钥匙来自 K 建设公司的姜老板。我为其打工的律师是他的高中同学，也是他的法律顾问，姜老板主要是需要这位信得过的老同学帮他处理一些烂污的后事。这位姜老板是个豪爽的汉子，做生意很有手腕，又热心公益，是个风评不错的企业家。不过，这只是对外用的面具，实际上他是个像豺狗一样的人，十分阴险狡诈。他给大黑帮提供资金，把他们当作手下利用。不管是生意上的绊脚石也好，还是个人恩怨也好，和他结仇总之是危险的，非常非常危险。

姜老板还有一个不为人知的秘密，就是他变态的性取向。据说在这方面，他称得上是个兼具创造性和匠人精神的艺术家。为了满足这方面的需求，姜老板在汉南洞背街的一条巷子里买了一套商住两用房。因为从签合同、登记到装修、支付管理费都是我一手操办的，所以我是知道底细的。我还知道他经人介绍为那些想进演艺圈的年轻姑娘提供金援，代价就是满足他的情欲。我虽然没有亲眼看到过，但据说那里经常上演极为特别的色情秀。对于一个还在谋求进入政坛的社会贤达人士，如此丑陋的艳闻必将给他带来致命性的打击。

怎么样，您猜到了没有？有了以上信息，再加上公寓钥匙，就完成了以夷制夷的“22J”计划。

第一步，买一个流浪汉的身份证，开设借名账户。再到法院调出蝴蝶文身的个人信息，开设另一个借名账户。（轻微的违法行为可以请在银行和法院工作的老同学代为解决。）

第二步，潜入汉南洞公寓，在卧室安装监控器。

第三步，将热辣的视频制成 CD 和一封蹩脚的恐吓信一起发送给姜老板。“如未在某某日之前向以下账户存入现金 2 亿韩元，该视频将被上传至网络。”此处账户用流浪汉的借名账户。

第四步，等钱一存入借名账户，即刻转账至蝴蝶文身的借名账户。乔装打扮后到他家附近的几个银行通过 ATM 机提取 2 亿现金。

第五步：等待。耐心地。

以姜老板的性格，不管是什么事儿，都必然要斩草除根、不留后患。才 2 亿而已，他肯定会先抛出来，当作诱饵。此人在财经、政界、警察、法院，甚至国税局都有路子，这么初级的账户追踪根本就不算是个事儿。最终钱被提走的那个账户的开户人信息马上就将放到他的办公桌上。接下来将会发生什么呢？当天夜里就将有几个留寸头的彪形大汉闯进蝴蝶文身的家。他们多半会把那里翻个底朝天，再把那家伙打成半残，但他们怎么也不可能找到视频原件，所以那家伙最终一定会被塞进铁锹哐当作响的后备箱里，运到荒山野岭……不，没准儿姜老板不会找那些没文化的黑社会，而是采取更加万无一失的方式，比如请个暗中操作的专业人士。等亲眼目睹了结局之后，我就把姜老板捐赠的钱寄给妻子当作悠莉的抚养费。我自己则到乡下去，用公寓的全税租金经营一家小小的书吧。我打算在书吧的一角弄个咖啡座，让任何人都能享受一边喝茶一边读书的悠闲时光。名字我都想好了，三叶草书吧。夹杂在无数同伴当中平凡度日的三叶草。怎么样？是不是很不错？

可是，事情能按照我的剧本顺利进行吗？这我也说不好。不管多么完美的计划，多么精心的准备，也总有变数，比如突然冒出一个人来跟你借火儿。我早就不敢傲慢地以为只要努力就能成功了。尽人事听天命而已。天已经黑得差不多了，我要到首尔地铁站去进行第一步了。来吧，一切从现在开始。请祝我好运。

3

“这是哪里？”

“情人旅馆。”

“几点了？”

“就快 2 点了。”

“凌晨？”

“不，下午。”

女人环顾着昏暗的室内。厚厚的遮光帘把窗户挡得没有一丝缝隙。

“啊，头好疼。有烟吗？”

男人伸长手臂在搭在椅子上的一堆衣服里翻着。趁这机会，女人掀了一下被子，确认两个人都是赤身裸体。

“昨天我们是从夜总会直接到这儿来的吗？”

“可能在附近的大排档上又喝了一杯吧，也许。”

男人给女人的烟点上火，自己也点了一支烟衔在嘴里。两人长长地吐出的烟在床的上空袅袅升起，汇合在一起。女人用指尖抿去眼角的眼屎，转头去看男人。

“您好！”

“你好！”

“我们互报过家门了没有？”

“应该报过了吧？请问，可以把窗子打开一点儿吗？”

女人点点头。男人套上内裤，起身把窗帘和窗户都只打开了 5 厘米左右。汽车刹车的声音，人行横道的步行信号声，格格大笑的声音，新开业的商家的促销小姐欢快的喊声，工地上水泥搅拌车运转的声音，都从那道窄缝里挤了进来。

“您还真就只打开了一点儿呀。”

“这样刚刚好，我喜欢都市的噪音从缝隙里传进来，听不真切的感觉。”

女人哼了一声。男人又回到床上躺下。阳光像5厘米厚的玻璃墙一样，划在床上两人的脚腕上。香烟的烟雾袅袅地伸展着腰肢，穿过透明的光壁，绽放成带有鲜明的几何图案的花朵。

“我喜欢很大的屋子里人们喧哗的声音，每个人都在兴奋地说话，可是所有的声音都混杂在一起，什么也听不清楚的那种状态。侧耳静听，感觉上如梦如幻。仿佛是一条巨大的……鳐鱼漂浮在水面上，摆动着鱼鳍，发出哀嚎的声音。”

“鳐鱼也能哀嚎啊？”

“嘿，我是说感觉上，feeling。”

这一次轮到男人哼了一声。两个人轮流在床头柜上的玻璃烟灰缸里弹了下烟灰。烟灰缸的底部印着“汉河酒店”的商标。男人枕着胳膊，看着墙上的月历。克林姆特的《吻》几乎占据了整页月历。一个女人正在迎受恋人的亲吻，表情激动，周遭全是灿烂的金光。画底下的数字显示的是上月的日期。

“汉河酒店314号。下午2点。两个人……你知道一部叫作《火车怪客》的电影吗？”

“那是什么电影？”

“阿尔弗雷德·希区柯克导演，主演是……我不记得了。电影从两个陌生男人在火车上相遇开始。这俩人为了打发时间就开始闲聊。他们的话题越来越私密，然后就发现，原来两人各自的人生里都有一块令人头疼的绊脚石。一个人的是父亲，另一个人的是妻子。他们又到餐车一起喝酒的时候，父亲是麻烦的那一个暗地里提出了交换杀人的主意。他说，如果两个人交换，分别为对方剔除眼中钉，就可以既没有动机，又都有不在现场的证据，岂不是能够实现完美犯罪。”

“那另外一个人接受这个提议了吗？”

“没有，他以为那只是疯子的胡话。可那不是胡话。疯子倒确实是个疯子，他真的去跟踪另一人的妻子，并在游乐场里勒死了她。然后他就开始胁迫另一人，要求他也履行约定。事情就从这时候开始变得麻烦起来。”

“等于那个人在自己不知情的情况下雇凶杀妻，而且雇凶还没花钱。不过，您怎么忽然说起了这部电影？”

“就是突然想起来。我们这会儿虽然赤裸身体地躺在一张床上闲聊，但我们也根本就是陌生人，连彼此的名字都不知道。对你，我所知道的全部就是，你喜欢大房间里喧哗的人声，还有你觉得那声音好像是巨大的鳐鱼在哀嚎。”

“《旅馆怪客》。”

“没错，举个例子说，即使我在这个房间里杀了你之后消失，我被抓到的可能性也很小。因为我甚至都不会被列为调查对象。”

“您为什么要杀我？”

“我当然不会杀你。因为我根本没有要杀你的理由。……但世事难料。没准儿在离开这个房间之前，就出现一个理由了。”

“绝对不会的。像我这样美丽的、天使一样的女人，您怎么舍得。”

“电影《七宗罪》里，格温妮斯·帕特洛就是个美丽的、天使一样的女人。就因为这个理由，她成了嫉妒的对象……”

“停！到此为止。大叔，您一定特别闲。您看过很多电影吗？”

“嗯。也是因为职业的缘故。特别是关于复仇的电影，我是基本都要看的。”

“您是做什么职业的？”

“你看我像干吗的？”

“杀手。”

“啊，我这么容易就暴露了吗？”

“噢噢，那您也有枪吗？”

“枪？在韩国怎么可能。又麻烦，又危险。那种东西只有电影里才有。现实里，一针琥珀酰胆碱就可以干净利落地解决问题。”

“琥珀……什么？”

“是一种药物，进入体内后马上分解，查不出死因。如果通过眼球注射，就连针孔都不易发现，被当作心脏麻痹处理的可能性很大。”

“那多没劲。怎么也得像莱昂那样开枪扫射嘛。您胳膊上的伤口是工伤吗？”女人看着男人左臂上那道长长的疤痕。

“我昨天都告诉过你了。”

“对不起哦。”

“是以前在滑雪场受的伤。那是我生平第一次去滑雪场，结果坐错了缆车。我还说怎么缆车上到那么高的地方，原来是中高级滑道。连滚带爬地下来，胳膊骨折，打的铁钉固定。”

“您可真逗。您这杀手也太不体面了。活儿多吗？”

“凑合。我们这行的好处就是不受经济不景气的影响。我从来不缺顾客，总有人想把某个人从这个世界上除掉。”

“您不会受到良心的谴责吗？杀手都是坏人啊。”

男人看着爬上小腿的那道光壁。

“这个嘛，心怀杀念的都是别人啊。委托人瞄准，扣动扳机，砰！我只是飞过去命中目标而已。”

“我怎么觉得这是……”女人用手指甲挠了挠下嘴唇。“对啦，否定，这不是自我否定吗？”

男人像反刍似的在嘴里反复咕哝了几遍“自我否定”这个词儿。他满满地含了一大口烟，然后长长地吐了出来。

“对，就是这个问题。一直干这行就是觉得……”

“就是觉得怎样？”

“空虚。”

“空虚。空虚……这可真是，怎么才好呢？您干吗不养只小猫什么的，要不就像莱昂一样养兰花也行。”

“莱昂养的不是兰花，而是一种叫亮丝草的天南星科绿植。看完电影我还真买了一盆，不过没起什么作用。”

女人咂了咂舌，把烟按熄在烟灰缸里。男人也跟着掐灭了烟。

“你想啊，某甲委托我让他所认识的某乙永远消失，说明他们之间肯定发生过什么事儿吧？不能通过法律惩治的私人复仇、冤屈怨恨、狂热的爱情、经济权益、恐吓、背叛……可对我来说，某甲和某乙都是我根本就不认识的陌生人，那两路人马彼此有着极深的纠葛，我却只是个工具而已。装填子弹，瞄准，扣动扳机，砰！我越干这份活儿，就越好奇。到底这些人有什么故事？一个人有多大的仇恨，竟至于要雇凶杀人？如他所愿，某个人从这世界上消失之后，他就能感到幸福吗？事实上，我自己从来都没想要杀死什么人。”

“您大概没有过只在半夜开洗衣机的邻居。”

“嗯，我住独栋。因为涉及保安问题，而且我喜欢有个院子。总之，有一段时间那种感觉非常强烈。我总觉得好像有人在拿橡皮把我一点儿一点儿擦掉。我的位置上只剩下橡皮擦过之后的残渣。你没有过那种感觉吗？照镜子的时候，觉得镜中人好像不是自己……”

“有啊。化妆化得特艺术的时候。”

“你不化妆也很好看。”

“谢谢啦。那您怎么办了？”

“我甚至去看过精神科医生。当然，关于职业我并没有直说。我说自己在动物救助协会工作，因为负责流浪狗的安乐死，造成精神压力很大。也许因为我说了谎，医生只说了一堆没用的。他说我是抑郁症，现在像我这样的人很多。可也是，这样的问题谁能给你解决呢。只能各自想办法忍受罢了。”

“您想出办法来了吗？”

男人换上一支新的烟，点上火儿。女人也用手指比着V字表示自己也要烟。两人喷吐的烟雾重又在床的上空交会融合。

“干活儿的时候，我不把它当作是受雇执行的任务，而是假装成为自己报仇，我是因为个人恩怨杀人。可以说是一种表象训练法吧。每次接了活儿以后，我会先编一个合情合理的故事。当然为了配合这个故事，我的人生也必须全部重新改写，直到任务完成。在整个跟踪目标、制订计划并实施的过程当中，我会彻底地将情感代入那个假的人生。我就是在追杀不共戴天的仇家。也就是说，每次接受一个任务，都将有一个新我诞生。”

“一个新我诞生。”

“可以这么说吧，我的策略是宁可分裂成无数个自己，也不要被一点点儿擦掉。”

“您明知道那人生是假的呀，还能情感代入？”

“反正我真的人生也没什么值得一提的。就像是戏剧演员吧，就连自己是演员的事实也当成是角色一部分的演员。在最后阶段，我也实际要演一场戏的。我有我特定的仪式。”

“仪式？”

“除掉目标之前，我会以独白的方式把我的故事讲给目标听，播放一个和故事气氛相吻合的音乐作为背景，带着感情、非常真挚地。我是如此这般一个人，因为如此这般的原因要杀你，所以请你走好。”

“一个根本就不认识的陌生的人上门寻仇，您的目标肯乖乖地听着吗？”

“他当然不肯乖乖地听着了。所以，我都会事前采取措施，给他注射令身体无法活动的肌松剂。他不能说话，只能呼吸。不过精神是清醒的，也能听到声音。”

女人像喷雾器一样吐出烟雾，笑了起来。

“就是说，您把一个人麻醉了，让他连一根小手指也动不了，然后在他面前表演独角戏。啊，多么荒诞不经的演出啊。有效果吗？现在您不再觉得空虚了吗？”

“那倒没有。怎么说呢……现在我多少能享受这种空虚了。”

女人从鼻子里哼了一声。她欠起上半身，把吸了一半的香烟按熄在烟灰缸里。尚未完全熄灭的烟头上升起一缕轻烟。已经爬到他们膝盖边的阳光壁仿佛伸手可及。

“不过，您这样到处跟人家说自己是杀手，没关系吗？我要是报警，您怎么办？”

“现在轮到你了。”

“什么？”

“照你说的，我告诉你了一个绝对不可以随便告诉别人的致命的秘密，等于说我有了一个在这个房间里杀死你的理由。”

女人别过头来，直盯着男人看。

“你没觉得我们亲近一点儿了吗？这一次轮到你向我

靠近了。”

女人伸手到床下找出胸罩和内裤穿上。她从冰箱里取出矿泉水，缓缓地仰头喝下。然后把剩了一半左右的水瓶扔给床上的男人。男人也喝了一大口，而后把塑料瓶放在了床头柜上。女人走到月历前面，双手抱胸欣赏着上面的画。画上的那对恋人丝毫不介意她的视线，热烈地吻在一起。依偎在男人怀里的女人仿佛没有血色一样面色惨白。女人从墙上摘下月历，翻到下一页，本月名画是蒙克的《死亡与少女》。赤裸丰满的少女与只剩一把骨头的骷髅男子交缠在一起，互相亲吻。女人把挂历重新挂回墙上，退后一步，看着画。

“昨天，您没觉得很奇怪吗？夜总会里有很多比您年轻英俊的男人，为什么我选择了您呢？”

女人转身走到床边，背对着男人坐在了床上。烟灰缸里仍有一缕轻烟缭绕升起。女人拿起塑料瓶，把瓶底仅剩的一点儿水倒进烟灰缸里。随着哧的一声响，像发了洪水一般，烟头全都浸到了水里。女人竖起膝盖，双手抱住，淡淡地开始讲起故事来。

“据说龙凤双胞胎前生要么是琴瑟和谐的夫妻，要么是不共戴天的仇敌。这是一种体贴的安排，这样他们可以延续前生的美好缘分，或者一解心中仇恨。我和弟弟是属于哪一种呢？”

女人把滑落的刘海缓缓地抿到耳朵后面。

“同日同时出生的我们是一对平凡的姐弟，至少在得知弟弟那受了诅咒的病之前是的。十岁那年，弟弟在家附近的街心公园第一次发作，给送进了急诊室。医生说是癫痫，还说偶尔也有因癫痫发作致死的病例。妈妈听了之后，长吁短叹说都是前生的罪孽。曾经是消防队员的爸爸在煤气爆炸事故中殉职才刚刚过了两年。母亲一生为了丈夫担足了心，现在唯一的儿子又等于身上带着定时炸弹一样。变得极度神经质的母亲把从医生那里学来的急救要领反复教给我。还千叮咛万嘱咐，要求我在她不在家的时候一定要守着弟弟。我噘着嘴不愿意回答。因为母亲是个保险推销员，基本上很少在家。

“小时候，弟弟每次发作倒地，我都特别特别害怕。我颤抖着双手按照所学的方法采取急救措施。让弟弟侧躺，好使分泌物从嘴里流出来，解开扣子，松开皮带，清除周围的危险物品，等等。最痛苦的是在他身旁静静守候这一项。因为弟弟两眼翻白，嘴里冒着白沫儿，怪声吼叫，四肢反扭，简直就像鬼神附体一样。我真怕像电影里一样，恶灵从他的鼻子、嘴巴里冒出来，转移到我的身上……

“自从知道自己的病之后，弟弟也渐渐变了。他话越来越少，也越来越吝于表达自己的感受。特别是他的眼神儿……他那空荡荡的、仿佛能让一切事物都褪色的眼神，就连我这当姐姐的都觉得难以承受。只要是在他面前，我总忍不住抚弄着衣袖，避开他的视线。加上他整天都窝在家里只是看书，连我也像被禁锢起来了一样。我怎么可能没有不满呢？我正是喜欢和朋友们一起在外面疯玩儿的年纪，可是弟弟这不知什么时候就会发作的病，等于给我的脖子缠上了锁链。跟妈妈使性子，妈妈只会骂我凉薄无情。每次打定了主意气急败坏地跟妈妈大闹，妈妈总有一句话就像魔法的咒语一样，让我顿时没了脾气。你弟弟死了，你也没关系吗？

“妈妈所得到的唯一安慰就是，许多天赋异禀的伟人都是癫痫患者。陀思妥耶夫斯基、爱迪生、凡·高、拿破仑，再远一点儿的，亚历山大王。妈妈也不知道都是从哪里听来的，见人就不知疲倦地一条条地讲述他们出处可疑的逸闻轶事。我那时候虽然还小，也觉得不好意思。不过，那种说法大概也不全是无稽之谈。比如我和弟弟，是同一天从同一个肚子里生出来，念的是同一所小学、初中和高中，可弟弟的成绩总是名列前茅，我的却总得倒着数才找得更快些。当然，任何一个人如果从十岁开始就每天只是看书，肯定都差不多得像个天才吧？

“老师们总是拿我和弟弟比较，完全视我如劣质品。

朋友们开玩笑地给我取的诸如‘赠品’‘买一赠一’之类的绰号，我也不能完全一笑置之。最应该着急的妈妈反而对我的成绩很是宽容。她是觉得那是当然的结果。因为我只是熬制出弟弟这精华之后剩下的残渣。妈妈似乎反而更希望我始终处在底层，好衬得弟弟更加明亮耀眼。同样的双胞胎，他是高贵的贵族，我却是守在他身边的卑微的侍女。弟弟似乎对我也既没有感激，也不觉得抱歉。我为了他牺牲了多少？就这样还从来都不被放在眼里。也不看看他自己的德行，一发作起来，就像只没用的虫子一样只会慢慢蠕动。”

5 厘米的光壁不知不觉间已经在抚摸着男人的大腿根儿了。女人从床上起身，关上窗户，拉上窗帘。阳光和噪音消失之后，房间里又像江底一样昏暗。女人仍然背着身子，手里攥着窗帘接着说道：

“是的，我曾经希望过，不，我常常希望，那苍白的病人最好一下子死掉，比如当有钱的朋友在班尼甘举行生日派对，邀请我参加，我却因为弟弟而不能去的时候；当我因为去买卫生棉而离家一会儿就被妈妈打得背上青一块紫一块的时候；当长辈们对弟弟充满了赏识，转向我就变成一脸的恨铁不成钢的时候。尽管如此，我并不是真的希望他死掉……”

女人转过身看着男人。嘴唇不自然地抽搐着。

“那是在我们十八岁那年秋天。那天妈妈到外地去参加公司培训，家里只剩下了我们姐弟俩。我因为睡觉警醒，深夜里，被低沉的呻吟声惊醒。我以为弟弟又发病了，赶快冲进弟弟的房间，打开了灯的开关。首先映入眼帘的是窗边飘动的象牙色薄纱窗帘。天已经凉了，怎么窗子是开着的？然后我才看到手脚都被绿胶带捆着、嘴也被封起来的弟弟正在床上蠕动着挣扎，还有一个怪汉手举改锥呆呆地盯着我看。那大汉大概因为灯突然打开，也吓得惊慌失措，他挥舞着改锥，说些让人听不懂的言语威胁着我。紧接着，我也同样被绿胶带捆住扔在了床上。他慌里慌张地在房间里乱翻了一通，就从玄关门逃走了。留下我们仍然被捆着扔在床上。

“我使尽浑身的力气想解开胶带，可是胶带捆得结实极了，怎么也动弹不得。我这边儿正在拼命挣扎，偏偏就在这时候……弟弟蜷缩成一团的身子开始震颤起来。眼睛已经翻白，喉咙里发出水流汩汩逆流的声音。贴着绿胶带的嘴里清晰地传出桀桀声，呕吐物从鼻孔溢出，他只剩下白眼球的眼睛盯着我……我的惨叫声也无法离开我的嘴，只能一直一直地钻进我的身体里，那声音仿佛将永远在我的身体里到处乱窜，引起回声。弟弟的痉挛渐渐减缓，身体无力地瘫软下来。我的脸从弟弟瞳仁里消失的那一刻，我只能脸对脸地眼睁睁地看着。

弟弟微笑了一下……很短暂的一瞬间。直到妈妈回家，我面对着死了的弟弟，在床上躺了整整十四个小时。坏东西，临走前你倒是把灯给关了啊。”

女人把椅子拖到床边，反坐在椅子上，胳膊支在椅背上。

“妈妈受了这个打击之后，缠缠绵绵病了不到两年就去世了。再没有人骂我是狠心的东西，再没有人把我当作是劣质品，我也不必再一直守在家里，也不必磨磨蹭蹭地闪避他那空旷的眼睛……可是，取而代之的是，我只要一合上眼睛，弟弟临死前的眼神就在眼前晃动。那拼尽全力想把我收进他像枯井一样的眼睛里的眼神。每次他从发作中清醒过来，仰头看到我蹲守在他身边的时候，都是那种眼神。那总能让悬着心守候他的我破涕为笑的眼神……回想起来，弟弟似乎尤其是和我单独在一起的时候发作频繁。”

女人看着梳妆镜里的自己的剪影。

“弟弟死后，您知道我最感到痛苦的是什么吗？我没有了梦。不是希望、理想那个梦，就是睡觉时做的梦。从那天以后，我再也没有做过梦。早上醒来，我总觉得自己好像是在无光无声的深海海底躺了几个小时后回来。你知道人生里只有清醒状态的意识是一种什么感觉？枯燥乏味。仿佛整天都在咀嚼生肉一样。就连梦都不来招惹你的人生……”

女人眯起眼睛凝视着男人的眉间，嘴角掠过一丝笑意。

“可是几天前，四年来，我第一次做了个梦。我梦到自己赤裸着身体和一个骷髅男子相拥着热烈地互相亲吻。从骷髅男子的两个眼洞里吹出酸溜溜的风，缠绕在我腰上的骷髅手的触觉真切极了。我手臂上用力，把骷髅的脖子拉近自己。我一面感觉着挤压胸口的坚硬的肋骨，一面把舌头深深地探入张开的颏骨之间。啊，虽然是在梦里，可那种迷醉的感觉我从未有过。全身的每一个感觉细胞都在疯狂地震颤……那是我决心报仇的那天夜里。就在那天，我在街上偶然发现了那个家伙。虽然已经过去了四年，我还是一眼就认出他来，高举着改锥、惊慌失措的那张脸。我尾随着他，搞到了他家的住址。起初我是打算报警的，但跟着那家伙的后脑勺走了一整天之后，我改变了主意。他毁了我全家，害我困在海底，这样的罪行，如果只坐几年牢就算了，也未免太不公平了。”

女人把右手滑进床头柜上的黑色挎包。

“您说得对。一个人一心想要杀死某个人的时候，肯定有逼得他那么做的动机。从那天以后，我一直跟着那个家伙。昨天晚上我看到他进了夜总会，就知道机会终于来了。我拿自己天生的美貌作为武器，向那家伙接近，灌了他许多酒，把他引诱到情人旅馆……”

女人飞快地从挎包里抽出右手，用手指比作枪的形状，瞄准男人的眉间。

“砰！”

女人模仿西部电影里的场面，把枪口放到嘴边，吹了一下。

“怎么样？”

男人摩挲着已冒出青胡楂儿的下巴，看着月历上的蒙克的画。

“不错。不错归不错，怎么说呢，还缺少点儿泪点。”

女人抱着双臂，扁了扁嘴。一直不错眼珠地凝视着挂历的男人撑起上身坐起来。

“好吧，下次我出工的时候，就用你这个故事。”

“您不是说缺少什么泪点吗？”

“反正我还要润色的，主人公也要改成男人。”

“凭什么。您要用，就得付我著作权使用费。先不说这个，您觉得我的独角戏表演得怎么样？可惜，如果先用肌松剂把您给麻醉了，肯定更有真实感。”

“你演得不错。”

“哈，您也太狂妄了，竟然这么评价一个未来的大明星。只消再过几年，您会觉得和我共度的一夜是您毕生的荣幸。”

“我现在就觉得是荣幸。你想当演员吗？”

“美貌、演技、魅力兼备的，这个时代最伟大的女演员！明星中的明星！我也觉得人生空虚，想要分裂出无数个自我。冰冷的白领、明媚的少女、愤世嫉俗的娼妓、冶艳而有致命魅力的女人、愿为爱牺牲的纯情女子、骗子、幽灵……啊！现在几点了？”

“快 3 点了。”

“该死，我约好了 4 点半要到的。”

“到哪里？”

“一个资助我的老板的秘密据点。去汉南洞要坐地铁吗？”

“你还有资助人？”

“是呀，有一个很方便。一个月只要跟他做几次爱，生活费、服装费、化妆品钱，像这样和别的男人一起玩乐的娱乐费，就全都解决了。不过这个老板虽然给钱大方，却相当变态，每次都要求稀奇古怪的表演。我就当是练习演技了。”

“只做爱，不谈情？”

“噢，您还是个挺浪漫的杀手嘛。怎么？您想和我谈一次纯洁的恋爱吗？”

男人定定地盯着女人的眼睛看了一会儿。女人交握的双手抱在胸前，歪着脑袋微微地笑着。

“我想不是。”

“好伤心哦。我没有魅力吗？呜呜。”

“你有魅力。不过……我不觉得动心，爱情首先要心动啊。”

“哇，我真要疯了。大叔，雇您要多少钱？我想杀了您。”

男人的眼睛无声地笑了。

“免费。不过有一个条件是，执行任务的时间由我来决定。”

女人从挎肩包里取出化妆包，走进浴室，她正要关门，却又探出半个头问道：

“请问，昨天您戴套子了吗？”

“嗯，不过，反正我并没有射精。因为我也醉得厉害。”

她正要关门，这次是男人叫住了她。门缝里又露出半张脸。

“有件事我想问你。昨天在夜总会，你为什么选了我？比我年轻英俊的男人多得很。”

女人扑哧一笑。

“因为您的眼神很像我弟弟。”

淋浴完了以后，女人用吹风机吹干头发，凑在镜子前面开始化妆。她瞪大了眼睛涂着睫毛膏，忽然停了下来。镜中的睫毛微微颤抖了一下，女人把耳朵贴在卫生间的门上听着外面的动静。

“大叔，您还在吗？”

没有人回答。女人握住门把手，又无声无息地放开了手。她从手袋里取出防色狼喷雾器，藏在背后，然后把门推开一条缝儿，窥探着外面。床铺已经收拾整齐，没有看见男人的衣服。女人的眼睛瞟向门后，握着门把手的手背上细细的青筋暴起。她深吸一口气，踹开门冲了出去，同时把喷雾器对准门后。镜子里，一个只穿着胸罩和内裤的女子伸直了手臂，缩着腰背站在那里。

“原来就是我自己在这儿瞎折腾呢。”

她把散落一地的衣物收拾起来。就在这时候，她注意到床头柜上放着一支烟和一个打火机。烟和打火机的下面，一张支票和留言条叠放在一起。

“这是给你的著作权使用费。坐出租车去吧，地铁要换乘两次。”

4

我们这个时代根本就是场悲剧，所以我们才不愿意拿它当悲剧。

这是小说《包法利夫人》的第一个句子。这书是很早以前读过的，可我还清楚地记得自己一边点头赞许，一边在下面画上线。那时候我才二十几岁……不，等等，那句话是出自《查泰莱夫人的情人》吗？嗯，肯定是两本书中的一本。好像是《包法利夫人》，又好像是《查泰莱夫人的情人》。真是的，这两个夫人我老是弄不清楚。可能是因为一前一后读的，更觉得缠绕不清。两个人又有共同点，都是身为有夫之妇而有外遇。外遇这种说法不大好吗？出轨？偷腥？婚外情？自由恋爱？抗拒时代与社会的束缚，忠实于自己的欲望？怎么样？这么说更冠冕堂皇一些吗？总之，她们两个人都有了外遇，可是结局不一样。一个人选择了服毒自杀，另一个似乎是抛弃了家庭，去寻找真爱了。不管怎样，服毒自杀的那一个比较可能说些悲剧不悲剧之类的话吧？包法利夫人是自杀的，那就应该是这本书吧？不对，自杀的是查泰莱夫人吗？哎呀，弄混了一次之后就再也搞不清楚了。包法利夫人对查泰莱夫人。包法利夫人，查泰莱夫人，包法利，查泰莱……啊啊，我说不清。我最讨厌这种模模糊糊的问题，好像有一根柔软的羽毛在轻轻地搔着大脑皮层一样，让人痒得难受，简直就是酷刑。您也知道那种感觉吗？

如果是在家里，我肯定早就打开电脑，到网上查找答案了。但这会儿我是在旅行当中，没法查，只能搜寻头脑里的记忆仓库，好找出那本书。这仓库一团糟，我看了只有叹气的份儿。我一个人出来旅行，就是想安安静静地想想事情，怎么偏偏没头没脑地想起这么一句话，弄得自己更加心乱。其实不管那是哪本书的第一句话，都根本就不重要……蝴蝶，对，是因为蝴蝶。我从火车站出来，悠闲地走在山野小径上，看到一只白蝴蝶在波斯菊上轻轻飞舞，才会忽然想起那句话。想必是大脑里又进行了一次联想接力。我脑子里时不时就要上演一场这类毫无意义的接力比赛。最后一棒就是不知是包法利夫人还是查泰莱夫人……先跟着蝴蝶往下联想，最后一定可以找到线索，看看那只蝴蝶飞来悄悄地落在了我记忆仓库的哪个角落。

蝴蝶，蝴蝶……没有什么特别的记忆啊。我讨厌一切昆虫，即使是蝴蝶。我觉得昆虫都长得很恶心。我现在马上能想到的是蝴蝶效应。北京的蝴蝶扇动一次翅膀，可能在纽约还是哪儿引发台风。对吧？还有蝴蝶梦。我梦蝴蝶，还是蝴蝶梦我，是庄子的人生无常论招来了查泰莱夫人或者包法利夫人？连两位夫人都在摇头了，说她们的人生根本就不无常。

蝴蝶……蝴蝶也常常被当作是灵魂的象征。我好像在哪里读到过，希腊神话里的普绪克在希腊语里就有灵魂和蝴蝶的双重含义。普绪克是爱神厄洛斯的妻子，可厄洛斯不让妻子看到自己的容貌，只在夜里陪伴她（果然不愧是爱神）。这个时候，照例是要有多事的破坏者登场的。普绪克的几个姐姐在她耳边吹风说，妹夫很奇怪，准是个怪物。结果普绪克忍不住在深夜里端着油灯去确认睡梦中的丈夫的脸。这时候一滴滚烫的灯油滴落，烫伤了厄洛斯，厄洛斯从睡梦中醒来说，像你这样多疑的女人真让人无法忍受，然后就走掉了。大体上就是这样一个故事吧。不过，这个神话到底想说什么？一切婚姻都只有在黑暗状态下才能维持？

这让我想起来，去年结婚纪念日那天，我和丈夫一起在艺术殿堂看了歌剧《蝴蝶夫人》。真是的，又一位夫人！两个就够我受的了。其实，比起歌剧来，我更喜欢音乐剧。因为歌剧从头到尾都在唱，又一句也听不懂，让我觉得沉闷。可是丈夫不知怎么以为我喜欢歌剧，每逢海外著名歌剧团来韩国演出，他都主动替我预订贵宾入场券。看在丈夫的诚意上，我也就没有纠正过他这一误会。去年看的《蝴蝶夫人》也是国立巴黎歌剧团的演出。表演是极好的。就是首席女歌手身躯庞大，压倒了男主人公，让人难以融入剧情。不管怎么说吧，思绪的链条是一环一环这样相扣的：蝴蝶→蝴蝶夫人→包法利夫人或查泰莱夫人→悲剧云云。可是即便如此，那两位夫人也还是还没分出个胜负来啊。

其实，去年结婚纪念日最精彩的一幕发生在歌剧结束之后。丈夫说他口渴，进了一家便利店，出来之后递给我一只黑塑料袋。我以为是饮料，随手接了过来，可是老天！里面竟然是一只闪闪发光的钻石手镯。便利店里居然也卖这个。丈夫微笑着揽住我的肩膀。他这个人哪，就是这些地方可爱。

啊，我还想起了电影《沉默的羔羊》。不是有这么一张海报吗，一张面无表情的女人的脸上，一只蝴蝶展开翅膀挡住了她的嘴巴。那部电影还是我读高三的时候看的，真是过了好多年了。一起上美术班的一个男生一直说我长得像里面的女主人公朱迪·福斯特，让我好奇得不能不去看。嗯，眼睛，还有那种理智的感觉是有点儿像。不过我没想到那电影那么恐怖。整场电影我都像只西瓜虫一样蜷缩成一团，害得我离开电影院的时候浑身酸痛。特别是朱迪·福斯特到监狱里去和汉尼拔·莱克特面谈的场面，直到现在都还历历在目。汉尼拔脸上垂着深深的阴影，圆瞪着眼睛说："克拉丽斯，那只羊羔现在怎么样了？"充满整个大屏幕上的那眼神仿佛也在深刻地解剖我的内心，让我觉得毛骨悚然。那个演员叫什么名字来着？嗯，是个很有名的演员……脸我记得很清楚，名字却想不起来了。明明就在舌头边上，仿佛马上就能冲口而出一样……停！这样不行，想都不要想了。搔痒大脑皮层的羽毛，一支就已经足够了。总之，在那部电影里，连环杀手塞在被害人喉咙里的蝶蛹不是最终成了关键线索吗，它象征着凶手变身的渴望，对吧？也许我在路边看到蝴蝶时……等一下，《沉默的羔羊》里的那个不是蝴蝶，而是飞蛾，背上有骷髅纹样的那种。

变身……说到蝴蝶的变身，我有一件事要坦白。那时候秀珉还是个婴儿，所以那已经是三年前的事儿了。我抱着孩子站在公寓阳台上透气儿。和现在一样，当时也是阳光喜人的初秋。对面公寓一个女人抱着毯子来到阳台上。那是一张白色的儿童毯，上面绣着各色蝴蝶。女人把小腹倚在栏杆上，上身探到外面，用力抖着毯子。从远处也可以看得出来她细细的手腕上用上了十足的力气。毯子每次舞动着掀起一阵风的时候，那精瘦的女人都像要跟着毯子一起掉出来，好像要挂在魔毯上飞走一般。咔嚓，感觉上好像女人的手腕给砍断了似的，白毯子飘飘摇摇地向下坠落。它跳着舞，随心所欲地跨越像用乐高玩具拼起的楼房的层层屋檐。女人慌慌张张进屋去了。这会儿多半是正在奔向电梯吧。毯子飘落，就在快要落到小公园里的跷跷板上的时候，发生了一件令人难以置信的事。白色的毯子变成了一只巨大的蝴蝶。

那蝴蝶扇动着一对白色的翅膀又乘风飞起，飞出了公寓的峡谷，在蔚蓝的天上悠然地盘旋了一会儿之后，飞进了耀眼的阳光里……一样什么东西从我的怀里倏然掉落。我飞快地俯身从栏杆外侧抓住了正在掉落的那团白色的东西。小和尚服里，秀珉正在格格笑着，悠悠荡荡地悬在二十五层的高空。

直到现在，想起当时的情景，我的心脏都还会抽紧。我瘫坐在客厅里，紧紧地抱着孩子哭了很久。为什么会出现这样的失误，为什么我竟然觉得，如果我放开手，孩子也将像蝴蝶一样翩翩飞起……我那时候一定是疯了。那段时间我患上了严重的失眠症，不管是白天还是晚上，都像醉酒后走在云端一样神志模糊不清。是产后抑郁症。据说人人都会不同程度地经历，我可能是特别严重吧。是蝴蝶在波斯菊上翩翩飞舞的样子让我联想起了那一次的可怕记忆吗？

我的仓库里还深深地藏着一只永远不能变身的蝴蝶。没想到，我关于蝴蝶的记忆还挺多呢。那还是在我读大学的时候，我和男朋友正在公园的林间小路上散步，从树后突然冒出一个男人。他借口借火儿寻衅生事，突然就挥拳把我男朋友打了一顿。接着，又从背后抱住我，捂住我的嘴。那人口气里散发着酸臭的烧酒味儿，别提多恶心了。就在那时候，我看到了他前臂上的文身。因为图案很独特，所以我到现在都还清晰记得。那是一只刚刚破茧而出，正欲振翅而飞的蝴蝶。啊，对了，他抓着我的时候，我手里的书掉在了地上。《查泰莱夫人的情人》。因为当时我选了一门名为“小说里的女性”还是什么的公共课。联想的拼图终于拼出来了。可是……《包法利夫人》也是在那个课上读的。我掉落的书是《包法利夫人》吗？啊哈，又回到起点了。包法利夫人是法国人，查泰莱夫人是英国人。英国与自杀、悲剧气氛是不是更相符合啊？不过，我好像也看到过法国的自杀率排在世界前列的报道。啊啊，真希望能早点儿摆脱这搔痒的酷刑。

您问我被色狼抓住的事儿后来怎么样了？如果您想知道，我就讲给您听。反正这是一次没有目的地的旅行，偶尔拐到岔路上散散步应该也不错。蝴蝶文身扯着我的头发，手开始粗暴地在我身上蹂躏，一边还在我耳边说些淫秽言语。就在我快要昏过去的时候，那家伙突然飞到一边，栽倒在地。原来是我男朋友站起身把他踹开了。其实，我这个男朋友并不是在那种危险关头值得信赖的雄性。他身材矮小，皮肤白净，戴着角质镜框的眼镜，是个斯斯文文的学者型男生。蝴蝶文身也猛地跳起来，轻蔑地从鼻子里冷哼了一声。不管是蝴蝶文身，还是我，都没想到这个瘦小的、书生气的男生有多么勇猛。两拳就被打倒的男朋友又站起来冲了过去。摔倒，又站起来，滚倒，又冲上去厮打啃咬……我两腿软弱乏力，瘫倒在地上，眼睁睁地看着这场残酷的决斗。男朋友性格刚毅果决，我是知道的，却没想到他还有这股狠劲儿。他脸上鲜血淋漓，嘴上却笑着，不断地爬起来。到后来，他的眼睛里已开始闪烁起了脱缰烈马一般的疯狂之气。蝴蝶文身也被那僵尸一样的气势给镇住了，渐渐开始后退，随后就骂骂咧咧地逃掉了。男朋友仿佛没事人儿似的用袖子抹了抹脸上的血，过来扶我起身。又把掉在地上的书捡起来递给我，那书不知道是《包法利夫人》还是《查泰莱夫人的情人》……

只要用图像处理软件把男朋友的外貌修理一下，那简直就是高中生浪漫爱情小说里经常出现的精彩场面了。可是现实当中，因为那天的事件，情况变得相当复杂起来。其实，我是打算马上就和男朋友分手的。我们是在让·雷诺阿导演的回顾展上认识的。他虽然不是让人一见钟情的类型，不过聊着聊着倒也被他那真挚的态度和渊博的学识所吸引了。可是，交往了一段时间过后，我就意识到，这个人绝对不是我失去的另一半。如果只看条件，他确实是足以让女孩子们倾心的优质蓝筹股。以第一名的成绩考入韩国最好大学的法律系，已经通过了司法考试一考，终考也是势在必得。难得的是他并不因此而态度骄傲、目中无人，又不是通过媒人掂量自己身价的浅薄精明之辈。善解人意，恋爱的时候又专一，总而言之，他是一个很不错的结婚对象，完全有可能实现经济富裕、社会声望、家庭和睦三项全能。但我想要的不是那种资产负债表式的条件。我渴望的是尽在不言中的浪漫心动，我想要找的是那种能散发热量的恋人，只要和他在一起，就会全身细胞都活跃起来，体温上升0.5度。我也觉得不安，怕自己一辈子也遇不到。如果退而求其次，没准儿现在这个人就是“最佳”以外的那个“其次”呢。可是，我还年轻，还不想就这样与现实妥协。

我很早就想提出分手，可他马上就要参加二考，时机并不好找。他这个人是意志的化身，应该不至于为了恋爱而耽搁大事，但我自己的性格也是那种不愿意留下一丝一毫的自责的。越是犹豫，离考期就越近，不得已我只好决定等他一考完试就提出分手。在那之前就先乖乖做他女朋友吧。不成想考试前一天发生了那种事。男朋友在满脸伤痕、右手中指骨折、肋骨骨裂的状态下进了考场，结果可想而知。接下来的一段日子，我只能一切都放下不提，专心照顾这位正义的使徒。沉重的自责成了附骨之疽。

他仍旧充满自信，叫我不要担心。他并不拿受伤的事儿当作借口，只是说这次是运气不佳，明年一定能轻松过关。明年！我不能流露心事，只好哑巴吃黄连，有苦说不出。我又没打算要和他共度一生，可不想再和他交往一年了。但他是为了保护我才受了重伤，又考砸了重要的考试，我怎么可以不等他拆石膏就冷酷无情地提出分手呢。就这么犹豫不决中，几个月又飞一般倏忽而过。他重新转入了战斗状态。我能做的就只是祈祷他这次无论如何都要考过，好让我可以放下自责，轻松地提出分手，好让我们可以各自去寻找命运之爱。可是不知是怎么搞的，他又一次落榜了。

第二次的失败让他自己也受到了不小的打击。或者不能说是打击，他似乎是不明所以，人都懵了。应试多年的老考生当然觉得没什么，他却是个不惯于失败的人。这样一来，他又得重新准备一考，这也是个不小的负担。还能怎么办呢。我只好鼓足勇气，提出了分手。我知道别人会怎么看我。人家肯定都以为我是个俗气的女人，他是前途无量的法律系高材生的时候，我把着他不放，等觉得他苗头不好，又一脚踢开，另觅高枝。我心里又何尝好受？可是，我总不能一直假装和一个我根本不爱的人恋爱而浪费青春吧。又没有人能保证说一年就够了。前面我也说过，我当初就没把他的条件放在心上。我只是想尽快去寻找能让我体温升高的另一半罢了。

我一直知道他是个自尊心极强的人。光说“极强”还不够，他的自尊心已经到了神级。所以，我预想的剧本是这样的。他平静地问过我为什么之后，不动声色地把愤怒压在心底，然后表现得好像他也没有什么可留恋的，干脆利落地接受分手。我完全没有预想到的是，他那极强的自尊心竟然翻转过来，彻底失控。我看着他淡淡地听完我说的话，还松了口气，觉得果然不出所料。然而，他那淡定的反应竟然表示他根本就不承认我的分手宣言。我说得很清楚，可他就像什么都没发生过一样，继续扮演着男朋友的角色。他不停地打电话、发短信；在教室门口、我租的房子门前等我；照例在纪念日准备鲜花和礼物……老天，谁能想到那么理智的一个人竟然会变成跟踪狂。他的意思是说，你不可以先离开我，我绝不放弃我的任何一个目标。

不管我怎么不理他、说服他、求他，都没有用。他的眼睛里又开始闪烁着和蝴蝶文身打斗时的那种疯狂之气。这种情况下还怎么学习？他又没有通过一考。越是这样，他对我的纠缠就越厉害，我不得不忍受双重的痛苦，被跟踪狂纠缠就已经够难受了，我还要对一个高材生因为我堕落成了跟踪狂而感到自责。我得了神经衰弱，暴瘦、失眠、斑秃……不过，我怎么说起这个来了？我只需要弄清楚到底是包法利夫人还是查泰莱夫人就行了呀。啊啊，一想到这个，我又开始觉得痒起来。真想让她俩互相扯着头发一分高下。

反正已经开始讲的故事，就让我讲完吧。直到我毕业后到一家广告公司上班以后，他都还在跟踪我。再后来，他忽然就没了消息。我悄悄打听了一番，才知道他去服兵役了。他没告诉我就走，可见他自己也很苦闷。也难怪，接连几次落榜，他也不能一直休学撑着不去服役。我真是长舒了一口气，从来没有这么感谢过韩国的义务兵役制度（对各位男性朋友我很抱歉）。我诚心诚意地祈祷，希望如长辈们所说，军队能够充分发挥它改造人的功能，希望他能把我这个无情无义的女人忘得干干净净，重生为那个充满自信的高材生。

第二年，我辞了工作，到纽约学习插画。在帕森斯设计学院留学的朋友很久之前就劝我过去和她一起住，我也一直都存着这个心，可是每次想走的时候，都不知道怎么那么多的事情牵绊。但是这一次，我收拾了行李，想也不想就上了飞机。因为我强烈地感觉到，我的人生也到了需要改变的时刻。先去了再说。考验一下自己的潜力。在纽约这个梦想都市尽情地投入自我。说老实话，他退伍的日子越来越近，也实在让我心惊肉跳。最终纽约也真的给了我一个实实在在的变化契机。因为我在自由女神像的头里，遇到了来纽约度假的丈夫。

我的丈夫是不是和他在一起就能让我体温升高0.5度的、能够散发热量的情人？他不是的。他条件虽然不错，但是比我大十一岁，而且是过于现实的类型，我的朋友一直到最后都摇头表示反对。我之所以选择他，起到决定性作用的不是别人，正是前男友。被跟踪狂纠缠了三年多之后，我不再渴望柔情蜜意的浪漫爱情，而只想找一个坚实可靠的避风港湾了。从这方面来讲，他是个合适的人选。他健壮、体贴、长袖善舞，深得身边所有人的信任和爱戴，而且他成熟的风度，令我对自己的价值重又有了信心。当时我处在身心俱疲的状态，恋爱，一提这两个字我就先觉得害怕，学习，我并没有像想象的那样燃起热情。纽约的生活也和从《欲望都市》里看到的大不一样。在华丽的大都市里独自品味的孤独把我从浪漫主义推向了现实主义。直到现在我还偶尔会想，假如那天我们没有碰到那个蝴蝶文身的色狼，男朋友通过了司法考试，我们和平分手，假如我没有一时冲动跑到纽约遇到丈夫……我真的能找到我失去的另外一半吗？

啊，这倒证明了蝴蝶效应。我可不是追随着在波斯菊上面那只蝴蝶扑扇的翅膀跑了一趟纽约吗。蝴蝶，蝴蝶，蝴蝶呀，蝴蝶呀……也许我看到那翩翩飞舞的蝴蝶联想到的并不是真正的蝴蝶，不是昆虫，而是哺乳类的蝴蝶。哎，人们不是常常把猫叫作蝴蝶吗？关于猫，我还有一件事记得很清楚，就像昨天才发生的事一样。事实上，那件事就发生在昨天。

昨天夜里，我又在为了入睡而努力寻找最完美的体位。右侧卧一会儿，又换到左侧卧，对盆骨和席梦思之间的角度进行微调，在枕头上一点点儿扭动脖子，把七根颈骨排列整齐，双手前伸交叉，又改为一只手伸进枕头底下。右腿垂直竖起，再换成左腿……最佳睡眠姿势就像每天晚上都更改的暗号，找出它来十分不易。每根手指的角度、头发垂落的位置、睡衣裹在腿上的面积，都必须完美地达成一致。我必须找到这把钥匙，才能轻轻打开巨大的铁门，进入深藏在密林深处的秘密王国。昨天晚上我终究没能找到那把钥匙，昏昏沉沉地坐了起来。身边人事不知地酣睡着的丈夫，不知多么令我羡慕。

我冲了一杯咖啡，坐到了电脑前面。没有比网上购物更适合打发多余时间的了。听着各种新商品竞相热情地说明自己存在的理由，几个小时很快就会过去。可不知哪里出了故障，显示器的电源打不开。我没办法，只好到丈夫的书房打开笔记本电脑。本来丈夫是不让我进他书房的，不过他现在睡得正香，管他呢。笔记本电脑的光驱里有张 CD。我无意地，真的是无意地点开了 CD 里面的视频文件。啊，画面上是我做梦都想不到的光景……那是一段“黄片”，男主角是在主卧室里睡得像个孩子一样的丈夫。

摄像机镜头对准的是超大号床，丈夫四肢成大字张开，分别捆在四个角上，身上只穿了一条女式连裤袜，下体部分有一个洞。过了一会儿，一个女孩儿扮成音乐剧《猫》里的猫，进入到了画面里。女孩儿大概二十岁出头的样子，身上穿着黑色紧身连体衣裤（同样也有三个大洞的），戴着小巧可爱的猫耳发箍，手腕和脚腕上都戴着翻毛的护套，屁股上还粘着一条长长的尾巴。猫女郎动作矜持地绕床转了一圈，然后开始用舌头舔舐丈夫的每一寸身体，嘴里还不停地喵呜喵呜地模仿着猫叫。他的嘴里发出了我从未听过的尖细的呻吟声。从连裤袜的洞里钻出的那东西渐渐开始朝着天花板耸立起来。猫女郎就那么用舌头舔，用尾巴搔痒，用爪子抓挠，撕咬，吮吸……您知道这“动物王国——猫”的结局是什么吗？小猫骑坐在丈夫的胸口，对着他的脸痛快地撒起尿来。如醉如痴地连声怪叫着迎接小便洗礼的那个男人，分明就是我那个健壮，体贴，长袖善舞，深受周围人信赖爱戴的，为我提供坚实可靠的港湾的丈夫。

很奇怪吧。为什么我根本就不生气？看着这场连称作是外遇都让人觉得难堪的猫秀，我一直都在笑。起初只是哧哧地干笑，后来就是抚掌大笑，笑得差点儿没从椅子上跌落。我不知多久没有这样疯狂地大笑过了。然后是压轴的洗礼仪式，丈夫在画面里喷出了大量的精液，与此同时，我也进入了梦幻之境。下身像着火了一样滚烫、战栗着，那热火沿着导火索经过背脊，直抵大脑，然后砰的一声迸裂开来，像焰火一般。啊，原来这就是高潮，这些年来我从未真正感受到过的高潮。我通体舒泰，就在客厅的沙发上睡着了。我不再需要任何钥匙，因为我只消闯进王国的门，纵身投入即可。

酣睡醒来后，我意识到，一切都还不晚。我的胸口里还保留着小小的火苗，能让我自己的体温上升 0.5 度。我要先出门几天，散散心，想想周全。我要决定如何处理这件事，还要制订今后的计划。也许我可以趁这个机会带着秀珉重回纽约。这次再去，我不要学插画，我想搞影像艺术。能在人们的头脑里引发焰火秀的情欲影像艺术，怎么样？和上次不同，我觉得这一次我能够满怀激情走下去。费用无须担心。因为我已经打算好了要跟丈夫要一大笔损失抚慰金。应该没问题吧？我手里握有“黄片”这张王牌呢。为什么那段视频能带给我舒适的睡眠，重新点燃我胸口已经熄灭的火苗？谁知道呢，我也无法说明。我只能说，那是非常神妙的体验。要不怎么都说猫能通灵呢！我简直想给那位蝴蝶小姐送一只花篮，感谢她为我的人生打开了一个新的窗口。

秋日的阳光真让人觉得亲切。波斯菊在风中摇曳……等等，现在可不是念叨波斯菊的时候。啊，又开始了，这搔痒的酷刑。我简直想把头盖骨揭开，使劲儿挠个痛快。是查泰莱夫人，还是包法利夫人，这是个问题。哎哟，那是什么？怎么这么凑巧？是一家书店！太令人惊奇了，在我正需要的时候，而且还是在这样的乡下地方，竟然有家书店。这难道不是我前途一片光明的征兆吗？三叶草书吧，难为它名字也这么讨人喜欢。这书吧布置得倒像一个咖啡厅，希望里面也卖咖啡。这样一个书吧的老板，会是怎样一个人呢？还挺让人期待的哦。我必须现在就进去。“我们这个时代本身就是场悲剧，所以我们不愿拿它当作悲剧。”终于能够确认究竟是包法利夫人，还是查泰莱夫人了。

5

该死。怎么？出事儿了？我原来是和同事一起在卡拉OK喝酒来着……难道是那个酒家失火了？……不对，我已经离开了那里。我还记得结账的时候和那个地包天的老板娘吵了一架。她看我喝醉了，就想宰我一道。把我当凯子吗？不过，我只跟她吵了一会儿就算了。今天是个好日子，我可不想在快要结束的时候毁了这一天。

就是说，我肯定是离开了酒家的……我开车了吗？妈妈的，我又酒驾了。我准是出了车祸了。我真疯了，喝那么多酒。唉，那么好的日子。可是……是什么好日子啊？……对了，我的周岁宴。重生后迎来的第一个生日。改变命运的周年纪念。可这算怎么回事儿！这下满意了？我完全是因为事事顺遂，一时大意了。我总是这样。该死的，我竟然这样就完蛋了。

不是有这么一句话吗："骰子已经掷下。"这话不知是谁说的，不过这人还真是个明白人儿。我敢肯定，说这话的人，一辈子肯定也特别不顺。因为事事如意的人对骰子之类的东西才不感兴趣呢。只有霉神附体的主儿才会碎碎叨叨地说"骰子已经掷下""还没掷下"。我相信每个人的命运都是天注定的。不管是八字、占星术、看相、看掌纹，还是不假思索地翻开的塔罗牌，都和大法院的终审判决书一样。当！当！当！法官已经落槌，怎么办，你就只能在指定的监狱终身服刑。要是老老实实服刑，也没准儿能得到假释，可是出狱以后你也无法适应社会，只落得一辈子小心翼翼苟延残喘而已。你说我太悲观了？你倒试试像我一样，人人都只有一辈子，偏偏就我是这样不可思议地厄运连连，把人生搞得一塌糊涂。轮到你，你准也改了主意。我是老早就得罪了命运女神，所以她看我什么都不顺眼。

曾经有一件事亲切地暗示了我的命运走向。上中学时，有一次期中考试，我和几个同学赌第六感。就是说，大家所有的科目都不看题，凭良心信手填答案，看谁蒙对的多。我们几个反正所有科目的考试本来就都是靠蒙的，这个赌其实没多大意义，不过，结果却相当令人震惊。我的所有科目都是零分。这样的结果，简直不是第六感，要算是通灵了。我在这次赌赛里得了倒数第一，还得了一个耻辱的绰号“全零”，还被班主任给好好地收拾了一顿，说我是想造反。哎，那是造反就能得出的分数吗？学习也得多少有点儿运气，我的成绩总是和努力的结果完全一致，让我一下子就没了兴趣。当然，从一开始我也没有多大兴趣。

“全零”事件不过是个开始。把我受到诅咒的通灵能力一一列举出来，都够写一部《射雕英雄传》的。人人都在厕所里抽烟，只有我被抓包，大家一起传看色情杂志，偏偏传到我的时候赶上老师检查书包，这种程度的，根本就不算啥。我头一次找小孩儿收保护费，那小孩儿的大哥居然就是个泰拳运动员；我为了攒点儿零花钱，在成人娱乐室辛辛苦苦干了一个月，偏巧领工资那天赶上警察扫黄；在棒球场正跟姑娘套近乎的时候，竟然被 8 号选手打出的全垒打球把鼻梁打成粉碎性骨折，这都什么啊！那可是外野座席，根本就没几个人坐！我出生那天大姑在坟山上种的松树遭了雷劈，烧得黑乎乎的。你说要是棵枣树，至少还能卖个好价钱。不过，直到那时候为止，我都还没把这些事儿想得很严重。我还不到二十岁，只是个血气方刚的半大小子，还不至于已经开始怀疑命运。

在特别疼爱我的大姑的劝说下，高三那年我开始准备体育教育专业的体育特长考试。我觉得就算是个野鸡大学，大学也还是要上的。我运动方面还是很不错的。辛苦锻炼了几个月之后，我去考试，可是该死的，竟然吃坏了肚子，一整天面呈死色，不停上厕所，考试结果可想而知。都是我凌晨喝的冷牛奶坏的事儿。事情是这样的：送奶的那小子被住我们那片区的一个姑娘给甩了，这个小心眼儿为了报复，故意给她家送已经变质的牛奶。偏偏那变质的牛奶就被我偷来喝了。要知道，牛奶、酸奶这些东西我从来都不花自己的钱买着喝的。等病一好，我就在凌晨埋伏起来逮住那小子一顿好揍。我把几个月锻炼出来的好体力都招呼在了他身上，可还是不解气。

几年以后，我又碰到了那个送牛奶的。世界真小。我那时候刚从新兵训练营结束新兵训练，正是最紧张、老实的时候，被分配到了正规部队。一对一带我的一等兵一看到我就咧嘴乐了。你拉肚子好了没？俗话说，打人的记不住，挨打的忘不了，果真如此。我根本就没认出他来，他却连我骂他什么话、打他多少拳都记得一清二楚。小心眼儿，难怪人家姑娘不要你。关于军营生活，我也就不用提了。

退伍以后，我作为一个青年无业游民，经历了疾风怒涛的彷徨时期。就在这期间，有一天我和在夜总会里认识的一个每天泡夜店的女的打了一炮，哈，这女的跟我玩儿黑的，说她怀孕了！要知道为了把健康安全的性文化落在实处，我一向都是穿着小靴子的啊。我花了一笔巨款在医院里正大光明地做了亲子鉴定。还真是我的种。啊哈，我的霉运竟然轻松地洞穿了以品质优良闻名世界的韩国产避孕套吗？我把自己的窘况坦白告诉她，劝她去做手术。她却说自己是天主教徒，不能堕胎。哎，你敞开了喝酒、约炮的时候还是潘金莲，怎么这会儿突然就成了圣母玛利亚了？又是假得不行地哭哭啼啼，又是叫哥哥喊爸爸的，摆明了就是想敲我一笔。有什么办法呢，我只好东挪西借凑了 400 万韩元给她，陪她一起去了医院。该死的。

不过打从这件事儿以后，我就开始振作起来。因为我自己也觉得，继续这样混下去，我这辈子就算完了。我和堂哥合伙开了一个小小的网吧。这活儿也不好干。你试试看在一个灰尘和香烟弥漫的毒窟一样的地方一天窝上十二个小时。眼前混混沌沌，喉咙里像有煤烟堵着似的难受，整天坐着吃零食，长出一身滚滚肥膘……我觉得这样下去，自己就要变成一只巨大的鼹鼠了。一整天听着枪击刀砍的声音、尖叫、咆哮、轰鸣声，跟吸了毒似的，脑子里天旋地转。就在那样的状态下，还得伺候一帮张嘴就是粗话的、不知天高地厚的半大孩子。我命真苦。那时候是网吧正火的时候，凑凑合合也还能维持，就是太不像人过的日子了。每天回到冷冰冰的出租房里，一个人吃饭，合一会儿眼就又得忙忙叨叨洗漱出门。进进出出的要是有人说句热乎话也是好的啊。都是一样吃苦受累，堂哥不知是不是因为有家的缘故，脸色就挺好。

我也到处央求人介绍，开始相亲。是第六次还是第七次来着，我终于遇到了一个觉得非常满意的做助理护士的姑娘。就是她了！我马上就有了感觉。于是立马带她去了五星酒店的意大利餐厅，一边吃着 2 万韩元一份的像把面片拧成麻花的意面，一边高谈阔论了一番我作为 IT 业界新晋 CEO 的远大抱负。姑娘非说在什么地方见过我，说她很会记人脸。我嘴里开着玩笑说，您这样的美女，我不可能认不出来啊！心里却有种不祥的预感。果不其然，我去过一次她上班的医院，是做完亲子鉴定以后陪那个圣母玛利亚女骗子去堕胎。还真是，这姑娘记人脸还真有一套。

这么拧巴、这么辛酸的故事，你觉得都是纯属偶然吗？我也这么安慰着自己，硬是撑了三十年。我给折腾成这样，接下来就该轮到一大堆好事儿了吧？我这么期待着。我找了很多据说很准的算命先生，想知道自己啥时候才能翻身。每次算命的都说我八字特别糟糕，又和名字的组合相克。有个老神婆满嘴恶言恶语，冲着我说，你这个童子鬼，不是已经给花子爷爷抓走了，怎么跑这儿来了？气得我一脚踹翻了神案。不过这些算命的众口一词，说明他们也不全是骗人的。可也是，最后都被他们说中了。是的，我的松树遭雷劈的确不是单纯的气象灾害。

过年的时候，喝得醉醺醺的大姑拉着我讲了一件奇怪的事儿。她说我有一个比我大一岁的哥哥，从一生下来就病恹恹的，没满周岁就死了。死在临生我之前。啊啊，太爱长子的父母舍不得去做死亡登记，就把哥哥的户口给了刚出生的弟弟。这个故事纯粹是爱看电视剧的大姑添油加醋。我爸妈其实就是嫌麻烦罢了。弄完死亡登记，马上又得去弄出生登记、取名字，多麻烦。我爸一辈子都在渔船上度过，习惯了摇摇晃晃的海上生活，对于陆地上的坚固的日常生活极为不耐烦。烦不烦，弄那些干吗？别去，这小子就是那小子，就这么养着算啦。可恶的老家伙，不用说我心里也明镜儿似的。

我根深蒂固的霉运的秘密算是终于真相大白了。我的八字、名字、星座，都是死了的哥哥的空壳儿。我囫囵个儿继承了他连辅食味道都还没尝过就死翘翘的八字儿，人生还能有个好儿？命运女神发现一个明明已经死了的家伙还好端端地活在人世上，肯定也气坏了。她是专门跟我作对呢。敢骗我！我让你活一天倒一天霉！她就是这意思。我找到了三十年都没走出去的迷宫地图，心里顿时敞亮起来。问题是这个迷宫没有出口。唯一的办法就是到法院去申请更正，可是那手续不是一般的烦琐。从前的事儿哪有什么证据啊。让老头子一趟一趟来陆地上作证，他理都不带理我的，反而只会骂我又傻又蠢……妈的，难道我就只能到死都顶着死哥哥的空壳吗？那么我到底是谁？我这个人到底存在哪里？没承想我好死不死年过三十，倒为这种狗屁哲学苦恼起来。就在这期间，命运女神也没休息。这大妈还真是勤奋。

我们网吧发生了一个高中生死亡的事故。他在网吧连续打了二十多小时的游戏后，一个血块儿堵塞了血管。说他是经济舱什么来着，是一种在长时间坐飞机的时候经常出现的病症。那天堂哥跟我交接班的时候倒是提醒过我，让我看着差不多就赶那孩子走。我那时候因为刚知道身世秘密，正是无心工作的时候，就给忘记了。雪上加霜的是，事故发生的时候还是青少年夜间禁入时间，死亡后三小时内无人发觉，经舆论报道后，事情就更加难以收拾了。我糊里糊涂地对着摄像头吞吞吐吐的样子甚至上了新闻。

“我以为……以为他就是累了，趴那儿休息呢。”

因为这个事儿，一切都完了。那学生的父母把我们给告了，我们一趟趟跑法院，请律师就花了一大笔钱，消防局、区政府、警察都蜂拥上门，停业整顿、罚款，又因为死过人，客人都不敢上门。我和堂哥也开始争吵……最后把押金全都赔了进去，权利金一分也没拿到，白白把网吧兑给了别人。我们苦扒苦掖干了两年，好不容易才收回投资，刚刚开始看见钱，可恶的电游上瘾的高中生，年纪轻轻就那么没事儿可干，不出去踢球，二十多小时窝在这儿，算干什么呢。满大街都是网吧，为什么他偏偏在我们的网吧里翘辫子！

堕落，就像从山坡上滚着轮胎下山。一开始我还觉得自己完全可以控制，可是，速度越来越快，不知什么时候起，轮胎已经自己滚到前面老远的地方了。我气喘吁吁地追赶着，可是怎么也追不上。轮胎歪歪斜斜地往前滚着，也不倒下，还滚得挺好。然后只要碰到一个小石子就会一下子地弹到空中，然后倒栽进泥潭里。

我本该老老实实就窝在家里喝酒的。可是满腔的郁闷让我简直无法忍受。刚好附近新开了一家叫“海洋故事”的游戏场。幽深安静的海洋深处，色彩华丽的各色珊瑚礁和鱼儿给了我极大的安慰。7 号老板，加油哦！人生有什么大不了的呢。不管您有什么烦恼，都让它随着海浪远去吧。划动您的手臂和大腿。和我们一起深入海底去捕鲸吧。来吧，老板，放进钱，按下按钮！时间过得特别快。虽然来来去去不过只是在验证我无边无际的霉运而已。其实我哪儿用花钱去验证！

在大海里听了很久的故事之后，重又浮上水面探出头的时候，我发现自己已经借了高利贷。数目不大，可是我因为没有来钱的路子，利息像滚雪球越来越大。一天深夜，两条大汉找上门来。两人的耳朵都像压烂了的饺子。这俩混蛋对我坎坷崎岖的命运丝毫不感兴趣，我连“要钱没有，要命一条”之类的话也不敢说。因为当时气氛凶险，我觉得我话音一落，他们就能真要了我的命并把我的肾脏也摘了去。第二天，我从游戏厅出来，偷了躺在路边的一个醉汉的钱包。当时我什么想法也没有，就是出于本能。区区 28000 块，就让我成了强盗。我用那笔钱买了一只炸鸡、三瓶烧酒，一进家门就全都塞进了肚子里。妈的，鸡骨头卡在嗓子眼儿里，差点儿没要了我老命。

我在游戏场里认识了一个叫达洙的傻不愣登的家伙。因为是老乡，所以彼此还有来往。这小子也傻呵呵地往大海里扔了不少钱。我觉着奇怪，他一个外卖餐厅的送餐小哥从哪儿弄来这么多钱呢，原来这小子有个“副业”，就是溜门儿撬锁。他说只要不贪心、脑子活点儿，根本不用担心给抓住。我一下子就动心了。只要一想到拿着老虎钳子敲打着我蛋蛋的那俩笑得天真烂漫的烂饺子耳朵，还有什么事儿不让我动心呢。达洙都能动动脑筋就干成的事儿，我还能干不了？我连哄带吓地让他帮我找个活儿。一开始他蹦着高儿地摇头回绝，直到后来我答应把四成收入给他，他才教我溜门儿撬锁的技术、偷东西的要领，还提供了空房子的信息给我。他大概是送夜宵外卖的时候都踩好点儿了。这小子，看不出来他还挺细心的。我是打算着干一两次积累点儿实战经验，就独立出来。

终于到日子了。我深夜潜入了达洙告诉我的一处人家。啊，我那个抖啊。犯罪的世界真不是闹着玩儿的。按照达洙的指点，我先打开了看起来像主卧室的房门。打开门以后……妈的，我就说嘛，就我这命，偷东西也绝不可能顺利。达洙明明说是空房子，可是床上好端端睡着人呢。一个男孩儿一个女孩儿，身上一丝不挂，蜷缩成一团抱在一起。惨白的月光下，窗边的象牙色薄纱窗帘像慢放镜头似的飘过来飘过去。那俩孩子有十六七岁的样子吧，都精瘦的，像一个模子印出来的一样相像。手电筒的灯光里，白白的胳膊腿儿像树根一样交缠在一起。那情景诡异极了，他们像一对连体双胞胎，又像是基因突变的双头怪物。我一时心惊胆寒，几乎要叫出声来。可是女孩儿听到动静醒过来，先尖叫起来。我糊里糊涂地拿着改锥吓唬她，叫她不要出声。那时候我就应该逃跑的，可不知怎么，我突然敬业精神发动，开始翻起梳妆台的抽屉来。那对男女用被子盖着身体，一个劲儿地发抖。我昏昏沉沉的，自己也不知道自己在干什么，冷汗一滴滴掉落在抽屉里。突然，周围变得一片黑暗，有什么东西扑到了我身上。我朝着有压迫感的方向不管三七二十一地一阵猛踹，甩掉了被子。老天，那男孩儿直挺挺地倒在地上，四肢簌簌地颤抖着。我又没正经踢到他，他可能是被推倒的时候，后脑勺撞在什么上面了。他两眼翻白，口吐白沫，好像随时就要背过气的样子。女孩儿跪坐在他旁边，声嘶力竭地哭喊着……我转过身拼命地跑。膝盖发软，好几次栽倒在地上。

我给达洙那小子打电话的时候，才明白问题出在哪儿。他告诉我的空房子在松亭别墅，我去的是附近的青松别墅。青松号。妈的。那是我家老头儿宝贝了一辈子的渔船。我吓得不敢回家，好长一段时间就在旅馆里辗转度日。那个男孩儿最后怎么样了？求您了，千万让他只是晕过去吧！我虔诚地向上帝、佛祖、阿拉真神祷告。我连一只袜子都没偷啊。我很快就得到了应答：印着我个人信息和照片的通缉名单。罪名是抢劫杀人案的嫌犯。该死的。肯定是达洙跑到警察局去了。多半是刑警们一吓唬，他就什么都说出来了，把这些年来他自己犯的事儿都推在我身上。竟然是抢劫杀人……我在网上搜索过，不是无期，就是死刑。就算我运气好，能判个抢劫致死，也最少是十年到无期。我的全部罪过真的只是蒙着被子踹了几脚而已，这也太过分了吧。这到底是要把我逼到哪儿去啊？

于是，我就成了流浪的逃亡者。我现在才明白什么叫煎熬。手机、存折、信用卡、汽车，都不能用。当然也不可能找到像样的工作。只能在建筑工地或者港口干一天拿一天的钱，还干几天就得换个地方……看见交警都得远远地绕着走。在餐厅里但凡有人多看几眼，就只好放下筷子离开座位。因为我可不想再上新闻了。夜里睡不踏实，总得有三四次被窗外的脚步声吓得跳起来。还有时候听到响动醒过来一看，就见一个小小的婴儿哭哭啼啼地拉着我的胳膊，要和我一起走。妈的，还能是谁？

这么着过了三年以后，我觉得自己已经变成了幽灵。说不定我的身体现在给埋在了某座小山上，只有灵魂出窍，四处游荡。说不定其实那天夜里口吐白沫翘辫子的是我，那对诡异的男女把我给埋了。可这个灵魂的的确确是我的吗？我能感觉到理智正在悄悄地从我手心里溜走。可也是，我本来就是幽灵嘛。我是顶着死哥哥的茧游荡的幽灵。现在该死的命运女神连这个空壳儿也没收了。有效期限已过，不可再用。我的名字和出生年月日早就上了无常鬼的杀生簿，阎罗王也早画了押的。这样的一无所有的幽灵生活，我要过到什么时候呢？公诉时效还有十二年呢。我现在一喝酒就老是往高处走。我宁可跪在命运女神的面前，干干净净地承认我的失败。我输了，要砍要杀由您了。可是，命运女神这婆娘的性格也真是古怪。我就是做梦也没想到，她折腾了我三十多年，却突然就莫名其妙地变了。这大妈，肯定是个变态。

那天是我的生日。不是户籍上那个鬼的生日，而是我跟我妈问来的真正的生日。我独自一人窝在小旅舍里就着炒拉皮儿喝酒。我特地没买烧酒，而是买了一个大瓶的杰克丹尼威士忌算是给自己的生日礼物。我一边感慨自己的凄凉身世，一边对着瓶儿吹。喝着喝着我不由自主地又上了刮着风的屋顶露台。四周一片死寂，好像都在屏息静气地苦等我精彩的空中转体三周跳。我仿佛忽然听到了一阵起立鼓掌的声音，却原来是我的心脏在剧烈地跳动。好，我走，老子受够了！我一口气喝光剩下的酒，走近栏杆。越来越响亮的掌声。远方波涛翻涌的夜海。我紧紧闭上眼睛，就想纵身跃下，却没跳下去，只先把手里的洋酒瓶子从栏杆外扔了下去。我不是得先检验一下冲击力有多大嘛。可是传上来的不是清脆的碎裂声，而是砰的一声钝响。这是怎么回事？顺着栏杆往下一看，背街小巷的路灯底下，一个男人像给摔死的青蛙一样躺在地上，脑袋周围是闪闪发光的酒瓶碎片。我的天哪！

我慌里慌张地奔了下去，可那男人已经没有呼吸了。两条命！又一条人命！这样下去我岂不是要变成连环杀手？我的脑子里乱得很。我得趁没人注意赶快离开这儿。不行，酒瓶子上有指纹，我得先收拾碎片。要是忽然有人过来怎么办？对了，反正我本来是要自杀的嘛……我的脑子飞快地转着，可奇怪的是，脚却挪不动步。有什么东西强烈地吸引着我。也许是因为男人右臂上的文身。一只刚刚破茧而出振翅欲飞的蝴蝶。我先翻了翻男人的口袋，掏出他的钱包，把为数不多的一点儿钱收起来，又去查看他的身份证。令我大吃一惊的是，这个人的出生年月日和我真正的出生年月日完全一样。

天，在生日当天被从天而降的杰克丹尼威士忌酒瓶砸死，你也够命苦的了。

我看着端端正正地印着我自己出生年月日的身份证，鼻子一酸。这时候，喉咙的边缘上脉搏跳动着向我发出了秘密的信号。我脑子里已经生了厚厚一层锈的齿轮开始缓缓地咬合转动起来。路过小巷时被我无意中扔出的酒瓶子砸死的男人，和我在同一天出生，而偏偏就在我们的生日，被沉重的洋酒瓶，而不是我常常喝的烧酒瓶砸中，还有他胳膊上刺的那只蝴蝶，破茧而出振翅欲飞的……这一切都是单纯的偶然吗？不，天底下绝没有这么巧合的事儿，你是知道的呀。这是一个启示。人生重建计划如闪电一般击中了我。我先把钱包和钥匙收起来，然后把尸体藏在了停在路边的货车底下。又到干活儿的建筑工地上开来一辆卡车，把尸体塞进一个大口袋里，装满砖头。我小心翼翼地把卡车开到沿海的公路上，把大袋子扔进了悬崖下的大海里。扑通。那声音听上去如此轻快。7 号老板，好极了！这个男人我们会好好照顾他的。祝您幸运！我深深地吸了一口咸涩的海风到肺里。来吧，从此我将摆脱死哥哥的茧壳，获得重生。

我从没想到搞一个假身份那么容易。我把蝴蝶文身的身份证复印件和我的照片还有 100 万韩元交给一个掮客，五天以后就拿到了足以乱真的新身份证。回到首尔以后，我先去了一趟那家伙的住处。那是一间被称作“蜂窝”的小屋，在加里峰洞。他的全部行李就只是旧得发黄了的一条被子，装着衣服和洗漱用品的两只方便面箱子。幸好这个家伙几乎没有什么人际关系可言。真是把年纪都活到狗身上了。当然，我也没资格说人家就是了。为了不留隐患，我把欠的月租交给房东老太婆，退了房子。原来从幽灵重生为人有一张身份证就足够了。我用那家伙的身份证另外租了一处房子，买了手机，开设了账户，重新申请了驾照。我这才算是终于找回了可以立足在大地上生活下去的身体，一个流着热血的真正的身体，再也不用害怕警察和催债的。没过多久，我就发现，我找回的还不只是身体。

你知道命运女神有多么狡猾吗？且听我道来。蝴蝶文身的钱包里有一张乐透彩券，我把事情都处理得差不多了之后，等抽签日期过去很久才去核对彩票。对上了 5 个号码，中了三等奖，1458760 韩元。大概所有人都会叹息说，啊！只要再多中一个号码，就是好几亿啊。可是我没有。这些年，我在这上面扔了几百万不止，连一张 5000 块的都没中过。这是要的什么花招呢？我就觉得奇怪。为了再做一次试验，我领了奖之后又去了一趟海洋故事游戏厅。吓！我坐的每台机子都不停地出现鲸鱼。我真要疯了。要知道，三年前我在这儿蹲守了好几个月，可是连条鲸鱼的影子都没见过啊。才一星期，那笔钱就变成了 1000 万。这是干吗呢？逗我玩儿呢？在那高高的上边儿，肯定有人在拿我打赌呢。是谁在摆弄着骰子，还不是明摆着的事儿吗？我毫不怀疑，拿着这 1000 万，不管是去赛马，还是上赌场，或者投资股票，都肯定立马就能赚十倍、二十倍回来。因为我现在就等于是在手握双王斗地主一样。

你问我怎么办了？我找了一家承办上门自助餐的公司上班。那份儿工作很简单，只需要把客户预定的食物送上门，再摆设完毕就行。不过和大家在一起干活，互相开些不咸不淡的玩笑，还有我名下账户里的薪水越攒越多，都是乐子。不过，这个公司虽然只是家小店儿，经营也未免太随便了。作为前 IT 行业的 CEO，我向老板提出了改变经营方式的建议。弄了个清爽干净的网站，接受在线预订，又向各种团体发送宣传邮件，有系统地进行员工培训和管理，结果销售额开始迅速增长。才过半年，老板就升我做了总经理，工资也给我翻了一番，还让我长长久久地做下去。其实，我自己也很惊讶。我都没想到自己还有这样的手腕。我为什么早没发现呢？

是的，我没去赛马，没去赌博，也没买股票。我是怎样才重新找回这个可贵的人生的啊！这一次我可不想再把命运押在八字和运气上了（当然在找回人生的过程中有过失致死、抛尸、伪造证件等，可看在我苦熬多年的份儿上，就别提啦）。也许说来让人见笑，我生出了一股狠劲儿，作为一个人类，我绝不再受命运女神的摆弄，我要正大光明地跟她对着干一场。可恶的变态老太婆，我要报仇！这一次我要让你这老太婆也尝尝受人捉弄的滋味儿！我之所以能够真正地重获新生，是得益于我作为一个人类敢于对抗命运的自尊心，可不是因为那张破塑料卡片。

料理组有个三十三岁的釜山姑娘。她常常不分时候也不掩嘴地豪放大笑，老是因为口水溅到食物上挨批。个头虽然不高，身材却也凹凸有致，富有弹性，颇有些性感。我犹豫了很久之后约了她一次。她爽快地笑了，说她爱吃鳗鱼。鳗鱼嘛，咱也是看见了就走不动的呀。我们一起看了场电影，就着稻草火烤鳗鱼一起喝了一杯，发现彼此很合拍。我早就知道她性格随和，意外的是，她也有精明强干的一面。一起出去几次之后，她似乎也不讨厌我的样子。她说自己就喜欢沉默寡言、勤勉能干的男人。沉默寡言，勤勉能干，您还真别误会，这说的就是我。

回头想想，我自从十九岁时因为偷喝了一次变质牛奶而考砸了大学升学考试以后，就再也没有树立过任何目标。唔，想靠溜门儿撬锁还高利贷算是一种目标吗？

可也是，四处逃跑坚决不要给警察抓到，也不能说不是个目标。原来我时不时地倒也有过目标呢。那一类的目标不算，我到现在才终于树立了几个健康的、有发展性的目标。我开始下班后去上厨师培训班。我想先考韩餐、西餐、日餐的厨师资格证。现在各种聚会很多，西式家庭派对文化越来越流行，我觉得上门自助餐这个行业的前景还是不错的。如果能针对不同活动类型提供相应服务，辅以营销手腕，我相信自己一定能成功。我打算在这儿只干到明年，等积累一些经验，就独立出来，开办我自己的公司。当然，在那之前，我要先向她正式求婚。她负责厨房，我负责经营，我们还要生孩子，儿童节的时候，到熙熙攘攘的游乐园玩儿。我还要参加清晨足球队，和大家一起大汗淋漓地来回奔跑冲撞。夫妻俩每次吵架，一起吃吃鳗鱼喝点儿小酒，就又和好如初……人生有什么呢。活在世上，能有这样的幸运不是已经足够了吗？对了，我未来的公司名字都想好了，“巴特福莱上门自助”，怎么样，是不是挺高级的？

今天是我重生整整一周年的日子。哥哥把八字和名字留给了我，没能活过周岁，我却总算是平安地迎来了周岁的生日。我就想给自己办一个周岁宴。于是，我说是我生日，请同事们好好吃了一顿。人力管理也是总经理的主要职责之一嘛。因为我的超高速升职，很有几个人看我不顺眼。我们要了洋酒，调炸弹酒喝，还叫了陪酒的小姐，狠狠地乐了一回。沉默寡言、勤勉能干当然是好的，但偶尔也还是需要这样放松一下的。不然我身体里都要出舍利啦。啊，玩乐虽好，我却好像喝得太多了。彻底断片儿了。妈的，结果又成了这个样子。生平头一次这么事事如意，我到底是怎么想的，竟然酒驾……等等，不对，不对，我没开车！没错儿，出门的时候，我让服务员替我叫代驾了。我坐在车上打着瞌睡等代驾来……代驾来了。对，我想起来了，是个挺和气的人，跟他搭话，也有来言去语的。就是说，我是平安地回到了家里的……对呀，这里可不就是我的房间。哈哈，我就只是喝醉了酒而已。我说就是嘛。我都已经改过迁善、重新做人了，这么一下子就垮掉不是太可惜了吗。万幸万幸。可是……这个人是谁？哦，这不是刚才那个代驾吗？这家伙怎么没走，还在我房间里晃来晃去？我这儿有什么可偷的。我得起来。该死的，身体像有一千斤一万斤那么重。哎哟，那家伙回头朝我看呢。他说什么？妈的，干吗没头没脑地问我喜不喜欢舒伯特？

π

为《七只猫眼》创作的支离破碎的配乐。

曲三《迷宫的边界》，为《π》而作（3分14秒）。

背诵暗藏在314号方形钥匙牌背后的圆周率。

被关在了没有出口的迷宫里的人，

要徘徊多久才能知道，那迷宫是没有出口的？

就在天空大开、阳光涌入之前，M 想了一下这个问题。他没有机会想太久。一道强烈得仿佛能令人瞬间失明的电光使得他的大脑里褪成了一片白色。就像暗室门打开后曝光的底片。那电光不知是天地创造的光明，还是宣告世界灭亡的劫火，又或者是来绑架地球优秀人才的 UFO 的光柱……短短的一瞬间里，M 既紧张又期待百感交集，直到一只涂着珠光闪烁的银色指甲油的手突然出现为止。

M 拉着那只手撑起上身，视线对上了一个脸上垂着白色面纱的阿拉伯舞姬。面纱上面露出的一对茶褐色的眸子闪烁着蛊惑的笑意迎向他，横贯前额的链子上系着的黄金新月在两眉之间溜溜一转。M 被那只手拉着，从躺着的箱子里走出来。用木头简单钉起来的黑箱子像一只廉价的棺材。她像举着一个奖杯一样，把 M 的手高高擎起，然后向着正面郑重其事地鞠躬致意，镶在妖艳的低胸衣领上的亮片在灯光下闪闪烁烁。另外一边，戴着华丽的头巾、留着恺撒胡须的男人也在对着正面有板有眼地鞠躬致意。M 也不知所措地跟着弯了弯腰。头顶上，安装在架子上的照明下面，花花绿绿的横幅在轻轻飘动。

“人间最伟大的魔术师，山努亚尔·健二！”

稀稀落落地坐在硬塑料长凳上的观众们鼓起掌来。是种不温不火的反应，表示他们觉得“还不错”。阿拉伯舞姬引导着呆立在舞台上的M走下舞台侧面的台阶。M回到观众席，在一个空椅子上落座。身后有人拍拍他的肩膀说道：

“你上哪儿去了？中间打开箱子的时候，你都没在里面啊。”

一个脸肥肥的、嘴角下垂的中年汉子像暗哨接头似的鬼鬼祟祟地问道。M也俯过上身，鬼鬼祟祟地低语道：

“我消失了呀。那个人，是个真正的魔法师。”

太阳渐渐西落。清明的天上，恰到好处地飘着几片云朵，仿佛是一张美丽的画布。M走向了游乐场当中的大观览车。他想在高处欣赏晚霞。检票的勤工俭学的女学生使劲儿地嚼着口香糖，上下打量着M。一个穿黑西装、打黑领带、独自乘坐空中观览车的男人。女学生扑哧一笑，为他打开了刚刚落地的粉红色吊篮的门。

吊篮还没有升到顶端，游乐场的全景就已经尽入眼底。旋转木马、幽灵之家、海盗船、梦幻剧场等把冷杉树环绕的空地填得密密实实。人们三三两两成群结伙地在游戏器械之间悠闲地徘徊。刚表演完魔术秀的露天舞台上，恺撒胡子和阿拉伯舞姬正在收拾道具。人间最伟大的魔术师可能是腰不大好，抱着箱子走起路来有点儿步履蹒跚的样子。

M 抬头向西边的地平线望去。夜的大军开始背向着风发起了火攻。深红的火焰无所顾忌地吞噬着灰青色的天空。气势矮了几分的白昼溃不成军，节节败退。M 不眨眼地凝视着晚霞静悄悄的进击，仿佛是不想错过那最高潮的一瞬间。鲜明的红色就要与天尽头相接的刹那，刚好到达顶点的吊篮哐的一声摇晃了一下。裤袋里一阵振动。就在他垂下眼睑取出手机的工夫，晚霞已经消逝，只留下了黑黢黢的灰烬。M 怒视着不知趣地抖动着的手机，按下接听按钮。

“是你杀死的，是不是？”

※

是你杀死的，是不是？光标停在句子的末尾，缓着气儿。屏幕右上角的时钟指向了晚上 9 点 49 分。我从键盘上移开手，点燃一支烟。叫 M 的这个男人为什么穿着黑西装独自一人在游乐场闲逛？是刚从葬礼上回来吗？被屏幕挡回来的烟雾向下飘着钻进了键盘的缝隙之间。我的笔记本电脑如果有一天黑屏，那准是因为得了肺癌。手机喧嚣着演奏起了《Oh Happy Day》。未知来电号码。我听完了第一段歌词之后接起了手机。

“是你杀死的，是不是？”

他的声音今天也一如既往，带着谨小慎微的愤怒和不及隐藏的焦虑。他的电话总是让我联想起背街小巷里路灯下面的公共电话亭。皱巴巴的雨衣、紧握话筒的手背上的青筋、缩着脖子四处张望的男子……不规则的呼吸声搔得我耳朵痒痒的。我甚至能清晰地感觉出来对方正在胸口用力，努力地调匀气息。只要我问“你是谁？”对方就会像就等着这句话一样，立刻挂断电话。每次都是这样。要不今天我来抢先挂断？我正要合上电话的时候，小小的扬声孔里迸发出一声压抑的怒吼。

“富美子！”

我慌忙又把手机拿到耳边。急促的呼吸声清晰地涌出来。

“富美子，是你杀了它。你为什么要那么做？你比谁都清楚，它对我有多么重要！”

“你是谁？”

电话断了。男人的哭喊声溅到四周的墙壁上，顺着墙流淌下来，留下一道道黑色的污渍。富美子……真没想到竟然有人会发现。屏幕上的光标仍然停在“是你杀死的，是不是？”的后面，缓着气儿。M仍然留在大观览车的顶点上，手里握着手机，晚霞已经消逝，只留下黑黢黢的灰肥……我按下退格键，光标迅猛地在来路上飞奔着删去了一个个字。屏幕上大雪茫茫。我的肚子里发出咕噜噜的响声。

※

M 咬了一口炸鸡块。酥脆的炸鸡脆皮里热腾腾的鸡肉口感很是不错。仔细想想，他不记得自己今天曾经把食物放进嘴里咀嚼过。M 就着两瓶啤酒风卷残云地吃完一只炸鸡。真好吃。他忍不住赞叹起来。M 又点了啤酒和一份墨西哥玉米片后，懒散地把身体埋进沙发里。等餐的时候，他摆弄着空盘子里吃剩的骨头，想重新拼成鸡的造型。可没有想象的那么容易。

直到这时，M 才感觉到昏暗的大厅里流淌着的诡异气氛。各处围坐的雄性掀起了一阵轻微的骚动。他们的视线都飘向了一个独自坐在吧台边上的穿黑色雪纺连衣裙的女人。M 挪了挪屁股，从攒动的人头之间找到了能看到吧台的缝隙。卤素灯下映出的侧影的确很美。长长的卷发翻滚着波涛一直垂到腰部，仿佛是用毛笔从额头开始一笔勾勒出来的鼻梁、下巴、颈、锁骨的线条十分迷人，身材的比例和丰满的感觉堪称完美。如果富有弹性的黝黑皮肤可以作为健康的例外，那么她那理想的美可与希腊女神比肩，让任何一个雄性都不敢随便踏入她的神殿。

位于中央的一张台子上，一个身穿贴身西装、戴圆形角质框眼镜的时髦男子站了起来。看到他朝着女人走过去，众人瞬间安静下来。那男人把一只胳膊肘搭在吧台上，一边打着招呼，一边很自然地坐在了旁边的吧凳上，动作娴熟，看得出是久经沙场经验丰富的老手。竞争者们的不愉快的视线露骨地集中到他们身上。时髦男子摆出和气友善的笑容，坚韧不拔地跳着求爱的舞蹈，但女人仿佛没看到他一样，只是啜饮着面前的猩红玛丽。M 嚼着玉米片，饶有兴味地看着两个人的交战。时髦男子的舞姿渐渐开始让人替他难受的时候，女人微微侧过头说了一句什么。和鸡尾酒同色的红宝石耳环闪耀着炫目的光彩。时髦男子脸上顿时一僵。回到自己的座位以后，仿佛为了掩饰红脸似的，接连喝了几大口啤酒。女人的周身罩上了更强烈的光环，她的神殿重新又变成了共同警备区域。

阿尔忒弥斯。M 从无数的女神中选择了月亮女神作为那神殿的主人。太阳神阿波罗的孪生妹妹，一个冷酷无情的女神，把一个大好的青年阿克泰翁变成了驯鹿，并让他被猎狗撕成碎片，罪名不过是偷看了她洗澡，而且还不是有意偷窥，纯属偶发事故。为什么女神有时候竟然毫无道理地变得那么冷酷残忍……M 把冰凉的啤酒在嘴里含了一会儿才缓缓地咽下肚。是因为理想的美并不是供人爱慕的，而是禁忌的对象吗?

M 想起了曾经交往过的一个俄语系女生。那女孩儿皮肤是透明的，长着两颗很有魅力的小虎牙。她的两眼不十分对称，左眼有点儿小，不是很明显，也就是从正面看上去表情不知哪里有点儿歪的程度。每当朝着什么人转头的时候，她的左眼总是像受惊的兔子一样瞬间睁得大大的。大概是她从小时候意识到自己的缺陷以后，身体所养成的习惯。M 就迷上了她这个样子。她左眼角微微颤抖的肌肉有种无以言表的性感。那些让女人在镜子前面叹气的、小小的，但却是致命的缺陷尤其让他着迷。只是“连缺陷都爱”和“爱缺陷”之间是有着微妙差异的。M 最后被热爱安东·契诃夫的两眼不对称的女孩儿给无情地甩掉了，就在他坦白为什么爱她之后。

啜饮着猩红玛丽的阿尔忒弥斯身上，没有能魅惑 M 的“波斯地毯上的瑕疵”。完全没有。尽管如此，M 还是忍不住一直看她，因为他总有种似曾相识的感觉。这个女人，好像在哪儿见过……M 搜寻了一会儿记忆的仓库，却只能摇摇头。他相信，就算这个女人没有吸引到他，他也绝不至于无礼到不记得如此出色的一个女人。

M衔住一支烟，点上火，含了一大口烟在嘴里，然后弹着舌头，想吐出一串甜甜圈一样的烟圈，不过没能成功，只吐出像面团儿一样软塌塌的一团烟雾。那团烟雾拉长了身体，朝着天花板上的卤素灯袅袅升起。难道不是恶作剧电话……男人的怒吼乘着白色的烟雾在空中徘徊。“你为什么那么做？你比谁都清楚，它对我有多重要！”世界上只有一个人会这样说。哈路。富美子是他唯一的家人、朋友和恋人。那是一只雌性四趾刺猬，四足都是黑色，像穿着小靴子一样。名字也是根据谷崎润一郎的小说《富美子之足》取的。哈路，怎么可能……M向空中斜斜地吐出长长一口烟。小说里的人物是不可能打电话来的啊。

最初他只是想开个玩笑。第一次这么干还是在几年前翻译一个日本新手作家写的悬疑小说的时候。那本书有五百多页，可贯穿全书的悬疑一句话就能说完。哎，怎么这种东西也能出版……M机械地把日语一句一句地译成韩语的时候，一时起意，把女主人公喝的咖啡故意译成了奶茶。因为不知怎么，他就是觉得她应该更喜欢喝奶茶。不久以后，出版社把书寄来，他读到女主人公坐在露天咖啡屋里喝奶茶的场面时，感到了一种奇异的激动。他觉得自己在小说那个剥制成标本的世界里制造了一道细微的裂痕，暗藏了一个只有她和他自己知道的秘密标志，这让他心里又是满足，又是得意。

M 像一个刚得到魔杖的新手魔法师一样，迷上了变身术的游戏。他把窗帘的颜色改成自己喜欢的紫色，把客厅里挂着的克林姆特的画换成蒙克的，甚至大着胆子把玩具贵宾犬变身成了孟加拉猫。这样的魔法无关紧要，只要不把原文和译本一一对照就很难发觉。就交给他的翻译活儿来看，他相信不会有人愿意不辞劳苦做这个对照。

最近在翻译小说《七只猫眼》的时候，M 遇到了哈路，一个隐遁在单人房间里与刺猬为伴的蛰居族。他甚至不是主要配角，只是个群众演员，作为推动情节发展的麦高芬短暂地出现了三次。“哈路”在日语里是“春天”的意思。M 在他第三次出场的末尾添加了一段有人把他的刺猬弄死后像个栗子球一样挂在了松树上的描写。他变换的动作虽然越来越大，却还是第一次把一个活着的生命写死。小说出版以后，M 翻阅到了自己的罪行之后，觉得大为不安。为什么那么做？为什么会产生那种故意作恶的冲动？为什么他想让哈路陷入到更加极端的孤独当中？可以否定的、可以热爱的对象都只有自己的绝对孤独……

M 把只剩个瓶底儿的啤酒都倒进了杯子里，犹豫了一下要不要再要一瓶，最后还是算了。连续几天在笔记本电脑前面绞尽脑汁夜不成眠，让他觉得昏昏沉沉的。现在肚子也填饱了，他只想快点儿回家去钻进被窝里。可是，他到柜台结账的时候，发现自己遇到了麻烦。他出来只是想吹吹夜风，所以钱包和手机都没带在身上。老板娘瞟着M翻找口袋的手，给胖大的脸颊挤压得下垂的嘴角越发地拉长了。

“啊……我忘了带钱包。请问我可不可以把外套抵押在这里，明天再来付账？”

老板娘一脸嫌弃地看着M递过来的冲锋衣，好像在看着什么脏东西一样。

“这可不行，这种旧夹克，连当铺都不收的。”

M按捺住心头的怒气。人家碰上像这样不付账的醉客肯定不只一次两次，而且自己的夹克也确实很旧了。老板娘特意又在账单上的总额下面又画了两道线。

“您就一个人可没少吃呢。”

老板娘声音越来越高，开始指责他吃霸王餐，又要叫警察云云，这时候，身后传来一个救赎的声音。

“算在我账上吧。”

月亮女神把五张硬挺的万元纸币递给老板娘。戒指和镯子上的红宝石骄傲地闪耀着光芒。嬉笑着等着看热闹的一众雄性都惊讶得合不上嘴。那些表情既不是羡慕，也不是嫉妒，只是觉得荒唐。M同样也惊讶得合不上嘴。他跟着她走台阶上来，觉得有几十把石斧砍在了他的后背上。

在酒吧门口，M郑重其事地道谢。女人握着挎包的带子，眼睛轻笑着表示回礼。那，现在……怎么办呢。M又是尴尬又是抱歉地摸了摸鼻翼。光从表情和态度上，他看不出来对方为什么要对他大发善心。

“能把您的联系方式告诉我吗？明天我去把钱还给您。”

是不是应该直接问账号？他是出于常理这样说，可是听上去倒像是勾引姑娘的陈词滥调。然而，女人明媚的笑容和回答却更让他糊涂起来。

“电话么，您要是不打我也没办法，让我跟着您回家监视您，好不好？”

如果是拍电影，男女主人公应该开门进入一个装潢得时尚精致的高级单身公寓，画风才比较符合吧。M走在这幢陈旧的独栋小楼的通往露台的铁艺楼梯上，心里想道。穿着黑色高跟鞋的女人像猫一样轻手轻脚地跟在他身后。露台被乱七八糟地装饰成了后现代风格。一节节的PVC管子和废轮胎，随手乱扔的空酒瓶，枯死的幸运竹盆栽，弹簧都露在外面的红色天鹅绒沙发……

“我喜欢这所房子。”

M把女人的话当作是有教养的玩笑话。这样一间只拿水泥简单涂抹过的阁楼，任何女人看了都只会叹气，尤其是这个女人还穿着爱马仕连衣裙，戴了一身红宝石首饰。房子背后紧靠着一座被齐肩垂直斩断的小山。扎根在截面的岩石缝里，像小山的义手一样朝着屋顶探出的一株洋槐，今天尤其显得萧条冷清。从正午到黄昏时分，这个家伙的影子都顽固地控制着M的小屋，不肯撒手。

“您看出来它是所房子啦。我正要跟您说呢，很多人都误以为它是个烟囱。”

女人仰头看着洋槐上垂下的一串串像白葡萄一样的槐花，淡淡地笑了。

“夜晚的槐花香气真像苏摩。”

“苏摩？”

“一种能引起幻觉的植物，古印度祭神时用的。”

她爱怜地看着小屋，月光在她的脸上像水影一般摇摇曳曳。她像个头一次见识到棚户房的假小子公主，又像是空手回乡，站在老家房前的流浪者。似曾相识的感觉又像舌头上的水泡一样刺激着M。

“请问，我们曾经见过吗？我不是个无礼之人，可不知怎么总觉得您面熟……”

她笑着把手伸进挎包里，取出一条白丝巾像蒙面一样遮在脸前，茶褐色的眸子对着他眨了一眨。

“啊，您是，那个魔术秀的……”

※

啊，您是，那个魔术秀的……光标停在句尾，缓着气儿。M 似乎是个靠翻译谋生，同时兼写文章的作家。他有个奇怪的癖好，喜欢恶作剧式地在翻译文稿里留下秘密标记。但美貌的红宝石女郎为什么要替 M 付酒账，还跟着他回家呢？那个充满爱怜地看着他简陋的阁楼小屋的女人，究竟是什么人？不管她是什么人，总之令人羡慕。

下午 10 点 51 分。屏幕上的文字好像是无边无际的雪原上的杂乱的脚印。是何人的足迹，又在指向何方，一无可知……我直直地伸出食指按住退格键，光标沿着来路飞奔着把文字一一删去。屏幕马上又变成了还没被人踩过的雪原。

我走到屋顶露台上，练习拳击解乏。像蝴蝶一样飞舞，像蜜蜂一样刺入。我用炫目夺人的连续左右直拳和上钩拳向着看不见的冠军进击。可还没挺过第一回合，腿就软了。冠军一记左手反击就把我打倒在地。该死，我真得锻炼了。我坐在露着“内脏”的天鹅绒沙发上调整着呼吸。夜空中挂着的一弯半月，好像用尺子比着精确地剪裁出来的一样。月亮仿佛要把我们看不见的另一半月亮应尽的职责也一并承担似的，格外光辉明亮，又或者像把另一半的光芒都吸收为己用了一样。

脑瘤和动脉硬化中，哪一种比较容易忍受呢？不写作，脑子里就总有类似癌细胞的杂质滋生壮大，像要把头盖骨冲破一般；写作，那些句子又纠结在一起像血栓一样堵塞血管。M是在写些什么呢？像葡萄一样挂在树上的白色的槐花串在风中摇着头。因为今夜月光辉煌灿烂，槐花的影子将紧紧地控制着我的小屋，直到深夜。我闭上眼睛，深深地吸了一口气，吸进夜晚的洋槐香。

※

她和M就这样开始了奇怪的同居。月亮女神与阁楼小屋。如此戏剧化的不相称，M自己也觉得是个负担，又担心自己会像阿克泰翁一样没有好下场……不过这些担心毫无必要。从第一天开始，她就像在自己家里一样，穿着M的四角内裤和衣领松垮的半袖T恤无所事事地在家里混着。那个在啤酒屋里气质出众、凛然不可冒犯的神殿主人全然没了踪迹。也许她说喜欢这所房子并不是空话。她几乎从不出门。虽然如此，两人也并没有昼夜翻云覆雨，压得床垫的弹簧吱扭作响，在背上硌出五线谱来。他们就只在第一天夜里平平淡淡地做过一次爱，而且还是因为彼此都心照不宣地觉得不能不做一次走个过场，随后就一起沉沉睡了。就像很久以前就约定过似的，她和 M 十分自然地融入到了彼此的生活里。只有倒霉的爱马仕连衣裙被塞进了像满员的公共汽车一样的衣柜里，吃了一番命里没有的苦头。

最大的变化是一日三餐。她固执地要求饭菜必须由她来负责。原本就一个人站在里面都嫌拥挤的厨房很快就被闪闪发亮的各色炊具和令人眼花缭乱的食材给塞得满满的。每到饭点儿，她都照着菜谱做出丰盛的两人餐。红宝石一个一个地不见了，取而代之的是每天三顿土耳其烤羊肉、海鲜肉菜饭、鱼子酱达氏鳇沙拉等非比寻常的大餐。问题是她的手艺。客观地说吧，她做的菜就没有什么地方能称得上是手艺的，完全没有。而且也看不出能与经验成正比例地提高的可能性。更雪上加霜的是，她还看不上那些料理过程比较简单的菜。M 看着她对饭菜味道不做任何评价，只是默默地清空饭碗的样子，心里既有感叹又有疑惑。她本人觉得满意吗？会不会她是为了堵他的嘴才忍着不说的？要么她就是因为意外事故已经失去了味觉……虽然如此，M 并没有不礼貌地挑剔食物。只要把对味道的固有观念略加调整，这样的三餐已经是和从前不能相提并论的奢华了。他觉得好像家里来了一位美貌和财力兼备的田螺姑娘，只是不知怎么，他的田螺姑娘并不想回到自己的水桶里去。

M 在窗下的矮桌上用笔记本电脑写了删、删了写的时候，她就整天都靠坐在后墙的书架旁看书。总是在相同的位置，总是相同的姿势。不知从什么时候起，他觉得就像背后坐着一座蜡像一样。她天生是个读书狂，还是为了消磨时间，M 也无从知晓。她在选择读物的时候不像有什么特殊的喜好。M 的两只六层书架上的书很杂，她的目标似乎是要把从顶层的左边开始到底层的最右边为止的所有书都读完。小说是不用说的，就连《宗教激进主义的历史》《寄生虫支配着世界》之类的书也是一样，只要到了顺序，她都无一例外地取下来读。她对读过的书也从不置评或者鉴赏。和吃饭的时候一样，她只是闷头不语地埋头看书。

“你怎么读那么多书？”

一天，M 在床上问她。

“就是……好奇，想知道你都读过些什么书。”

“请你别把封面稀奇古怪的那几本色情书算在里面，我只是翻译过而已。”

“为什么不算，那几本最有意思了。”

她在黑暗中哧哧地笑起来。

“你呢？”

“我什么？”

“你整天在写些什么？”

“秘密。”

“让我猜猜看，好不好？”

“你猜。”

“悬疑小说。”

M转过头去看她。诱人的头发像月光照耀的夜海，隐隐约约地闪烁着光芒。

“你怎么知道的？”

“浏览过一个人的藏书之后，关于这个人，你总能得到一定程度的了解。比如欲望，还有欠缺。”

“嗯，很厉害。不过你只猜对了一半。我要写的并不单纯是悬疑小说。”

“那是什么？”

“唯一一部完美的悬疑小说。”

“唯一一部完美的悬疑小说……那又是什么？”

M看着桌子上紧闭着嘴巴沉睡的笔记本电脑。

“那就是……小说的核心秘密。”

※

坐在矮桌前跟笔记本电脑较劲的 M，像根树桩一样踞坐在阳光照不到的后墙边读书的她。这样一张宣传照片完整地表现了他俩每一天的日子。不知是怎么回事，自从《七只猫眼》以后，他再没有接到过翻译的活儿。每天准时摆出的大餐开始在 M 的胸口积滞不化。不只是因为味道。他希望吃完饭以后可以一起看看电视或者出去散散步，可她却总是一撤下饭桌就立刻回到老位置上拿起倒扣在地上的书。M 也只好到露台上抽支烟后就磨磨蹭蹭地进来重新打开笔记本电脑的大嘴巴。因为有她在而密度升高的室内空气沉重地压在 M 的肩膀上。

当然，就算是对 M 而言，“唯一一部完美的悬疑小说”也只是抽象存在的座右铭而已，就像婚礼上互相交换钻戒时梦想的“永恒的爱情”一样。但是，在半开玩笑半是逞强地告诉了她之后，他的内心里想写出一部完美的悬疑小说的念头就像熊熊篝火一般燃烧起来。鲜红的火苗吞吐着火舌传送着温吞吞的暖意，也不时火星飞溅，在衣服上留下黑色的斑点。M 很想在那篝火旁暖一暖冰冷的身体，可是他越靠近，那篝火就退得越远，只拿海市蜃楼诱惑着他。M 就只好又重新掩紧衣襟，在冰天雪地里踯躅而行，在洁白一片的雪原上踩出毫无意义的脚印，再抹掉，踩下去，再抹掉……没完没了地重复着这踌躇推敲。

※

没完没了地重复着这踌躇推敲。光标停在句子的末尾，缓着气儿。晚上 11 点 48 分。唯一一部完美的悬疑小说……M 真相信有这么回事儿吗？也许那其实是靠后墙坐在那里一直读书的神秘女人的渴望吧？她虽然像一棵只剩树桩的大树一样凄凉地固守在那里，但也许她的根已经顽强地延伸到了炕面砖石的下面，也许那些根须已经通过肛门钻进了 M 的身体里，缠绕在了大脑和脊柱上，甚至控制了他正在敲打键盘的手指末端的毛细血管。我点燃一支烟，又把手放在了键盘上。

她是个贪婪的暴食者。M 的书架被她飞快地逐渐占领。剩下的书越少，他心里越焦虑不安。“想写”的渴望渐渐变成了“必须写”的重压。背后那执拗的沉默，有规律地翻书页的声音，像匕首一样飞来，插在他的腰背上……

“写得顺利吗？”

她已经趁空儿坐了过来，把下巴搁在我的肩膀上。我慌忙按住退格键，光标沿着来路飞奔着删去了一个个字。

“就那么回事儿吧。”

“写了多少了？让我看看行不行？”

她的眼睛熠熠发光，探过头来。我得偷偷在她头发上喷点儿香水什么的，她不化妆，光凭嗅觉无法预知她的动作。

“还什么都没写呢。”

她咂了咂嘴，又回到书架旁边，拿起了倒扣在地上的书。我的面前仍然是一片大雪覆盖的、空旷无边的原野。

※

W 出版社打来的电话好比缓期执行的宣判，让 M 得到了喘息的机会。该项处罚予以缓期执行。当！当！当！ M 在市里一家专做韩式套餐的餐厅里和大腹便便的卷毛主编见面。之前因为《七只猫眼》的翻译他们曾经见过一面。当然，主编并不知道 M 是杀死刺猬的凶手。还没等菜上齐，主编就拉扯着深陷在脖子上的横肉里的领带结，直奔主题。出版社新创立了一个专门出版推理和科幻小说的出版品牌，希望 M 能为其中的日本小说

《悬疑俱乐部Q》系列做翻译。这是个十分难得的机会。M当场签了合同，和主编一起推杯换盏起来。是啊，偶尔也该有这样的幸运降临到我的头上。正好赶上自己的存款和她的红宝石都快要花光了，书架上的书也没剩下几本的时候。既然是系列，就等于近期内都保证有稳定的收入，而且也有了可以暂时从令人窒息的雪原流放地脱身的借口。M倒酒的动作越发快捷起来。

"睡不着吗？"

她把手伸进他的衬衫里，轻柔地抚摸着他的腰背。M已经辗转反侧了两个多小时了。就在踉踉跄跄地回到家的时候，他还觉得自己只要头一挨上枕头就会昏睡过去，可是夜越深，他倒越是清醒起来。

"对不住，也许是因为好久没喝酒了，酒精好像在身体里横冲直撞开起了派对似的。"

她把一根手指像圆规的一只脚一样，在M背上的中央一点，手指画着螺旋形的线条，越画越大，随后，填满整个背部的大圆又开始向着中心打着旋涡收紧。

"你在画靶子吗？"

"不是，是发条。"

螺旋形在M的背上渐渐变大，又渐渐变小，化成了无数个圆。

“你如果睡不着，我来给你讲个故事，好不好？”

“故事？什么故事？”

“一个困在了没有出口的迷宫里的男人的故事。”

“可怜，他是怎么被困进去的？”

“想听吗？”

“嗯。”

“有点儿长呢。”

“比今夜还长？”

“也许。”

“应该不会比我的余生更长吧？”

“也有可能。”

“没关系，因为我相信轮回。”

黑暗中，她咧开嘴微微一笑。

“那就好。”

她拖过M的手臂，枕在上面，柔软的卷发蹭得他的脸颊痒痒的。仿佛是在对着M的心脏低语似的，她开始讲起了故事。

“你说一个名字。”

“名字？”

“随便什么名字，你这会儿刚好想到的一个名字。”

“唔，刚好想到的名字……哈路。”

“哈路，你选择了一个很奇特的名字呢。好，从现在开始，这就是哈路的故事。那天，哈路又和平时一样，偷偷潜入了一个没人的公寓。”

“原来哈路是个溜门儿贼。”

“不是的，他只是为了偷东西暂时进入空房子而已。”

“……那就叫溜门儿贼。”

“不太一样。因为他偷归偷，却有自己的原则。他每家只拿一样东西，而且只拿那种虽然不是廉价到不见了也没人在乎，但也不至于贵重到要报警折腾的东西，像数码相机、手表、金戒指、手袋、高级洋酒之类的东西，人们通常不会因为少了一样就觉得是家里进了贼，大多都会觉得是自己弄丢了。房主也许为了找那样东西而把家里到处翻找一遍，从日常使用的书桌、衣柜开始，找到阳台上的橱柜、多功能室搁板上的纸箱子等遥远的流放地。这就让房主有机会重新面对那些像被判了无期徒刑的囚犯一样被幽禁起来的记忆中的杂物。和初恋情人一起看过的话剧的宣传册、在棒球场上抢到的全垒打球、挂军号牌的褪色的绳子、同桌送的圣诞卡片……他们也许会暂时停下手，翻动一下积满了灰尘的记忆仓库，嘴角带着一丝隐约的笑意。哈路想要的就是这个。乏味的日常生活里凭空得来的小憩。像这样的行为，他觉得可以称之为交易……”

“代价是不是太昂贵了？肯定也有些酸楚发霉的回

忆是主人希望永远埋葬的吧？”

“你也太较真了。当然，哈路也不喜欢不公正的交易。所以他总是另外准备一份礼物。就是说，他会把他自己的一件杂物悄悄地放在主人有可能翻找的地方。随便是什么杂物。诸如旅行途中买的风景明信片、掉了漆的芝宝打火机、贴着“地下仓库”标签纸的旧钥匙……在自己的私密空间里发现陌生的旧物时，人们都会有怎样的反应呢？不管他们怎样在记忆的仓库里搜寻翻找，都将徒劳无功。也许大多数人只会摇摇头，就把它们仍旧扔回流放地。但偶尔也一定会有人认真对待他的礼物。他们会不会下意识地调出类似的记忆，并进行加工以匹配那件旧物？又或者拿自己从前做过的梦、模模糊糊抱有的幻想、在某本书或者某个电影里看到的场景当作素材，随心所欲地制造出新的回忆。”

“对，我就有过类似的经验。我在书桌的抽屉里发现了一只小小的俄罗斯套娃。我完全不记得它是怎么来的。想来想去，就想到了学俄罗斯文学的前女友身上。我的脑海里十分清晰地浮现出了她当作幸运吉祥物送给我的场景。我甚至还记得当时她露出小虎牙，笑得十分可爱。不久以后，我去了一家附近的酒吧，发现搁板上一字排开的套娃里独独少了第二个。我心里的感觉别提多荒唐了。”

“噢，你喜欢虎牙？也没准儿就是你喝醉了之后想起了那位姑娘，所以才顺走了一个套娃。啊啊，只要看到俄罗斯套娃，就想起那位姑娘。”

“不是那样的。”

“没关系。如果日后你为了我而偷一样什么东西，我一定非常感动。总之，哈路的礼物就起到了这样的作用：让你回想起记忆背后的某些东西。Give and Take。关于陌生物品的回忆是没有定价的，所以他觉得不能算不公平。”

“这位朋友还挺有职业道德的。”

“因为对哈路而言，这首先是一个游戏，一个透过陌生的缝隙偷窥彼此的游戏，然后才是谋生的手段。游戏当然更应该公平。那么，让我来接着讲这个故事。哈路熟练地打开门，一进屋就觉得有点儿奇怪。平时每次进入别人的家里，哈路最觉得陌生的是……”

味道。人们往往喜欢利用墙纸、家具、家电产品等表现自己的个人喜好，可工厂里批量生产的商品，无论怎么组合，其实都相差无几。但是家里的味道就不一样。一个人每天散发出的体味儿，他日用的饮食、排泄物，他在外面沾染回来的空气，他用的洗发水、牙膏、化妆品、洗衣粉，他买的衣服和书，他养的动物和植物等一切味道混合在一起，就标记出了这个人的固有领域。尽管我们是嗅觉已经明显退化的哺乳动物，但还是会在别人家的玄关迟疑一下，想必是因为那异质的味道发出的警告信号。奇怪的是，对于这间屋子，他几乎感觉不出任何味道。很显然并不是因为室内清洁到让人觉得主人有洁癖的程度。那种感觉有点儿像走进了一个没有浸染生活气息的电视剧摄影棚。

如果这个摄影棚是为了表现一个对装潢完全不感兴趣的单身男子，那么它做得挺成功的。两人用原木餐桌、硬塑椅子、挡住阳台上的兰花的紫色天鹅绒窗帘、布艺沙发旁边的铁艺装饰柜，还有放在藤木桌子当中的一个正在奋力奔腾的水晶独角兽，都毫无协调可言。似乎这些物品都是主人在需要的时候不假思索地一件一件买回来的。也或者这种异质性要素之间的相互冲突也是一种细腻的装潢理念也未可知。空旷的墙上挂着的克林姆特的《吻》的复制画也是如此。虽然有点儿莫名其妙，却又自有一种奇妙的吸引人之处。一个被灿烂的金色环绕着、正与恋人接吻的、表情激动的女人。是他亲自挑的吗？他想起了房子主人那张仿佛一辈子都不会激动的脸。他多半在制作我刚刚配的眼镜呢。

两天前，我在客运站对面的桑拿浴室所在建筑的一楼眼镜店里见到了他。如果不是因为坐的是深夜到达的长途汽车，所以只好在汗蒸房里过夜；如果不是睡起来的时候踩到了放在地上的眼镜；如果不是镜片给碾成了碎片在地板上刮出许多划痕，我大概一辈子都不会走进那间眼镜店。但是上述所有的事情全都发生了，刚好那幢建筑的一楼就是眼镜店，还让我觉得是个小小的幸运。

我看着陈列柜里叠放成一列一列的几百副眼镜，完全不知道该如何选择。我觉得只要我拿起其中的一副，就会带起一整串的眼镜。我像阅兵一样，缓缓地往旁边移动着脚步，能感觉到陈列柜对面的天蓝衬衫也在配合着我的脚步缓缓移动。这种时候，我很希望对方能亲切地为我推荐几种流行的款式，可验光师只是默默地等待着我的阅兵式结束。我只好放弃，自己先问道：

“我这样的脸型适合什么样的镜框？”

验光师简直有些无礼地盯住我的脸看。作为一个专业人士，他表现出这样的使命感来，自然令人觉得他值得信赖，可两个大男人这样互相对着看，不免有点儿尴尬。他突然把自己戴着的眼镜摘下来递给我。

“请您试试这副。”

这算是怎么回事呢。我稀里糊涂地接过眼镜戴上，照了照镜子。原来镜片是没有度数的。这是一副转角处做了圆形处理的方框角质镜框，茶褐色给人理智然而温和的感觉。正是我想要的风格。果然不愧是专业人士。

“挺好的，就它吧。”

“这款镜框现在没有库存，您要是预定，大约后天能有货。”

“是吗？那请帮我预订了吧。我后天再过来。”

验光师把我递过去的眼镜重新戴上，用食指轻轻往上推了推眼镜梁。这个人瘦长脸儿，下颏的线条与眉眼都很柔和，却并不给人软弱的感觉，深陷的眼窝和挺直的鼻梁反而显出一种像不锈钢一样的整洁和坚定，不知怎么让人联想起百货商店男装卖场里的人体模型。虽然优雅整洁，可是转身就将淡化、消失的塑料绅士。也许是因为他的平光镜片后面深陷的瞳仁。我觉得好像自己正在看着的是沙漠正中央的一口空井。德拉古伯爵放下欲望之后的眼睛大概就是那样的吧？只剩下沉重的关于永生的烦恼……我忽然间很想知道，这个男人用什么样的味道来标记自己的领域。

我等到眼镜店关门后，尾随在了他的身后。验光师把两手都插在风衣口袋里，像蒙着眼睛的赛马一样只看着前面，脚步却像拉车的骡子一样慢慢吞吞，一副万事皆不留心的样子。我的跟踪也因此进行得十分顺利。他家在离眼镜店不远的一栋小户型公寓里。我看着他乘坐的电梯停在九层以后，就走到了建筑的外面。过了一会儿，九层左侧房间的灯亮了。窗子上映出一个瘦长的影子。那，我后天再来。

客厅里没有我想要的东西，于是，我去卧室翻找。我在固定式衣柜里面发现了一个尼康 F3 相机。这一款相机以其快门声音动听著称，电影或者广告里面拍照时的效果音都是由这小家伙负责的。它本来是很不错的，不该给塞在一堆冬天的毛衣里面，只是在数码大潮的冲击下，一早就成了落伍货。他肯定已经记不清最后一次使用这个相机是什么时候的事儿了。机身有点儿划痕，不过状态还可以。我按了一下快门，声音清脆悦耳，果然名不虚传。

我已经决定了要“取”的东西，现在轮到“给”了。我为无色无臭的德古拉伯爵准备的惊喜礼物是情人旅馆的钥匙。汉河酒店 314 号。亚克力材质的长方体的钥匙链握在手心里沉甸甸的。放在床底附带的抽屉里就挺合适。那是一个埋葬着各种家电说明书及备用配件、同样已经落伍的随身听、CD 机等的公共墓地。他什么时候才会翻到这里呢?

从公寓一出来，我就去了眼镜店。验光师亲手帮我戴上了已经完工的茶褐色角质镜框的眼镜，并且稍加调整，让它刚好贴合我的脸型。他细长的手指每次碰到我耳边的头发时，我的心头都骚动起一阵隐秘的快感。哎，你的尼康F3就在我的背包里呢。不过我也给你留下了一份小小的礼物。希望你喜欢。跟我在这里验视力，向他咨询镜片问题的时候相比，现在我觉得和他亲近了许多。当然，他仍然像戴着面具一样面无表情。验光师最后精心地把眼镜擦拭干净之后，动作十分老练地帮我戴在了脸上。眼镜腿弯曲的部分严丝合缝地挂在了我的两只耳朵上。

“看得清楚吗？”

当发现那把刺激人阴暗情欲的情人旅馆的钥匙时，他空虚的眼睛将会闪耀起怎样的光芒？我很遗憾不能亲眼看到。他至少也会微微皱一下眉头吧？也许他将打开深藏在记忆仓库的阴湿角落里的索多玛之柜。里面充斥着皮革、面具、鞭子、手铐、绳索、蜡烛等，我等人根本想象不到的放荡颓废的收藏……可能是因为临睡前我一直在胡思乱想这些的缘故，在梦里，我又见到了他。

验光师穿着白大褂坐在书桌对面。他正在对着我嘟嘟哝哝地说着什么，可是就像消音了一样，我听不见他的声音。我试着想读懂他微微蠕动的嘴唇，可是没有用。我看来看去都只觉得他的嘴唇在像金鱼一样一张一合。不知是不是一个人说得乏了，他摘下眼镜，用手掌按了按眼眶。从放在桌上的眼镜片里看到的白大褂的褶皱有曲折效果。奇怪，他的眼镜没有度数啊……我明知道是在梦里，仍然这样想到。嘀嗒。白大褂上掉落了一个红色的水滴。我无意中抬起头，却看见……验光师正在挖自己的右眼。他把食指和中指直直地竖起来，像拧螺丝一样一圈一圈地拧着。手背上青筋暴起。眼珠原来的位置转瞬之间已经变成了一个黑红色的洞。他的两根指节都已陷进了那湿淋淋的洞里，可是他搅动着的手指仍然没有停下来。我握紧了拳头，生怕自己的手指张开。验光师扭曲着嘴唇用仅剩的一只眼睛看着我笑了。混合着乳白色黏液的血像眼泪一样顺着脸颊流下来……

“哈路猛地从床上跳起来。他洗了脸，连灌下两杯冷水，可是梦中的诡异景象仍然在眼前没有消失。他平白无故地觉得右眼珠刺痛，接连几次开灯跑到镜子前面检查。因为直到第二天，惴惴不安的感觉始终萦绕不去，哈路下午晚些时候就又去了一趟客运站。他想亲眼看到验光师的两只眼睛都好好的，还在工作。哈路慢慢地从眼镜店前面经过，眼睛瞟向落地窗的里面，可是没看到验光师。过了一会儿，他又在窗前走了一趟，还是一样。哈路犹豫了一下，走进了眼镜店。他跟女店员说，自己昨天来配过眼镜，想找验光师，结果女店员说他没来上班，不知是不是得了急病，电话也没开机。哈路觉得大事不好，马上就去了验光师的公寓。去是去了，可是他哪有什么办法确认对方的安危呢，也只能坐在街心公园的长椅上仰头看着九楼静等着罢了。昨夜的梦历历在目，让他无法安心走开……”

夜幕降临已经很久了，可他的家里仍然没有开灯。才初秋而已，风已偏凉。那冷风无所事事地在公园里游荡。都两个小时了，我可怜巴巴地坐在这儿算什么呢。只不过是个噩梦而已。我决定再等十分钟，如果还是不开灯，就上去按一下门铃。只要有人回答就算没事儿了，如果没人应门……阳台门开了，出现了一个黑色的影子。影子把胳膊肘靠在栏杆上往外看。隔壁的灯光打在他的眼镜片上反射出来。好像是他。没什么事儿嘛。我从长椅上站起身，长长地伸了个懒腰。随着僵硬的肌肉拉伸开来，四肢一阵酸麻。我心里又有点儿失望，我的梦究竟并非神通。九楼的影子仍然只在看着虚空。微扬着的头似乎是朝向夜空的。天边挂着一轮仿佛是刀尺精心裁成的半月。

就在我又调转头的时候，事情在瞬间发生。黑色的影子把一条腿跨到栏杆上，然后滴溜溜旋转了半圈。像有人从窗口扔下的一具人体模型一样，黑色的影子横跨层层叠起的九个楼层倒栽下来。紧接着传来一片响亮的碎裂声。我踉踉跄跄地朝着声音响起的地点奔去。车辆防盗警报器讨人嫌地响个不停。验光师趴在一辆停在路边的黑色轿车的顶棚上。眼镜的镜片摔得粉碎，滚落在轿车旁边的路面上。那副和我戴着的完全一样的眼镜。我被一只无形的手推动着，畏畏缩缩地朝他走去。那枯井一般的眼睛和活着的时候没有什么差别。垂落的右手里紧握着一只透明的小棍儿。汉河酒店 314 号的钥匙。

“天已经亮了。”

她停住话头，仰头望着曙光熹微的窗子。

“剩下的今天夜里接着讲给你听。”

M 躺在床上，看着悄无声息地渗透进来的阳光。时间竟然已经……他想多少补上一觉，可是些许的一点儿睡意也在耀眼的阳光里很快就挥发掉了。朝正东方向开的大窗户直到正午之前都将无情地往 M 的房间里播撒直射光线。平时他基本上是正在虔诚晨祷的修道僧的感觉，今天却不折不扣像个被探照灯的强光捕获的越狱犯。连一时忘记了的宿醉也涌上来践踏、蹂躏着他。

M 早饭也没吃，迷迷糊糊地在床上混过了整个上午。午饭时间过后，送来了一个快递。是 W 出版社寄来的《悬疑俱乐部 Q》系列的第一册。这么快就送来了。M 意识到自己不再是好命的闲人了。他洗了个冷水澡，吃了一顿推迟的午饭，终于清醒了一些。他直接坐到书桌旁，从信封里掏出书。《第六个梦》，世海罗子。这名字听上去闷声闷气的，不大入耳，不知是本名还是笔名。反正不管属于哪一种，名字都取得不大成功。目录上罗列着四个小标题，第一篇是和书同名的《第六个梦》。封面上用水墨画风格画着一个半埋在大雪里的山庄，狂风暴雪仍然在肆虐，那山庄仿佛很快就将从视野中消失一般。亮着灯的窗子上映出一个佝偻着腰的影子。

M 打开笔记本电脑，调出用惯了的日韩词典和韩日词典。通常翻译都是先浏览一遍内容，然后译一个初稿出来，不过 M 一直坚持采取从一开始就一句一句反复咀嚼着翻译的方式，因为在不知道后续内容的状态下工作比较有趣。他在翻译的文件夹里创建了一个新的文档，打上标题。因为没睡觉，只觉得头昏昏沉沉，浑身难受，不过指尖的感觉还在。也许是因为很久都没有翻译了，他甚至感到一种轻快的紧张。这一次他一定要用原来那样愉快的恶作剧抹去上一次的刺猬事件所引起的不舒服的感觉。

刚翻开第一页，就听到“啪”的一声合上书本的声音。M 悄悄地往身后瞟了一眼。她并不起身只伸长了手臂把看完的书插回到书架上。是在最底层靠最右边的位置。她在 M 的图书馆里读的最后一本书是刘易斯·卡罗尔的《爱丽丝漫游奇境》。她把两条手臂向前伸出，趴在地上伸了个长长的懒腰，那样子好像刚午睡醒来的母狮。她和 M 四目一相对，就慢慢地爬着靠近过来。

“是这本书啊？”

她把手搭在 M 的肩上，乜斜着眼睛看着平假名、片假名还有汉字混合在一起的书页，脸上的表情好像是在饥饿的时候发现了一只不能捉来吃的刺猬。

“等你翻完了给我看看。”

她说要去买做晚餐的食材，披了一件起了许多小毛球的旧运动衫就出门去了。关玄关门的声音特别响亮。M 看着两个高大的六层书架里塞得满满的书。他甚至想给所有这些书开一个集体追悼会。还没撑过半年就全军覆没……也是因为遇到了一个怪物一般的对手。他的房间里她没读过的书就只剩下一本了。M 在笔记本电脑屏幕的辽阔雪原上写下了《第六个梦》的第一个句子。

好，接着讲吧，免得我们睡过去。

星期六的傍晚，开始飘起雪花的偏僻山庄里聚集了六个人。现在还不知道他们彼此是什么关系，为什么聚集在一起。只知道他们收到了某个网名叫恶魔的人的邀请。可是主人却没有出现，初次见面的客人们只得自己互致问候。他们在狭窄的客厅里走动着，用眼睛互相交换着微笑，到了场面再也撑不下去的时候，几个人的视线都聚焦到了陈列着各种威士忌和白兰地的装饰柜上。有人脚步勤快地跑到厨房取来玻璃杯和冰块儿，有人一样一样拿出了带来的下酒用的零食，他们围坐在一起推杯换盏，克服了寒冷和生疏，接着开始讲起了故事。杀人犯的故事。敏规请来了连环杀手的代号——开膛手杰克，贤淑召唤来了杀人小丑约翰·韦恩·盖西，一头长发，皮肤粉红透明的塞娜提起了电影《沉默的羔羊》的原型爱德华·盖恩……一直静静地听着的令修插嘴打断了她的话。

“想必大家都知道，连环杀手不过是些把自己的幻想变成现实的人，可以说，他们不是软弱的梦想派，而是果敢的行动派。那么，其幻想，那些超越禁忌的、毁灭性的幻想，从何而来？细究其深层心理之后，我们究竟又能断言它距离我们很远吗？”

令修暂时停下话头，逐一看向每个人的眼睛。

“也许区分他们和我们的所谓‘良心’，并不是一堵像我们想象的那么坚固的墙。毕竟，扣动扳机只需要一瞬间。”

※

毕竟，扣动扳机只需要一瞬间。光标停在了句子的末尾，缓着气儿。这几个人似乎都是一个叫银锤的网站的会员。那大概是个以连环杀人魔为主题的网站。原本进行得还算顺利的翻译工作卡在了喜欢卖弄的令修生硬的高谈阔论上。不管在哪儿，总是有这种人。也许区分他们和我们的所谓“廉耻”，并不是一堵像我们想象的那么坚固的墙。我打开国语辞典的窗口，在搜索栏里键入“良心”两个字。

能够分辨价值，并判断自身行为对错及善恶的道德意识。

我删掉“良心”，这一次键入了“现实原则”几个字。

“自我”根据现实条件延迟、满足或放弃“本我”追求享乐的原始的、本能的欲望的原则。

我把令修的台词中出现的“良心”一词改为“现实原则”。我不怎么喜欢“良心”这个词儿。它让我觉得好像是保管在福尔马林液体里的心脏标本。相对而言，“现实原则”的词义感觉上更加充满活力。我想象着“自我”像在牛仔竞技比赛里那样，骑在疯狂地颠簸奔突的“本我”背上，努力不掉落下来的画面。M 一定也是同样的想法。

12点39分。不知不觉间已经是新的一天了。我用手掌按摩似地揉着眉骨。也许是因为疲劳，翻译速度大不如前。她仍然靠坐在书架旁，看着刚打印出来的文稿。她让我翻译完了给她看，可是光标刚一移到下一页，她就等不及地打印了去看。才只翻译了四页而已，她却一直拿在手里，似乎是在读了又读。世海罗子小姐知道了一定大为感动。我握住鼠标，点击了一下磁盘形状的保存键。

※

“你要睡了？”

她大概正觉得无聊，一听到电脑关机的声音马上做出了反应。M打着哈欠爬上了床。她关了灯，上床来躺在了M的身边。M本来已经困极了，觉得自己一合眼就会扑通一声沉入睡眠的深井，可是低头看去，那口深井里却根本没有水。M的眼前晃动着验光师空旷的眼睛。为什么他会握着哈路送给他的旅馆钥匙……M转过身，像敲门似地拍了拍她的肩膀。

“昨天那个故事，你要接着讲给我听啊。”

“你不困吗？”

“没关系，听着听着就睡着了。”

她拉过 M 的手臂枕在上面。柔软的卷发蹭得他的脸颊痒痒的。像对着 M 的心脏窃窃私语一般，她开始讲故事。

“目睹验光师自杀之后，哈路受到了极大的刺激。他甚至感到深深的自责，觉得那是自己造成的。到底是为什么呢……哈路穿上黑色西装去参加了葬礼。因为他想知道，不，因为他必须知道验光师为什么要自杀。整整三天的葬礼期间，他几乎一直守在殡仪馆里，可是没有几个吊丧的客人，还大部分都是平时几乎没有来往的远亲。他探听来的全部事实就是没有发现遗书，还有三年前验光师曾经接受过长期的精神科治疗。亲戚们显然都断定这次他也是那病犯了，一时冲动才自杀的。哈路也想这样相信。自己卷在里面纯属 ……”

偶然。尽管三年里都好好的一个人偏偏就在我去过的第二天跳楼自杀，而且手里还握着我恶作剧送给他的酒店钥匙……我也想相信，那只是一个偶然。世界上本来就无奇不有嘛。就拿那把酒店钥匙来说吧，我是在去他家之前，从一个收着杂物的文件柜里翻出来的。“就是它了！”我光顾着满意，完全没去想为什么。这东西为什么会藏身在我的私密空间里？直到事件发生之后，我才开始在记忆的仓库里细细搜寻，可到底也没能找到出处。那把钥匙对于我同样也是一件陌生的东西，就像有人潜入我家扔进我的文件柜里一样。

我虽然感到自责，可是也没夜夜受到噩梦的折磨。我没有毫无理由地揪扯自己的头发，也没有走路的时候呆呆地撞上竖在户外的招牌，甚至连食欲也没有减退。只是有一天在刷牙的时候看到镜中自己的样子大吃了一惊而已。茶褐色的角质镜框的眼镜后面的，是一双德古拉伯爵的眼睛，已放下了一切欲望，只剩下了沉重的关于永生的烦恼……我扭曲着脸，亮出犬牙。一道白花花的牙膏沫子顺着嘴角汩汩地流了下来。

我在网上检索“汉河酒店”。没有以这个商号开设的网页。也没发现广告或者入住评论等。我花了几天的工夫把所有提供全国宾馆酒店信息的网站都一个一个打开看了一遍。有塞纳河酒店、汉江酒店、多瑙河酒店、万寿无疆酒店，就是没有汉河酒店。挺清爽、挺不错的一个名字呀，难道全国酒店协会把它禁用了不成？如果是每个街区都有一个的那种小旅舍，可就不容易找到了。我在半放弃的状态下，漫无目的地在网络的茫茫大海里漂流，却忽然发现了一个小小的浮标。“在这怀抱着太古神秘之地，让您疲惫的身心都得到舒适的休息吧！”是在W镇的导游网站上。W镇是个小山村，从前是矿区，现在有一家赌场酒店。在介绍住宿设施的版块上，汉河酒店从角落里羞答答地探出头来。我抱着双臂盯着显示器看了很久。怀抱着太古神秘之地……我调出国语词典窗口，键入“汉河”两字。

河流从主流分出一股或多股水流，形成沙洲或岛屿后重新汇入主流，其中较小的水流称作汊河。

长途汽车关上车门正要出发的时候，一个穿着印有米老鼠图案的T恤衫的女孩儿跑了过来。她浓密的红头发像旗子一样在风中飞舞。上车以后，女孩儿左右张望着寻找适合坐在身旁的乘客。她沿着通道一路往后走，偏偏停在了我的身边。女孩儿使劲儿地嚼着口香糖，盯着占据了靠通道的座位的尼康相机包。我看着窗外故意不理她，可是窗子上映出的米老鼠丝毫没有退让的意思。怎么有这么固执的老鼠。我很自然地转过身子，做出吃了一惊的样子，把相机包拿起来放在膝上。女孩儿一屁股坐下，像在享受胜利一般，悠然自得地把披散的红头发拢向脑后。

因为不是周末，高速公路上十分空旷，汽车一路飞驰。拦在窗外的水泥墙逐渐退去，正在准备变换颜色的树木，开始黄熟的水、旱田的风景展现在眼前。我很久都没有离开城市了。我甚至不大记得最后一次坐火车或者长途客车是什么时候的事儿了。以前因为常常要到外地演出，几乎走遍了全国的角角落落。总是站在新的舞台上，面对新的观众表演是……

“等等，哈路原来是个戏剧演员吗？”M打断她的话，问道。

“准确地说，是默剧演员。在舞台上与观众进行无声的沟通曾经是他最大的快乐。他虽然入行晚，但是很有天分。可是，一次在演出中突如其来的癫痫发作夺走了一切。他直到那时候才第一次知道自己患有癫痫。对毫无预警的发作的恐惧比想象中来得大。因为自己眼睛翻白、口吐白沫、四肢反转扭曲，甚至有时大便失禁的样子有可能在任何时候被任何人看到。那种羞耻的感觉都还在其次，运气不好的话，甚至有可能因为一次发作而失去生命。哈路越来越没有自信，越来越畏首畏尾。他不愿意与他人交流，也不能够再登上舞台了。”

“哈路……原来是这样的。”

“你知道吗？古代人认为癫痫是神圣病。据说是因为突然发作起来的样子就像遇到神一样。”

也许这话不是全然没有道理。每一次发作过后，我都觉得自己好像被扔到了一个新的世界里。新的神刚刚创造的又一个新世界。一切虽然还和从前一样，虽然还故作和从前一样，但是总有某个接缝儿的地方有那么一丁点儿扭曲，和从前的世界不完全吻合。每当我发作后醒来，都能感觉到风从那缝隙里吹来，冰冷地打在我的脸上。

“您是去 W 镇吧？”

女孩儿两手拿着 MP3 的耳机看着我。十七？十八？凸起的胸脯赋予了两只米老鼠耳朵立体感。因为一直被她耀眼的红头发吸引住了视线，所以他之前没发现，这女孩儿头发下面的脸也散发着奇妙的感觉。眼皮一单一双，鼻子看起来仿佛比原型缩小了 15% 似的，嘴唇略微有点儿歪，看上去有些不安，却又显得很有活力，明亮的粉红皮肤上洒着些雀斑。单拆开来看，每个部分都浪漫地有点儿不大协调，但整体上，却流淌着一种严格的古典主义的形式美。

“嗯，你怎么知道的？”

“这个啊。”女孩起劲地嚼着口香糖，用下巴颏指了指我怀里抱着的相机包。“时常有人背着这种包到那里拍照。”

“那里有什么？”

“就一废矿。不知道那有什么好拍的。”

女孩儿用口香糖吹着泡泡。她噘起嘴唇用力一吹，可栗子大小的泡泡没能再变大。我说她哪里觉得眼熟呢……看着女孩儿噘起的嘴唇和泛着红潮的脸颊，让我想起了一个画面。垂着满头红发的裸体少女和已经变色发黄的骷髅男子的吻。去年去看蒙克画展的时候，我在《死亡与少女》的前面呆立了很久。生与死的强烈对比和那间隙里绽放的危险的性感一下子就打动了我。那天在纪念品商店里买的复制画现在还占据着我房间的一面墙。

“我不是去拍照，就是想出去散散心。”

女孩儿敷衍地点点头，把耳机塞进了耳朵里。我觉得自己好像第一次面试就被直接刷掉了一样。早知如此，就说我必须潜入 W 镇是因为有暗杀某个大人物的任务在身了。我重又把头转向窗外，正想着要好好欣赏一番窗外掠过的景色，她的耳机里却传出微弱的弦乐器的声音。是支很熟悉的曲子。舒伯特的弦乐四重奏《死亡与少女》。真的，遇到这样偶然的一致的时候，不由人不想象世间一切都出自超自然存在的大手，毫无目的地拨弄世人的大手。或者还有更加合理的解释。这支曲子又让我的潜意识联想到了蒙克。

客车途经 W 镇的时候，有几个人下车，包括我旁边座位上的女孩儿在内。由于四面环山，空气很是怡人。女孩儿啪嗒啪嗒地跑开了，红头发在初秋的阳光里摇摇摆摆。这姑娘总是这么忙忙叨叨的。我从裤子口袋里翻出硬币塞进自动售卖机，在“热饮”和“冷饮”之间犹豫了片刻，最后选了滚热的罐装咖啡。客运站油漆斑驳剥落的屋顶上，一只正在晒太阳的斑纹猫板着脸儿低头看着我。

汉河酒店是一幢五层的小楼，坐落在横贯整个小镇的大路尽头、山脚入口处。刚建成的时候大概也曾经是这一带相当惹眼的住宿设施，如今窗户上密布的灰尘，外壁上用水泥胡乱抹过的条条裂痕，都只显出一种阴森瘆人的气氛。门口上方的拱形招牌好像野兽的血盆大口。我一进门，躺在柜台后面的小屋里的中年女人就睡眼惺忪地坐了起来。

“请问 314 号空着吗？如果空着，我想还住从前住过的房间。”

老板娘俯下身，从低矮的小窗户里仰头盯着我看。她的手上缠着一串挂着木十字架的念珠。我平白无故地觉得有些紧张。她打开矮桌的抽屉，一阵窸窸窣窣之后，默默地递给我一把钥匙。长方柱体的钥匙链握在手心里沉甸甸的。就是这儿，没错。

房间和一般城市里的酒店没有什么两样。双人床、潮乎乎的寝具、圆形茶几和两把椅子、电视、厚厚的遮光帘，廉价的芳香剂所掩盖的三种分泌物的味道。窗外是山上渐入佳境的红枫，而不是相邻建筑的空调室外机，已经算不错的了。门上面挂着一个木制的匾额，木头上还保留着完整的年轮，上面用熨斗烫出圣经里的句子。

掩盖的事，没有不露出来的；隐藏的事，没有不被人知道的。

——《马太福音》第 10 章第 26 节

这样的警句挂在情人旅馆的房间里，未免有点儿唐突。我把背包和相机包放在茶几上，自己躺倒在床上。墙壁和天花板的墙纸不一样。墙壁很干净，天花板的墙纸却已经泛黄褪色，而且污痕累累，没有灯罩的日光灯周围黑黢黢的好像被烟熏过一样。大概是上次糊墙的时候预算不够了。那个验光师也曾经像这样躺在床上看着天花板墙纸上的那团黑吗？这里实际上发生过什么？是什么事让他只是回想起来就非得从九楼阳台上跳下来？为什么这个房间的钥匙会出现在我的文件柜里？……天花板上的日光灯没有作答。不要说回答，它简直要像断头台上的铡刀一样掉下来砍断我的脖子。罪名是不交还酒店的钥匙。窗外传来山中鸟儿的长啼。好吧，现在……该怎么办。

“睡着了？”

“没有，听着呢。”

M抚摸了一下她的头发，表示自己还醒着。

“哈路虽然追踪着唯一的线索——酒店的钥匙来到了这里，可是他能依靠的只是渺茫的预感。就是说，假如这个酒店里真的保有验光师自杀的秘密，假如自己也是从那秘密的某个环节分出的一个汊流，那么这汊流终将在下游与主流汇合。哈路拿上相机出了门。他想起红发女孩儿的话，决定到废矿走一趟。他乘坐公共汽车飞驰了十五分钟左右后，就到了废矿区。一排排石板瓦屋顶的矮屋好像一群蟾蜍，泥地是黑色的，小河里流淌着红色的铁水，颓败的矿厂仓库野花环绕，还有各种采掘设备仿佛饱含着矿工的哀伤……”

黑暗中，她的声音低沉而生动。闭上眼睛，M仿佛真切地听到了公共汽车停在乡村土路上的刹车声，红色的小河淙淙流淌的水声，摇曳着野花的风声。就像有人藏在床底下根据情节随时制造效果音一样。

“哈路模仿摄影师的样子，四处拍个不停。其实照相机里根本没放胶卷，只有轻快的快门声在静谧的原野上响了又响。他正把轨道上红锈斑斑的矿车收进取景框的时候发现，不知不觉间，西边山脊的背后已经出现了一片红霞。鲜红的火焰肆无忌惮地吞噬着干燥的青灰色的天空。哈路呆立着不眨眼地凝视着那晚霞静静的进击，不想错过那最壮观的一瞬间。就在鲜艳的红色即将到达天尽头的瞬间……”

“像那样非要在消失之前留下痕迹，可真丑陋。”

红发女孩儿并肩站在我的身旁看着锈迹斑驳的矿车。她是什么时候靠近的？我又仰头去看天空，晚霞已经消逝不见了。

“您想不想拍点儿更像样的照片？”

女孩儿摇摇摆摆地走上了仓库后面的小路。那小路上野草萋萋，不细看很难发现。白T恤像在染色一般，浸入了树叶之间。我把照相机挂在脖子上，赶快跟了上去。女孩儿像林中仙女一样飞奔着爬上陡峭的山路。我只怕跟不上那牛仔裤和白球鞋，不断地加快脚步，背上很快就被汗水打湿了。

天空突然洞穿，出现了一块圆形空地。茂密的松树像篱墙一样围在四周，光秃秃的空地上却只有疏疏落落的杂草。我觉得自己好像踩在了大山头顶的斑秃上，平白地觉得怪不好意思的。拦在空地一侧的小丘上，有一个大张着嘴巴的小小洞穴。那洞穴不像是天然的，可能是挖掘到中途放弃的坑道。

女孩儿像石像一般呆立着，打量着洞穴的入口。我感觉到一种神秘的气氛，竟然不敢靠近。仿佛女孩儿的身体像棱镜一般吸收了洞穴里射出的黑色光线后，折射出了五光十色的光谱。女孩儿两臂交叉成十字，像伸懒腰似的把米老鼠T恤衫从头上脱下来扔在一旁，红头发在空中划了一道弧线，重又聚拢在了光滑的腰背上。接着，她的手又伸向了腰带。我把相机缓缓地举起，放到眼前。长方形的取景框里，女孩儿像蜕皮一般从牛仔裤里拔出腿。她没有穿内衣。我跟在女孩儿的身后，一起走进了洞穴里。一片黑暗的取景框的中央，女孩儿雪白的裸体像盐灯一样散发着光芒。女孩儿开始向着远处大张着嘴的黑暗奔跑起来，动作像跳舞一般轻盈。一头红发仿佛每一根都有生命一般在空中飘舞。星尘撒在了凹凸不平的黑色墙壁上。女孩儿回眸一瞥。我正要按下快门的瞬间，右脚掌感觉到一阵热辣辣的疼痛。就在我踌躇不前的瞬间，盐灯融化成了黑暗中的一个白点儿，消失不见了。脚边儿滚落一块折断的木板。我用左脚踩着木板，拔出右脚。木板上钉着一块牌子，上面用红漆草草地写着“禁止出入”几个大字。我半蹲在地上，看着吞噬女孩儿的黑暗。洞穴的深处喷吐着冰冷的气息。

“天已经亮了。”

她停住话头，仰头望着曙光熹微的窗子。

“剩下的今天晚上接着讲。”

M躺在床上，望着悄无声息地渗透进来的阳光。又熬了一夜吗？已经整整熬了两夜了……洗漱的时候，M看到镜中的自己吓得打了个激灵。眼窝深陷，眼圈发黑，眼睛里血丝纵横，眼神迷离混沌，高耸的颧骨下面，两颊塌陷，只有粗糙的胡楂儿坚韧不拔地从皮肤底下钻了出来，活像被一双粗暴的大手随意揉捏摆弄几下又丢开的样子。M本想至少把胡子刮了，最后还是算了。他怕剃刀会连肿胀的皮肤也一起刮下来。

吃完早饭，她出门去市场了。强烈的阳光晒得地板好像正在加热的煎锅。M浑浑噩噩地躺在地板上混过了整个上午。脑子里像起雾了一般糊里糊涂。就在阳光撤退，洋槐的树影又把大手伸到阁楼屋顶的时候，她两手各提着一只肚子鼓鼓的塑料袋回来了。

“怎么，不好吃吗？”

她斜眼看着M有一搭没一搭地夹菜，问道。M把筷子含在嘴里，干笑了一下。这还是她第一次问他食物的味道。M夹起糊满各种不明身份的香料的炒牛肉，把嘴里塞得满满的。

“没有，很好吃。”

撤下饭桌，M坐到书桌前，打开笔记本电脑。他虽然像被抽去了几根骨头一般浑身没一点儿气力，可是不敢偷懒。翻译也是个赶时间的活儿。如果从第一本书就开始拖延，这次系列丛书的翻译工作最后很有可能以只翻译单行本告终。身后，她一直拿着昨天打印的那四页纸窸窸窣窣翻弄的声音也在催着他快翻译。M 打开翻译文件，翻开书。看着书页上散落的陌生活字，重又燃起了工作的欲望。而且他也很想知道《第六个梦》后面的故事。

聚集在废矿，不，山庄里的六个人如他所预想的，都是一个收集了大量连环杀手资料的网站——银锤的会员，而且都是受到特别邀请到版主的别墅聚会的精锐会员。版主恶魔是一个藏在面纱背后的人物。发烧友之间流传着各种关于他真实身份的谣传。前 FBI 特工、牛津大学研究杀人历史的怪教授、有着变态性欲的在日侨胞房地产大亨，甚至有人说他实际是个连环杀手……六位会员都期待着马上就能见到他或她。可是直到夜深，恶魔也没有现身。只有客人们围坐在一起拿连环杀手当谈资。他们谈兴很浓，也时而互相较劲儿。空酒瓶在墙边排成了一排，窗外雪花越来越大。直到拂晓熹微的阳光翻过山脊，他们才分头回到了整理得干干净净的六个房间。

第二天早上，令收被发现横尸在床上。他一如生前保持着骄傲的姿态，端端正正地躺在床上，枕头已经被血水染红。塞琳娜无意中指向了放在书柜上面的思考者铸像。敏贵走过去拿起铸像，发现正方形的底座边棱上染着鲜明的血迹。前一夜一直受到令收羞辱的塞琳娜。她失魂落魄地咕哝着，说自己在梦中目击了令收被杀害的场景。

“你确定是梦吗？”

听了敏贵的问话，塞琳娜急切地点点头。

“在梦里面，你是在哪里呢？”

※

在梦里面，你是在哪里呢？光标停在句子的末尾，缓着气儿。第一个牺牲者偏偏是令收，网名汉尼拔，我偷偷改过他台词中的一个词的男子。全部线索就只是塞琳娜所说的“在梦中看到”的暧昧模糊的自白。她也是唯一一个有杀人动机的人物。即便是别人觉得没什么大不了的事儿，如果本人感到了强烈的屈辱感，也有可能成为杀人动机吧？爱德华·盖恩还无冤无仇就杀人剥皮穿在自己身上呢。

凌晨 1 点 42 分。头越来越沉，老是往前栽倒。每当这时候，都有一阵纸张摩擦的声音贴着后颈划过。她反而越发生机勃勃起来。虽然她也已经因为给 M 讲故事，熬了整整两夜了……今天也是一样，每一次我刚一翻页，她就探过头来按下打印键，甚至还和着打印机工作的声音用鼻子哼起了歌儿。那曲调不知怎么听起来很是耳熟。她每次把刚打印出来的、发烫的纸张拿在手里，都微笑着给我打气。让我对进度这样慢更加觉得抱歉。可是毫无办法。我翻词典、敲键盘的指尖像戴着指套一样十分迟钝。我留下面对令收的尸体惊慌失措的五个人，点击“保存”。

※

“要睡吗？”

她关了灯，跟着 M 溜上了床。今天真的得睡觉了……洞穴里喷吐出的寒气吹到了 M 的脸上。滚落在脚下的“禁止出入”的牌子。凸出的钉子刺得脚掌火辣辣地疼。M 伸手像敲门一样，拍了拍她的肩膀。

“后来呢，哈路……怎么样了？”

“你想听吗？你看起来很疲倦的样子。”

“没关系。”

她拖过 M 的胳膊，枕在上面。柔软的卷发蹭得他的脸痒痒的。像对着M的心脏窃窃私语一般，她开始讲起了故事。

“哈路茫然地对着女孩儿消失的洞穴看了一会儿之后，独自一人下了山。他坐公共汽车回到镇上的时候，天已经全黑了。他本想直接回酒店，但又放心不下被钉子扎伤的脚掌，还是先去了一趟保健站。尽管因为运动鞋的鞋底很厚，伤口并不深，可那颗钉子上全是铁锈。恰好那天有夜班看诊的服务，让他得以给伤口消毒，还打了破伤风预防针。出了保健站，哈路的视线停在了窄巷里面一个闪亮的霓虹灯招牌上。迷宫咖啡厅。窗子上垂着各色小灯，天真烂漫地闪闪烁烁。迷宫……不知怎么，哈路觉得这名字像是在暗示他的处境。于是转身走进了小巷。不过走近后抬头一看，却发现……”

咳，原来“迷宫”的中间还有一个“趣”字的灯瘪掉了。迷趣宫咖啡厅。我忍不住笑了出来。无所谓。推门进去，一股咸腥的鱿鱼味道迎接着客人。昏暗的室内倒也三三两两地坐着几位客人。每张桌子上都放着的原色油灯和墙上的五六十年代好莱坞女明星的黑白照片形成了奇特的对照。我在角落里靠窗的座位上坐下，点了啤酒和下酒的干果。冰啤酒热辣辣地顺着喉咙灌下肚，刚刚在废矿里发生的事情顿时变得十分邈远。我是做了一个梦吗？又仿佛是受了蛊惑……小灯泡的灯光忽明忽灭地映在脸上，有种痒痒的感觉。

“您是从外地来的吧？”

我沉浸在自己的思绪当中，都没注意到身旁就站着一个人。是一个穿着燕尾服、一头花白的卷发、大腹便便的男人。如果要选最不适合这个地方的服装，一定就是燕尾服吧？小小的蝴蝶领结沦陷在他脖子上厚实的肉里，费力地扑腾着。

“那您一定要和我麦吉朴喝上一杯啦。”

男人把手里的杰克丹尼方瓶和两只洋酒杯放在桌上，在对面坐下。因为他并不是在征求我的意见，所以我只是静静地看着他。男人露出慈和的微笑，嘴角边显出两道妥帖的法令纹。

“别管我这身行头。我是个麦吉仙，在山上的赌场酒店里演出。”

“麦吉仙？啊，魔术师。”

“人体空中悬浮、大变活人、大锯活人、刀捅活人什么的，我就是干这个的。”

男人嬉笑着在两只洋酒杯里斟上酒。一杯推到我的面前，自己喝掉了另一杯。

“谁都知道，那都是障眼法。要不要我给你表演一个真正的魔术？”

男人用短秃的手指从碟子里拈起一粒开心果，摘掉半边壳后，放在桌上。随后把酒杯倒扣在开心果上，用两手盖住杯子。

“这里面有一粒开心果，你看清楚了吧？”

“是……”

男人闭上眼睛，嘴唇微动，开始念起咒语来。听上去很像国语，可是完全听不懂他在说什么。他的嘴唇动得越来越快，连脸上的肌肉都跟着抖动起来，出人意料地制造出了紧张的气氛。我紧盯着他盖着酒杯的手。他大喝一声，揭开酒杯的瞬间，我不由自主地深深吸了一口气。桌子上好端端地放着一粒只有半边壳的开心果。这是什么意思？看着那男人一脸得意洋洋的表情，我更加不知道该作何反应。

“这……开心果还在啊。”

“对呀，就是这样，我这个是让开心果继续存在的魔术。”

我不知道是该笑，还是该鼓掌。

“这个魔术的确很了不起，问题是人人都能做到。”

“噢，你这么认为吗？”

男人拈起开心果放在我面前。然后手掌一推，示意让我来试一次。他看我是外地来的，所以在捉弄我吗？我把杯中酒一饮而尽，然后学他的样子，把酒杯倒扣在开心果上，再用两手罩住杯子。

“这里面有一粒开心果，对不对？”

“你敢肯定里面有开心果吗？”

男人探过头来，直直地盯住我的眼睛。这突如其来的袭击让我不能不犹豫起来。

“你肯定看到了吗？你看到的真是一粒开心果吗？”

他到底是在搞什么鬼？难道我扣上杯子之前，开心果就已经被他取走了吗？不，他没有这个机会啊。还是他在把开心果递给我的时候换成了别的东西？我死死盯着盘子里的花生和杏仁。罩在杯子上的手用上了力气。一定要在啊……我大喝一声，揭开了杯子。桌上什么也没有。我惊得合不拢嘴，只有从喉咙里干喘气儿的份儿。魔术师嘻嘻笑着拿起酒瓶，又给两只杯子都斟上酒。

“我就说嘛，这并不容易。”

“哈路和麦吉朴你一杯我一杯地喝着酒，聊着天儿。原来麦吉朴每天演出结束都要到‘迷趣宫’来喝上一杯，每次看到陌生人，都会像对哈路那样嬉笑着上前搭讪。直到子夜过后，哈路才从迷宫里出来。也许是因为旅途疲劳，他虽然喝得并不多，却也觉得醉意上涌。回到酒店后，头一碰到枕头，就昏睡了过去……”

“我真羡慕他。”

“没什么好羡慕的。哈路也很快就又从睡梦中醒了过来。因为他做了一个梦。他梦到自己脖子上挂着相机在洞穴里面徘徊。四外一片漆黑，什么也看不到，包括自己正在移动的身体。仿佛只有脱离了肉体的灵魂在空中漂浮。这时候，不知从哪里传来一个微弱的、奇怪的声音。那声音有点儿像有人在蹚泥潭，又有点儿像一下子把三十个口香糖都塞进嘴里使劲儿咀嚼。哈路循着声音传出的方向，手扶着凹凸不平的墙壁，一步一步地轻轻挪动脚步。浓密的黑暗里，声音越来越清晰。他觉得自己离那声音似乎只有几步之遥，可是因为看不见，还是不知道到底那是什么声音，前面究竟有些什么……就在这时候，他想到了照相机。虽然没放胶卷，但闪光灯还是可以用的。哈路缓缓地把相机举起来放在眼前，竖起耳朵，把镜头对准他觉得是声音源头的位置，手指摸索着找到照相机的功能键。就在他按下快门的瞬间……”

我猛地从床上坐了起来，几乎要窒息一般。唇舌麻痹，动弹不得。我趔趄着走到冰箱旁，取出冰镇的矿泉水，灌了一口。冰冷的水珠仿佛化成了冰凌，刮刺着食道和胃壁。T 恤已经被冷汗湿透了。我的天，那是什么？我打开窗户，山里清寒的夜风吹干了我的汗水。潮乎乎的 T 恤冰冷地紧箍在了身体上。

梦中的景象好像印在大脑里的胶片上了一样，仍然在眼前晃动。闪光灯亮起的那一刹那，从长方形的取景框里闪过的场面……倒在黑色泥汤里的干枯的躯体，肮脏蓬乱的红头发，被撕咬得血肉模糊的胳膊和大腿，那中间露出的已经发黄变色的骨头，深陷的肋骨之间淌出来的，像死蟒一样的长长的黑红色的肠子……女孩儿的尸体旁边坐着“那个东西”，像一只巨型青蛙一样的躯体上覆盖着弯弯曲曲的黑毛。胸前垂着四个乳头，大大张开的两腿之间悬垂着拳头大的睾丸，额头中间有一个尖尖的角，头有点儿像猪，又有点儿像狼。不，仔细想想看，又有点儿像人。那个家伙嘴里叼着女孩儿的肉和内脏。短短的嘴巴已经被鲜血染红，嘴角流着血和肉汁。最恐怖的是它盯着我看的眼睛，就好像……

正在反刍的牛犊一样，晶莹纯朴……M 的大脑里的胶片上也完整地印上了哈路的梦。意识越是模糊，她的声音就越清晰。那声音不像是耳朵通过鼓膜振动听来的，倒像是皮肤上密布的感觉细胞直接吸收的一样。

“第二天，哈路觉得全身发冷，因为整夜开着窗子，他得了感冒。他想着躺一天也许就好了，可是烧得越来越高，甚至都没有起床的气力。幸好老板娘用缠着念珠的手帮他买药，还给他送来一日三餐。不过倒没有如何亲切体贴地表示担心，态度淡淡的，好像是她惯常做的事儿一样。哈路每次都向她表示感激，但她几乎都不搭腔。就这样，哈路在神志不清的状态下大病了好几天。他觉得自己像是独自在已经过了退场时间的‘幽灵之家’里游荡，就连鬼怪也都已经下班了的‘幽灵之家’。

“哈路终于又恢复健康，重新走出酒店的时候，周围的山已经是一片枫红杏黄。不过几天的工夫，秋意已深。哈路享受着重新恢复的元气，爬了一整天的山，用没放胶片的相机拍着秋天的美景。晚上痛吃了一顿烤五花肉，然后回到酒店，好好睡了一觉。第二天一起床就去了附近的两处寺庙。山寺幽静的气氛让他的心绪平静了许多。接下来的一天刚好是五天一次的集日，他又去赶集看热闹，之后的一天，他在小镇闲逛，走遍每一个角落。再后来的一天，他去了山上的赌场，不动脑子地玩了一天老虎机……就这样，哈路‘让自己疲惫的身心得到了舒适的休息’。每到日落，他就到迷趣宫去找麦吉朴一起喝酒。

“不经意间，时间在悄悄地溜走。可是，每一天都不过是这个衰落的观光地日常生活的反复，汉河一直在流淌，可是始终没有机会汇入主流。验光师的自杀事件也渐渐在哈路的意识中变得模糊起来。一天中午，哈路吃着血肠汤，算了算，发现自己竟然已经在 W 镇待了一个多月了。哈路决定回去。就像验光师亲戚说的，他准是旧病犯了。他的眼神本来就很奇怪嘛。他是精神不正常，至于跳楼的时候手里拿着什么有什么要紧呢。那把钥匙肯定是我在什么地方捡来的。我喝醉酒以后不是常常往回捡些乱七八糟的东西吗。总之，我做到这个地步，也算是对死者尽了心了。三下五除二全都想通了以后，哈路往酒店走去，打算回去收拾行李。可是，他在路上发现了一样东西后，就停住了脚步。你猜他发现了什么？”

“啊？”M一时没有意识到她是在问自己。

“我在问你，你觉得哈路回酒店的路上发现了什么？”

“这个嘛……我猜不出来。”

“随便猜一个。不要想，即兴想到什么就说什么。”

“嗯……图书馆？”

“没错，哈路发现，镇政府旁边有一个小小的图书馆。他觉得很奇怪，为什么自己之前都没有发现它呢？这时候，一个念头突然划过他的脑海。哈路走进了图书馆。正在做报上的填字游戏的图书管理员抬起头瞟了他一眼，就又把头埋到了桌上。果然是个乡下的图书馆，一个人也没有，为数不多的几个书架上也都空空荡荡。哈路直接走到放置着各类报纸合订本的书架，从报道本地新闻的地方报里，找出三年前的那本。他坐在角落的书桌上，一张一张地翻看着报纸。关于紫芒节的消息、驻军帮助农民秋收的消息、老年人门球大赛的消息、‘爱心煤、送到家’的志愿者的消息……翻看了大半天之后，哈路在事故事件专栏里发现了那条报道。”

本月 11 日，W 镇 C 酒店内一位二十几岁的女性割腕后在浴缸内溺亡，酒店主人韩某发现后报警。据韩某称，该女性在前一天午后四时左右订房后外出，她没有看到该女性回到酒店。警察根据无外部侵入痕迹、死者无其他外伤等情况推断，该女性死于自杀，该事件仍在调查中。

报道只有这么多。和占据了大幅版面的那些平凡的地区新闻相比，这条报道实在太短小了。我又仔细浏览了那天以后的报纸，却再也没找到关于“仍在调查中”的那个案件的报道。我摘下眼镜，搓了搓脸。二十几岁的女性、自杀、C 酒店……方形角质镜框的眼镜在报纸上盘腿而坐，呆着脸儿仰头看着我。远处隐约地传来江水流淌的声音。

麦吉朴又早早地守在了迷趣宫里。据他说酒店里新请来了一个朝鲜族杂技团，减少了他的演出时间。他似乎并不觉得难过。我点了一瓶杰克丹尼，说要请他喝一杯告别酒。

“你要走啊？”

“是的，明天。”

“可惜。像你这么适合做酒友的游客可不多呢。”

像麦吉朴这样喜欢多管闲事的人没准儿知道那个案子后来的进展。可是，不知为什么，我一时间不知道该如何开口。我和他闲聊着，等酒剩一半的时候，我装作不经意地说道。

“白天我实在闲极无聊，就到图书馆去翻看本地报纸。我觉得报上的消息都特别和平。换作是大城市，只要一打开报纸，就全是各种险恶的报道。”

“你还真够无聊的。怎么不到酒店来看杂技团的表演？我觉得还不错的。”

“不过，我也注意到了一条引人注目的消息。大概是在三年前吧，此地有个二十多岁的女人割腕自杀了，报纸上说是在 C 酒店……”

“就是你住的汉河酒店。”

“那个事件，您还记得吗？”

“当然，我亲眼见过那个女的。是个很优雅的女人，长得有点儿像格蕾丝·凯利。”

麦吉朴看着墙上挂着的格蕾丝·凯利的黑白照片，眼神里充满了怜惜。

“她死的前一天，那对情侣来过这里。”

“情侣？”

“嗯，她是和一个男的一起来的。”

“天已经亮了。”

她停住话头，仰头望着曙光熹微的窗子。

“剩下的今天晚上接着讲。”

M躺在床上，望着悄无声息地渗透进来的阳光。该死的，我非得把那窗户堵上不可。M不愿看镜中的自己，就连洗漱也省了，昏昏沉沉地在地板上辗转反侧。她去哪儿了？又去买菜了吗？要给我做豪华大餐？她出去的时候好像说什么来着……脑子里像乌云密布一般昏暗阴沉。M到处找电视遥控器，每动一下，都觉得自己好像是在装满布丁的水槽里扑腾一般。遥控器是在床底下找到的。几个月来，M还是头一次打开电视。教育台正在播放关于姬蜂的自然纪录片。解说员声音铿锵，多少为这个房间注入了一点儿现实感。

产卵期的姬蜂把宿主蜘蛛麻醉后，将产卵管插入其体内产卵。孵化的姬蜂幼虫从内部蚕食着蜘蛛的身体长大，只给蜘蛛留下生存所必需的最低限度的器官。

M 以前好像看过姬蜂的纪录片。是在重播吗？他换了一个台。

到了一定时期，姬蜂的幼虫甚至能够操控蜘蛛，命令它为自己建造房屋。蜘蛛这时候已经变成了自己体内的姬蜂幼虫的傀儡，它不再织造适合捕猎的圆形蛛网，而开始为姬蜂织造结实的 X 形蛛网。

另一个频道也在播同一个节目。怎么会这样？M 又换到了新闻台。

房子建好以后，姬蜂的幼虫才从已成为无用之物的蜘蛛身体里钻出来，并在蜘蛛织好的安乐窝的中间开始吐丝作茧。

还是姬蜂的纪录片。购物台、电影台、体育台，全都在播放同一个节目。被掏空得只剩个壳的蜘蛛，在蜘蛛网中央吐丝作茧的幼虫，破茧而出的姬蜂，如妖姬一般，翩翩飞舞……

洋槐的影子又伸出大手的时候，她也回来了。M 摊开四肢躺在地板中央，静静地闭上眼睛。厨房传来各种声音。切菜的声音，水沸腾的声音，翻菜谱的声音，处理食材的沙沙声……M 含着微笑，咽下一口口水。

M 对着丰盛的一桌菜，大口大口地往嘴里塞，根本没有注意食材和料理方式，只顾着把嘴里的一团一团的食物咕嘟咕嘟咽下喉咙。刚吃完饭，M 就在矮桌旁坐下。他打开笔记本电脑，调出文档，打开词典。他觉得自己的行动与意志无关，仿佛只是在运行一个预设的程序，就像有什么东西盘踞在体内操控着自己一样。背后传来纸张翻动的声音。M 翻开《第六个梦》。

他们越是想要解决眼前的问题，就越是陷入了更大的混乱。原本优雅飘落的雪花一夜之间演变成了狂虐的暴雪。没有任何问题的手机打不出去电话，汽车的蓄电池的电全都跑光了。看着敲打着窗子的白色雪痕，他们才意识到自己是被困在了偏僻的山庄里。在医生敏贵的带领下，他们把山庄查看了一番，却没能发现任何救援设备、杀人线索，也没有找到粮食。房间只有六个，这个他们原本没有注意到的事实又增加了他们的不安。恶魔，会不会已经来了？

山里冬天的日头很短。五个人围坐在一起，圈子似显非显地比前一夜小了一些。一个疑问在五个大脑里横冲直撞。杀人凶手究竟是在外面的大雪里，还是在我们中间？大植提议夜里把最大嫌疑人塞琳娜用晾衣绳捆起来。虽然大家都不十分情愿，但是在“万一”的假设面前，任何反对意见都变得软弱无力。四个人分头抓住拼命挣扎的塞琳娜的四肢，把她捆在了床上。大植……长着一头卷发，大腹便便的网吧老板，M 不知为什么对他并不感到陌生。第二天早上，贤子发现了塞琳娜赤裸的尸体。

阿迷咬紧牙关，控制住不停颤抖的下颏。人们的说话声好像是从出了故障的扩声器里传出的一样喧嚣杂乱。她感觉到一个神秘而庞大的存在喷吐的气息化作潮湿的云雾笼罩在周围。阿迷把手伸进口袋里，把恶魔的邀请函团成一团儿攥在手里，用细若游丝的声音喃喃说道：

“游戏……已经开始了。”

※

游戏……已经开始了。光标停在句子的末尾，缓着气儿。最大嫌疑人遇害，游戏又回到了原点。其实，关于最后一段对阿迷的描写是书上原本没有的内容。一如她的网名“没有出口的迷宫”，阿迷的个性很难和其他人打成一片，自然戏份儿也最少。就在另外三个人就塞琳娜之死争吵不休的时候，她也一直都保持着沉默，所以，我就帮了她一句。

凌晨2点39分。眼睛发涩，眼神呆滞，我感觉得到，在把头脑里翻译好的文章敲在键盘上的时候是有时间差的，就好像大脑是在通过卫星电话向手指传达命令一样。已经四天了。M，还好吗？今晚熄灯上床以后，女人想必又将把产卵管插进M的身体排卵吧？那些卵孵化出来的幼虫又将啮噬他的血肉，沙沙沙沙，只为他留下生存所必需的器官，沙沙沙沙。也没准儿是因为蜘蛛也想飞呢，哪怕是成为姬蜂的……

※

“不睡吗？”

哪怕是成为姬蜂的一部分，也要飞离蜘蛛网……M停下手指。停止的命令也出现了一点时间差。她用今天打印的纸掩着嘴，打了个哈欠。

“睡。”

M保存了文档，摇摇晃晃地爬上了床。她也熄了灯钻到了床上。M的视野渐渐模糊起来。洒落在窗前的月光像小灯泡一般五光十色，忽明忽灭。和自杀的女人在一起的男人……是那个死了的验光师吗？M翻身转向她。黑暗中的她像猫一样圆睁着眼睛。

“然后呢……”

她拖过 M 的胳膊，枕在上面。柔软的卷发蹭得他的脸颊痒痒的。像在对着他的心脏窃窃私语一般，她开始讲起了故事。

“和自杀的女人在一起的那个男人，是死了的验光师吗？他真的曾经到过这里，汉河酒店 314 号吗？哈路好像兜头蒙着一张冰冷的毯子一样，浑身一阵寒冷。魔术师像在吟味着记忆一般，慢慢喝完杯中酒后，开始讲起了那天的故事。”

“就在你现在坐的那个位置，在小灯泡的灯光下，他们俩像连体双胞胎一样紧紧依偎在一起。男人手臂环绕着女人的肩膀，女人像只慵懒的猫似的深深地埋在男人的怀里。偶尔男人的手动一动，抚摸一下女人的长发。他们就那么一言不发地一坐就是好几个钟头。就要一瓶啤酒。他俩那样子仿佛是盘根错节交缠在一起的树根，怎么说呢，既美丽，又妖异……反正有点儿那个。他们好像是罩在一个极大的肥皂泡里飘浮着一样，就连我麦吉朴也不敢轻易走近搭讪。因为我老觉得伸手一碰，他们就会消失得无影无踪。那时候谁知道呢，原来那诡异的气氛竟然是他们在黄泉路口上的最后一次休息。”

“可是报纸上说，只发现了女人的尸体……”

“所以嘛，这事儿是这样的，卓别林先生曾经说过，人生远看是悲剧，近看是喜剧。嗯……近看是悲剧吗？人生远看是喜剧……闹不清楚。弄混了一次之后就再也搞不清楚了。总之，最后一瞬间，罗密欧改变了主意。割腕，那可不是谁都能下得了手的。非得够狠。反正到了时候都是要去的，何必那么着急呢？他们两个人当然有他们的缘故，可再怎么说，都应该活着较量一下啊。你得先活着，然后才能想怎么死就怎么死吧，你说是不是？”

与恋人相约殉情，却独自生还的男人……是他吗？他是因为那次事件的后遗症才接受长期精神治疗的吗？

“没有人知道他们因为什么殉情吗？”

“不知道。怎么能知道呢。警察也因为很显然是自杀，所以很快就结案了。本来这地方就是靠旅游业赚钱的，这种乱糟糟的消息传出去也不是什么好事儿。”

“您还记得那男人的相貌吗？”

“女人像格蕾丝·凯利，男的嘛……就是白白净净的。我还是三年前就见过那么一会儿，哪里还记得他长什么样。我能记得这么多，也还是因为那天快结束的时候，发生了一件奇怪的事儿。”

“什么奇怪的事儿？”

“我在那边角落的座位上和两个一起来旅行的离婚女人喝酒来着。我露了几手以后，她们一直缠着我，让我再表演别的给她们看。突然传来一阵稀里哗啦、打翻桌子的声音。那个男的摔倒在地，全身都在颤抖，两眼后翻，只剩下了白眼仁儿，满嘴淌着白沫儿，他大概是患有癫痫，就是俗话叫羊角风的那种病。我大吃一惊，急忙跑过去，可是那女人很沉着地采取了急救措施，非常熟练，一看就是做过很多次了。男人那么着几分钟以后就醒过来了，不过人还是不大清醒，表情懵懵懂懂的。女人扶着男人往外……喂，哎，你没事儿吧？你脸色很不好啊，怎么突然就这样了？”

“哈路冲出了迷宫。天空仿佛直压在头顶上，像俄罗斯轮盘赌一样旋转着，转啊，转啊，转个不停。他踉踉跄跄地回到酒店，一进屋就趴在马桶上，把胃里的东西全都呕了出来。他在洗脸池里洗着脸，从镜子里看到了浴缸。浴缸里红色的血水在微微荡漾。哈路的头像要炸裂开来一样。一定要尽快离开这里，离开这汉河酒店 314 号。他把摊开的行李胡乱塞进背包，推开门，视线却停在了门上方悬挂的木匾上。‘掩盖的事，没有不露出来的，隐藏的事，没有不被人知道的。’哈路像中了邪一般，从墙上摘下那块匾额，一翻过来，就看到有人用签字笔在上面潦草地写了一句话……”

这些公正或不公正的法律，对我们有何意义？

爱情要嘲笑地狱和天堂！

我知道这句话。是波德莱尔写的赞美累斯博斯岛上女性之间禁忌之恋的诗。曾经有人为我低声吟诵过这首诗。我逃也似的离开了酒店。幸好客运站末班车还没有开走。我把身体埋在了黑暗凝滞的长途汽车最后一排的座位上，额头靠在车窗上。凛冽的寒气顺着血管蔓延到了身体的每一个角落。听不到心跳的声音。不知是不是刚才全都吐光了，肺、肝、肠子好像都消失了一样。我的身体里像空心的瓷娃娃一样安静。

和同事闲聊着的司机掐了烟上了车。随着引擎发动的声音响起，汽车一阵颤抖。有人从外面敲着窗子。红头发仍然穿着白色的米老鼠 T 恤和牛仔裤，仍然起劲儿地嚼着口香糖。她踮着脚尖儿，嘴唇微动地说着什么，但是听不见。我打开窗子，女孩儿把照相机塞给我。

“您忘了这个。”

我接过相机抱在怀里。汽车出发了，女孩儿站在原地朝我挥着手。我趴在汽车后窗上看着她，直到她消失成为一个小白点儿。

汽车到达长途客运站的时候还是深夜。街对面汗蒸房所在建筑的一楼黑着灯的眼镜店映入眼帘。我自然而然地朝着验光师的公寓走去。两手插在裤袋里，像戴着眼罩的骡子一样，一心向前，慢吞吞地一步一步挪过去。我取出工具正要开锁，却发现门是开着的。汗湿的手碰到门把手，只觉寒气逼人。进屋以后，我还是没感觉到任何味道。没有味道的房子是不存在的。只不过有的房子是因为太熟悉才闻不到味道而已。每个人都有那样一个房子。

我从冰箱里拿出啤酒，坐到沙发上。冰冷的啤酒热辣辣地顺着喉咙灌进肚子里，W 镇上的事情感觉上变得邈远起来。空荡荡的墙上挂着的画已经从克林姆特的《吻》换成了《死亡与少女》。在月光下接吻的红发少女和黄色的骷髅男子。少女光滑的手臂有力地缠绕在畏畏缩缩的骷髅男子的脖子上。高耸的乳房压迫着嶙峋的肋骨。少女的手臂越收越紧，粉红的肉与枯黄的骷髅仿佛渐渐软烂融化成了一体。我举起照相机把画收进取景框里。咔嗒。虽然没放胶卷，快门声却依然清脆。

我走到阳台上，打开窗子。夜空里悬挂着一弯仿佛用刀尺裁成的半月。月亮特别皎洁耀眼，仿佛要把另一半月亮的使命也代为完成一般。又或者像把另一半月亮的光也吸收了一般。很遗憾的是，那个据说长得像格蕾丝·凯利的女人，我甚至想不起她的脸。她和我之间曾经发生过什么，我们为什么决心殉情，为什么最后一瞬间我会独自偷生……被分裂成了两半的我是永远都不会知道的。剩下的只是既嘲笑地狱也嘲笑天国的爱情。包裹记忆的茧消失之后，只剩结晶体的爱情化作了背上透明的双飞翼。我抬起一条腿，跨在栏杆上，外套口袋里一个硬硬的东西顶在肋骨上。汉河酒店 314 号。我急着走，连钥匙也忘记还回柜台。透明的长方柱体握在手里沉甸甸的。那下面坐在长椅上仰头看着我的男人是谁？我向前探出身子，松开了握着栏杆的手。

“故事……就这样结束了吗？” M 问。

“怎么会！你觉得这像是结局吗？别急，我说过，这是一个很长的故事。”

“没错……”

“哈路倒立着往下，往下坠落。一直，一直……可是不管怎么坠落，就是到不了地面，就像独自一人在穿越无限膨胀的宇宙一般。不知不觉间，空间消失了，时间也消失了，他也不知自己是在坠落，还是在上升……然后终于，他意识到自己是躺在柔软的地面上。睁开眼睛一看……”

这里是哪儿？万幸的是，有耀眼的光线，说明这里不是地狱。显然也不是天堂。因为我从来没听说过天堂里有日光灯。天花板上的日光灯像断头台上的铡刀一样发出寒光。这一次我的罪名又是什么……我想撑起身体，可四肢都动弹不得。浑身都是带扣的硬邦邦的衣服裹住了我的全身。这种衣服，我在电影里曾经看到过——在有精神病院场面的电影里。

门开了，一个穿着白制服的健壮男子走了进来。他的两道浓眉几乎在眉间合拢。男子走近床边，查看了一下我的眼睛，然后把衣服上的带扣一个一个解开。露出了污渍斑斑的病号服。我为什么会穿着病号服……男人没给我思考的时间，就拉着我下了床。他把胳膊搀在我的腋下，扶着我走出房间。右脚每踏出一步，肋骨都一阵疼痛。

“请问，这是在哪儿？我们要去哪儿？”

一字眉的男子一言不发，只是拖着我往前走。他的表情顽固，好像无论我提出什么问题都会被弹回来一样。我们上电梯、下电梯、走路，最后停在了楼道尽头的房门前。他敲了两下门，稍等片刻后打开了门。一字眉让我坐在原木大书桌前，自己离开了房间。书桌对面穿着白大褂的男子正在看文件。那张脸不知哪里觉得很是眼熟。书桌上放着一个锡铸的独角兽像。奋力奔驰的独角兽，这个也分明是在哪里看到过的……

“你知道吗？捕猎独角兽的时候，要用纯洁的处女做诱饵。”

白大褂看着文件，说道。

“据说独角兽力大无穷，凶猛无比，很难生擒。但是它一看到纯洁的处女，就会温顺地走近，枕着她的膝盖入睡，然后就可以将它一举擒获了。你的肋骨觉得怎么样？”

我掀起病号服的上衣，右肋上贴着一块巴掌大小的纱布，纱布上渗有血迹。

“你在谵妄状态下打碎了一个输液瓶自残，你还记得吗？”

白大褂合上文件，抬起头。瘦长脸儿，眼窝深陷，鼻梁挺直，圆角方框角质镜框……

“啊，您是……那个验光师……”

“验光师？你是指配眼镜的人吗？”

白大褂笑着用食指往上推了推眼镜的鼻梁架。

“就是说，这一次我又成了验光师。”

这一次？这又是什么话？

“不管怎样，欢迎你平安归来。我又得送你一个小礼物啦。我不知道这一次你身上又发生过什么事儿，不过你没有杀死那个女孩儿。你没有杀死她，也对她的死亡没有任何责任。”

我觉得一阵眩晕。胃里作呕，肋骨的疼痛越来越强烈。好像有一条小鳄鱼把牙齿扎在我的肋骨上，吊在上面。

“天已经亮了。”

她停下话头，仰头望着曙光熹微的窗子。

“剩下的今晚接着讲。”

M躺在床上，看着悄无声息地渗透进来的阳光，说道：

“这个故事……也许真的比我的余生还要长呢。”

她坐在床上抚弄着头发笑了。

“你不是说你相信轮回吗？”

“如果可能……我希望在这一生听到故事的结尾。”

“那要看你的了。你什么时候翻译完《第六个梦》，这个故事就什么时候结束。”

“和翻译……有什么关系呢？”

“一切都是互相关联的。”

她留下模棱两可的回答，走出了房间。要看我的了，这是什么意思？故事为什么和《第六个梦》的翻译一起结束……翻译还剩多少了？从现在开始加把劲儿，今天之内能翻完吗？不过M可不想迎着直射的阳光坐在矮桌前面。只好等着洋槐的影子又伸出它清凉的大手了。

M昏头昏脑地在地板上赖着，这时，突然响起了响亮的《Oh，Happy Day》的歌声。M像只软软的虫子一样蠕动着爬到桌子旁边，拿起手机。话筒里传来哧哧的笑声。

“听说，那女的去找你了？”

“您是哪位？”

“哎，你太不够意思啦，你已经忘记我的声音了吗？”

哈路……M咧开嘴笑了。很久没接到他的电话了。那天夜里他打电话来又哭又喊是他们最后一次通话。就是在酒吧遇到她的那天。

“啧啧，你也很快就将落到和有一一样的下场。”

“有一……是谁？”

“双成有一，《七只猫眼》的作者啊。”

“七只……猫眼？”

“你看你，已经糊涂啦。是你翻译的小说呀，你不记得了吗？就是在那本小说里，你杀死了我的富美子。”

“富美子……啊啊，刺猬……富美子。”

“你最好还是警醒一点儿。那女人要从里面把你吃干抹净，只给你留下一张皮。”

“她要把我……为什么？”

“还能为什么，她就是想要呗。无论是谁她都无所谓。她只是需要一个编织故事的宿主而已。”

“宿主……”

“她想要的只有一样：一完成即消失、一消失即重新开始的永恒的故事。”

永恒的故事……M听不懂哈路在说什么。他的脑袋里像在下着牛毛细雨一般雾蒙蒙的。

“让我奉劝你一句，你要是不想卷进那个女人不顾后果的计划里，你要是不想有一天突然消失，就把这一切都忘了，快睡觉去，不然就太迟了。”

“不然就太迟了……嗯，谢谢你。可是，你为什么向我通风报信？你不是恨我的吗？因为富美子的缘故。”

哈路又哧哧地笑了。

“是啊，为什么呢？也许是有一指使我的吧。因为我是他创造出来的人物嘛。不然就是你在中间让我做的。”

电话挂断了。M把头伸到桌子底下躺着，仔仔细细地回味着哈路的话。“啧啧，你也很快就将落得和有一一样的下场。”他打开笔记本电脑，进入日语谷歌网站，在检索栏键入“双成有一”后，弹出了几篇很短的报道。推理小说作家双成有一，被发现非正常死于自己房间的衣柜里……死因不明……据推测为脑梗塞引起的突然死亡……现场发现其遗稿包在一条女用围巾里……标题为《没有出口的迷宫》……你如果睡不着，让我来给你讲一个故事吧……一个困在没有出口的迷宫里的男人的故事……

山庄里剩下的四个人决定寻找解开游戏的线索。他们相信一定有某个环节把他们几个人联系在了一起。因为一切都是互相关联的。姓名、年纪、职业、住址、电话号码、家庭关系、朋友、同事、爱好、常去的地方、在银锤上发的帖子、对连环杀手的着迷程度、烦恼、过去曾经与人结过什么梁子、与恶魔有关的所有回忆……不到半天的时间，他们就对彼此比多年的知交都知道得更多了。可是，这样做虽然拉近了彼此间的距离，却还是没能发现他们之间的联系。已经死了两个无辜的人了，他们却还没弄清楚为什么恶魔要把他们召集到一起。假如真的是被抽签抽中的，那可就太冤枉了。

M今天工作的时候特别难以集中注意力。都是因为早上哈路打来的那个电话。“无论是谁她都无所谓，她只是需要一个可以给她编故事的宿主。”“给她编故事”，这到底是什么意思呢？是她在给我讲故事啊……即使在心烦意乱之中，M也还是在机械地一句一句地译着文章。因为只有翻译完了，她的故事才能完结，只有她的故事讲完了，他才能睡觉。

那天晚上，他们全都睁着眼睛熬了一夜。每天睡醒都有一个人变成尸体，这样的情况下，要多大的胆子才睡得着呢？也因此四个人得以平安地迎来了清晨。在熹微的晨光下，他们短暂地享受了一会儿胜利的欣喜。可是暴雪越下越大，除了杀人凶手以外，饥饿和睡眠不足也在威胁着他们的生命。阿迷强睁着一双倦眼看着吞噬整座山的白色旋涡。阿迷是唯一一个还没有提到其职业的人物……她是一个西班牙语译者。

“我们看到的会不会是幻影？”

阿迷伸长手臂，用掌心缓缓地擦拭着结满霜花的玻璃窗。凛冽的寒气渗透到了关节里。

“幻影是从什么时候开始的呢？从令收第一个遇害开始的？还是从我们到了此地以后开始的？还是从我们加入银锤的时候开始的？也许……是从我出生就开始了？”

敏贵看着窗子上映出的面色发青的男子。

“如果那是幻影，我们就也是幻影。现在，我们就得想办法在这幻影里生存下去了。”

※

现在我们就得想办法在这幻影里生存下去了。光标停在句尾，缓着气儿。敏贵说得对。我如果是在幻影中徘徊，那么应该消失的，就是现实。现实又有什么特别的？不过是我无论如何都必须要生存下去的地方而已。

时间已经指向了凌晨 3 点 41 分。是晚睡者和早起者都大部分还在床上睡觉的交集时刻。总算今天进度还可以，我觉得心里轻松了许多。不辞劳苦地一遍遍走过来按下打印键的她也是一脸满意的表情。可是……相对于工作时间而言，进度也太快了吧？不知从什么时候起，我几乎都不再查词典，只是一直在敲打键盘。不，别说词典了，我翻译的时候看原著了吗？身后传来轻轻哼唱的声音。

回到家中，打开门
黑暗中，我看到七只猫眼
我养的小猫只有三只
白猫，黑猫，花猫
我怕得不敢去开灯

我回头去看。她停止哼唱，抬起头来。

“这首歌，你是怎么知道的？”

“你教给我的呀。”

“我？我没有教过……”

“不，肯定是你教我的。”

她歪着头，眨着眼睛。是啊，也许是我教给她的。反正我现在什么都糊里糊涂，甚至就连刚刚自己是不是看着原著在翻译都记不清。我握住鼠标，保存文件。

※

“睡吧？”

M看着她关了灯走近床边，想起了哈路的警告。“你要是不想卷进那个女人不顾后果的计划里，你要是不想有一天突然消失，就把这一切都忘了，快睡觉去，不然就太迟了。”已经太迟了吗？每次躺在狭窄的床上，和她肌肤相亲，看着像石灰浆一样渐渐凝固的黑暗，他总是感觉到无法忍受的饥渴。身体越来越枯干，仿佛只要吹一口气就将灰飞烟灭……M伸出颤抖的手，像敲门一样拍了拍她的肩膀。她拖过M的手臂，枕在上面，柔软的卷发蹭得他的脸颊痒痒的。像对着M的心脏窃窃私语一般，她开始讲故事。柔和低沉的声音像大麻一样在M干涸的血管里弥漫开来。

“哈路的头脑里一片混乱，就像有人扛着一把大锤闯进来打砸抢过一般。自己明明从九楼跳下，怎么会没事儿，用输液瓶自残是怎么回事，平安归来又是什么，因为没有杀死她而得到的礼物又是什么……穿白大褂的验光师告诉哈路，自己是他的主治医生，然后讲述了哈路自己全然没有记忆的故事……”

“是废矿区旅游开发项目的工人发现你的。一开始工人们以为那只是一个坍塌的旧坑道，根本就没想到里面竟然埋着人。幸好有人在洞口发现了照相机包，这才调来设备把你救了出来。这已经是两年前的事儿了。”

“废矿……我为什么会……”

“这个嘛，你自己想必是知道的，但获救以后你一次也没有明确地谈起过事故发生的经过。我们只是看你带着照相机，所以推测你是到那附近拍照时遭遇事故的。”

“照相机……”

“因为那个小洞穴是个中途放弃的坑道，所以一直没有人发现你。你在那里困了很久，根据你从酒店失踪的日期计算，一共是四十九天。”

“四十九天？”

“是的，万幸的是，洞穴的壁上有地下水渗出。就一个被困了四十九天的人来讲，你的状态还算不错。人的身体是非常神秘的，它比任何机械都更加精致巧妙。当一个人处在极限状况时，他的身体会进行自动调节，以使自己能够坚持得尽可能久一些。为了尽可能少消耗能量，身体会减缓生物钟和新陈代谢循环，大脑会自动地把作燃料用的葡萄糖分配到其他地方，并将储备的脂肪和肌肉的蛋白质一点一点转化为能量维持生命，就像冬眠的野生动物一样。问题呢，在这里。”

医生把食指弯曲成钩子状，敲了敲自己的脑袋。

“精神不像肉体一样冷静。长时间独自关在密闭的空间里，精神会承受极大的压力。就是说，孤立感和对死亡的畏惧，会让人陷入恐慌状态。在很多前例中，尽管身体还足以支撑，人们却为了逃避那种恐惧感而选择自杀。”

医生修长的手指相互交叉，把头撑在上面。

“反过来，有时候，精神也能在极限的状况下拯救肉体。就是说，肉体到达极限状态想要放弃的瞬间，精神却能通过神秘的幻觉度过危机。你也听说过吧，曾经有人被埋在崩塌的建筑下之后，靠着和已经去世的奶奶说话支撑到获救，在喜马拉雅山脉遇险的登山者吃着陌生人给的应急口粮活了下来。有人把这种现象称为奇迹，也有人称之为‘第三存在’。当然，你也可以说那是幻影。你的情况也差不多，但又比较奇特。”

眼镜后面幽深的瞳仁微微地闪烁着。

“独自一个人，在连一线光也没有的黑暗中，忍受没有期限的等待。没有经历过的人是难以想象的。你是这样说的：一切都在渐渐消失，最先消失的是眼睛看不到的身体，然后是那身体里积蓄的记忆，记忆消失以后，亲人、朋友、恋人等关系也都随之消失了，接着，世界上所有的人都消失了，人类所建立的社会和历史消失了，自然法则和宇宙消失了，终于，就连时间和空间也……最后剩下的就只是一定要活下去的模糊的杂念。你是这样表达的，那不是意志，不是希望，什么也不是，只是杂念，却是那一瞬间你所拥有的唯一一样东西。不管怎样，总是要活下去吧……所以，你不得不把已经消失的一切再一样一样重新创造出来。当然，为了避免又归结到你所处的绝望境地，你把一切都稍稍做了改动。你从自己的身体里抽丝，在织机上织出了一个新我，又从那个新我的身体里重新抽丝……就这样，你靠着在黑暗中编织永不结束的故事支撑了下来。”

“永不结束的故事……”

“你就是那么熬过了四十九天的时间，奇迹般生还的。”

医生摘下眼镜，精心地把前额的头发拢向脑后，又重新戴上眼镜。

“问题是那以后。你在医院里恢复了健康，出院回了家，但是，你无法把重新找回的日常生活当成现实。你以为这一切也都是随时都将消失的幻觉。就是说，由于创伤后应激障碍，你患上了精神分裂症。你沉浸在妄想当中，以为自己仍然还困在黑暗的废矿里，你无法停止幻觉的漂流。你不断地制造新的幻觉，然后再将其解体，你仍然在用这种方式苦苦挣扎。因为对于你来讲，停下来就意味着死亡。”

“哈路再也听不见医生说的话。他结束面谈，回到了病房。314 号。过了一会儿，一个上了点儿年纪的护士拿着药走了进来。又是一张很熟悉的面孔。他一看到她脖子上的十字架就认出来了。她是汉河酒店那个手上缠着念珠的老板娘。”

“那么说……一切都是哈路的幻觉吗？”M 费力地咕哝着。

“哈路起初也难以置信。那么真切、生动的现实竟然只是他幻觉制造出来的戏剧舞台？反而是他自己完全没有记忆的废矿、埋没等才是现实？他脑子里乱极了。因为他不得不怀疑自己周围的一切，甚至连在怀疑一切的自己也是可疑的。他觉得自己好像变成了漂浮在空中的幽灵。他甚至有种冲动，觉得如果像当初从公寓楼上纵身一跳那样，再死上一次，也许一切就有了答案。

尽管如此，他终于还是在地面上站稳了脚跟，渐渐恢复了平静。这是因为他对医院里的生活还挺满意的。

和在电影里看到的强制性的精神病院不一样，这里一切都是自律的，医生和护士很友好，其他患者也都很朴实。一日三餐吃得好，睡得也香，想看电影、听音乐都是可以的，也可以培养画画、话剧等业余爱好。一切都还不错。他甚至觉得把从前的事儿都忘了，就在这里面过一辈子也挺好。”

“是挺好的……”

“可是，他也不能永远依靠这个封闭的围墙啊。如果废矿的事儿是真的，那这现实是他怎样才找回来的啊！情绪多少稳定了之后，哈路把自己所处的境况细细地想了一遍。出乎意料的是，事情其实很简单。因为按照主治医生的说法，一切都合得上辙。验光师、314号、废矿、照相机、酒店老板娘、独角兽……自己是在这个地方的现实里收集拼图碎片，然后把它们都略加扭曲，让所有的碎片都严丝合缝，丝丝入扣，就拼出了一个完全不同的新的拼图。他原来一直是把长期为自己治疗的医生变成了幻觉中的另一个自我，这个说法尤其令哈路感到信服。哈路开始努力让自己停止幻觉的漂流，接受真实的现实。之前一直拒绝服用的药物现在也肯吃了，咨询治疗也都能积极参加，在医生的劝说下，他还开设了向其他患者教授默剧的课程。因为他想出去以后重新拾起默剧来。他希望有一天能够再站上舞台，与观众进行无声的交流，这也给了他巨大的力量。

“然后有一天，吃过午饭后，哈路坐在休息室的窗边，看向外面。因为他很喜欢医院围墙外面那棵巨大的洋槐。他喜欢看着那纵横交错的树枝上坠满的像葡萄一样的白色槐花串儿在微风中轻轻摇曳。这时候，他忽然觉得脑后有什么东西在吸引着他。他下意识地转头去看……”

一个面壁而坐的男子吸引了我的视线。那人一头蓬乱的花白头发，挺着个大肚腩。我高兴地朝他走过去。原来麦吉朴也是这里的患者呀。他独自对着墙扳着手指头，嘴里飞快地说着一串串的阿拉伯数字，似乎没有注意到我在他身边坐下。

“1857780532171226806……”

我把手放在他肩上，他的喉咙里发出“嗝”的一声，转过头来，一脸大为泄气的表情。不，看他眼梢上挑，又像是在生气的样子。

“唉，都怪你，又给打断了。我都背到第 969 位了。”

“啊？”

“派。”

“什么派？”

“圆周率派（π）啊，3.14，你不知道吗？无限不循环的超越数，我刚才背到了小数点后第 969 位。”

“真的吗？”

“当然。我的记录是 4512 位。世界纪录是 83431 位。是由一个叫原口的日本人保持的。光是背诵一遍就费了 11 个小时。哈，疯子。除了背诵，计算圆周率的世界纪录也是日本一个公司职员保持的。日本人就喜欢这些东西。那个日本职员用自己开发的计算机一直计算到了小数点后 5 兆位。”

“哇，5 兆位！真难以想象。不管怎样，很抱歉妨碍了您。”

“没关系，我重新背就是了。我们除了时间，还有什么呢。”

他的八字纹大大地展开，好脾气地笑了。

“嗯……这么问可能有点奇怪，我们以前常常见面吗？”

“你这小伙子，又来了。是我啊，我，麦吉朴。”

我脑子里一阵糊涂。麦吉朴不是我幻觉里的人物吗？不过我马上就明白了。“麦吉朴”这块拼图是我把原型直接移过去的。有什么不行的呢。可能是因为他不需要变化，就能嘻嘻哈哈地和其他碎片融合在一起吧。

“这回的旅行怎么样？很有趣吗？”

“旅行？啊，是……还行吧。我还遇到您了呢，就是现在这个麦吉朴的形象。”

“我嘛，可不就是这个样子。我是真正的魔术师嘛。”

“语气也一模一样。在那里，您是在废矿区的赌场酒店里表演的魔术师。您和我每天都在一家叫迷趣宫的酒吧喝酒。您喜欢喝杰克丹尼。”

“咔，当然喜欢，喜欢，我都想活在你的幻觉里啦。”

麦吉朴咂着嘴唇直点头。

“说起来，您还是个挺重要的角色呢。您为我提供了决定性的信息。当时我正在追查从前在一个叫汉河酒店的地方发生过的事情……咳，还是不说这个吧，现在我已经回到现实世界了，旅行的记忆还是忘了的好。”

“你真的相信自己已经回到现实世界了吗？”

麦吉朴探过脸儿来，直盯着我的眼睛。

“啊？您这是什么意思……”

“可也是，现实又有什么特别的呢。只是我们无论如何都要生存下去的地方而已。”

麦吉朴缓缓地伸出手，拿起茶几上的空纸杯。我不由自主地干咽了一口口水。他把纸杯倒扣，推到我的面前，然后，抓起我的手盖在杯子上面，又把自己的手覆在我的手上。

“你希望这个纸杯里有什么？”

“啊？”

“你在变魔术，真正的魔术。说说看你想要这里面有什么，随便说一个你刚好想到的东西，快，不要想，完全即兴地。”

“开，开心果。”

麦吉朴嘻嘻一笑。他慢慢地把头俯过来，嘴唇贴着我的耳朵低语道：

“你觉得你经历的事儿是用这个地方的碎片拼出的新拼图，是不是？那么，你没有想过吗？也许这个医院也是用某个地方的现实里的碎片拼成的拼图？那么，真正的你现在在哪儿呢？”

我紧紧地盖在纸杯上的手里全是汗。他的手握紧了我的手。

“也许，你还关在废矿里，还在没有一丝光线的黑暗里。”

他的手抓着我的手慢慢地抬起来。我极力挣扎抵抗，可是没有用。纸杯也被一起提了起来。桌上孤零零地放着一粒剥去了一半壳的开心果。

“天已经亮了。”

她停住话头，仰头望着曙光熹微的窗子。

“剩下的今晚接着讲。”

M躺在床上，看着悄无声息地渗透进来的阳光。仿佛心脏、肺、肝、肠子都被人挖去吃掉了，身体里像空心的瓷娃娃一样安静。他想吃馅饼。他想用馅饼把空荡荡的身体填满。苹果馅饼、核桃馅饼、奶酪馅饼、蓝莓馅饼……从 M 皲裂的嘴唇之间，一串数字像魔法的咒语一般倾泻而出：3.1415926535897932384626433832795028841971693993751058209749445923078164062862089986280348253421170679……

像死了一般躺在床上的 M 被洋槐的影子收紧的大手推动着撑起了身体。他爬到矮桌前，打开笔记本电脑。他打算今天无论如何也要做完翻译，为了听完她的故事。M 取出书翻到正在翻译的那一页。可是……书上没有字。所有的字都消失了，书页像新买的笔记本一样干净。前面已经翻译完的部分也都是一样。全是大雪覆盖的荒原。封面上分明写着《第六の夢》，肯定就是 W 出版社寄来的那本书。山庄里仍然是大雪纷飞，亮着灯的窗子上映出的影子也仍然坚守在原地。糟糕……M 想了一下，翻开空白的书页，开始工作起来。

不眠症贤子、巨型鼹鼠大植、全麻敏贵、没有出口的迷宫阿迷。山庄里还剩下四个人。最后剩下的影子只有一个。要想在今天之内完成，他得加快速度了。M 把手指关节揉得咔叭咔叭作响，然后把手放在了键盘上。四个人决定白天轮流让一个人睡觉，以保证最少限度的睡眠。没有食物可以坚持一个月，但是不睡觉，就连五天都撑不过去。根据抽签结果，第一个得到酣睡机会的是富家太太贤子。她借口说要冲个澡，自己躲进卫生间偷吃饼干。这样的行动必然招致祸端。很不幸，她成了第三个牺牲者。M 的头脑里乌云汹涌而来，接着开始下起了倾盆大雨。他敲击键盘的动作越来越快，雪原上布满脚印，一片狼藉。

正在睡觉的大植因为嘴角的饼干碎屑而被怀疑是杀害贤子的凶手。大植把逼问自己的敏贵和阿迷捆起来并关在了衣柜里。在客厅里徘徊的大植从卫生间的门缝里看到了挂在洗面池上的贤子的尸体。我真的杀死了她吗？我只是做了一个梦而已。我只是梦到有人杀了她并且抢了她的饼干吃掉。不是我，我不可能那么做。大植独自一人焦躁不安，像个小孩子一样哭泣着。啧，竟然如此软弱！你也到了退场时间啦。

从衣柜里脱身的敏贵和阿迷低头看着横卧在客厅当中的大植。橙色的晾衣绳深陷在他脖子上厚实的肉里。阿迷像被催眠了似的低声地说道，她做了一个梦，梦到有人把晾衣绳缠在大植的脖子上用力收紧。那簌簌颤抖的感觉一直传递到了她的掌心。两人这才明白，恶魔究竟在哪里。

光标每跨过一页，她都立刻晃荡过来。打印机吐出纸张的时候，M屏住了呼吸。她叼着墨迹未干的新鲜猎物悠悠然回到自己的安乐窝里。M把一支烟衔在嘴里，点上火。烟雾给屏幕挡住，往下流淌着钻进了键盘里。

敏贵和阿迷仿佛已经一脚跨进黄泉一样满面疲惫憔悴。对方一睡着，我就将死掉。两个人靠聊天硬撑着不睡。M停下手。他合起书，看着封面上的山庄。敏贵，很抱歉，但从患有失眠症的贤子从阿司匹林药瓶里取出安眠药的时候起，从只有阿迷知道这一事实的时候起，窗上影子的主人就已经决定了。如果第一幕里写到了一支挂在墙上的枪，那么第三幕，这支枪就一定要射击。你要怪就怪安东·契诃夫吧。M把香烟按熄在烟灰缸里，重新把手放在键盘上。

阿迷假装痛经，吞下了伪装成阿司匹林的安眠药。三粒，不，再加一粒。她马上沉入到了死亡一般的睡眠当中。敏贵急了。他用力打她，咬她瘦骨嶙峋的手臂，但是阿迷就是没有要醒来的迹象。大量的安眠药让已衰弱至极的她进入了濒死状态。尽管如此，细若游丝的呼出吸入的动作仍然在平稳地交叉进行。阿迷的脸上浮起一丝微笑，像是在对着敏贵耳语。我赢啦。敏贵掐住她的脖子。似哭非哭、似笑非笑着把剩余的所有力气都灌注到十个指尖儿。但是她，已经开始做梦了。

山庄里现在只剩下一个人了。阿迷和不在那里的某个人说着话，忍受着没有期限的时间，靠着死者的肉充饥。

没关系，重要的是活下去。你现在就只想着这个问题。我真的还活着吗？可是，我是谁？只要把这个故事一直讲下去，总是能知道的吧，自己是不是还活着，是谁活了下来……我不行了。我……太，困了。我也是。不过我们还是再坚持一下吧。现在我们应该可以睡觉了吧？游戏不是已经结束了吗？你真觉得游戏已经结束了吗？睡着以后也许将不期而至的第六个梦，你受得了吗？第六个梦……不管那梦里是什么，我都不想知道。我也是。所以，我们再加把劲儿。如果我们现在是在恶魔的梦境里，只要我们坚持住就不怕。一直坚持到恶魔入睡。那，这一次由我先开始吧。

上个星期五晚上，我们七个人聚集在了山庄。但邀请我们的恶魔却没有来……

※

但邀请我们的恶魔却没有来……光标停在了句子的末尾，缓着气儿，就像刚刚通过终点倒在跑道上的马拉松运动员一样。我也跟着一起努力调匀气息。凌晨4点49分。不知不觉间，天已经快亮了。她走过来打印了最后一页。我保存文档，关掉了电脑。

“辛苦了。”

她把到现在为止打印出来的所有翻译稿都整理好，用白围巾包起来，然后把那捆稿子端端正正地放在书桌上，熄了灯。房间里仍然残留着黎明时分的黑暗。我们紧贴在一起，躺在小小的床上。她拖过我的胳膊，枕在上面。柔软的卷发蹭得我脸颊痒痒的。像对着我的心脏低语一般，她开始讲故事。

“遇到麦吉朴以后，哈路的脑子里又开始变得一团混乱。他也想只当那是一个恶意的玩笑，只是一个疯子的胡话，开心果就是他一向玩儿的简单魔术，是他用来捉弄自己的恶作剧。可是，他极力压抑的不安与空虚已经破茧而出，他再也无能为力了。身体里的沙沙声越来越响亮。像麦吉朴所说的一样……”

这个医院也是用某个地方的现实里，不，另一个幻觉里的碎片拼成的拼图吗？是仍然困在废矿里毫无希望地忍受着的我所制造出来的幻觉？在那里，我真的还活着吗？我到底是谁？究竟为什么一个人到那种地方去？独自一人，只拿着个照相机到人迹罕至的废矿区……医生说我回避谈及遭遇事故的经过。可是在我的状态好转以后，医生也从没有再问过我关于事故的问题。就像他都已经知道了一样。他肯定有事情在瞒着我。不，是这个世界有什么在瞒着我。不，是我自己在……忽然间，我想起了在W镇的最后一天。我在偶然发现的图书馆里翻旧报纸时发现的线索，汩汩而流的汉河汇入主流的……对，我要最后偷一次东西。

深夜里，我溜出病房，去了主治医生的诊疗室，手里拿着白天从护士站偷偷拿来的两根回形针。我把回形针扳直塞进锁孔里。门很容易就给打开了。哎，这本事我是从哪儿学来的呢？我从桌上的笔筒里找出医用手电，拿在手里，打开卷柜。贴着我名字的卷宗往外探着头，好像就在等我来似的。我想起了胡乱塞在文件柜的一堆杂物之间的那把酒店钥匙。它只是个陌生物件的时候不是更好吗……可是，我的手已经拿出了卷宗。文件里的一个白信封滑落到了地上。我捡起信封坐到宽大的原木桌旁，深吸一口气，把手电衔在嘴里，先把信封里的东西取出来。是一沓照片。我这才知道，我并不是独自一个人走进废矿里的。

赤裸着雪白的身体在坑道中奔跑的女人。每一根黑发都像有生命一般在空中飘舞。就在女人回眸一瞥的瞬间，我按下快门。女人的眼神既像是害怕想逃，又像是在明媚地笑着诱惑着镜头，上体微微后倾，结实紧俏的乳房也跟着转向镜头。我一张一张地翻看着照片。女人一直跑向坑道的内部，偶尔停下来摆个姿势，浑身娇嫩的肌肉随着轻快奔跑的节奏跳着舞。凹凸不平的黑色岩壁上洒满了星光的碎屑。我也像生怕错过一样，飞快地翻着照片，一路跟了上去。跟着那个向着大张着嘴巴的黑暗奔跑过去的女人，跟着那个执着地追随着她的照相机镜头，跟着那个镜头后面瞪大了眼睛的某个人……看到最后一张照片的瞬间，猎狗尖利的牙齿深深地扎进了后脖颈里。偷看裸体女神之罪。女人悲惨地倒在黑色的泥泞之中。枯干的躯体和蓬乱的头发上沾满了炭灰。赤裸裸地显出骷髅形状的脸上一副百无聊赖的表情，仿佛已经解开了世间一切的谜团。血肉被撕咬掉的胳膊和大腿上露出已经发黄变色的骨头。从凹陷的肋骨里淌出来的黑红色的肠子像死蟒一样长长地垂落在地……就一个被困了四十九天之久的人而言，状态还算良好。随着清脆的、一板一眼的快门声，我全身的感觉细胞也仿佛一起活了过来。沾满炭灰的手碰触到的冰凉的肉，凝固在嘴边的血，腥膻的气味，在臼齿间打滑的坚韧的生肉，穿过喉咙跌落进空胃里的一团软塌塌的肉……在完全的黑暗中，闪光灯亮起的刹那，我看到了什么？

圆圆的手电灯光在照片上跳着舞。我放下照片，打开文件。纸张几次从手上滑落。纸上的字蠕蠕袅袅地只想四散而去。我两眼用力，把那些字拼凑到一起，吃力地读了起来。救助后三次自杀……精神分裂症……杀死投影在幻觉中的女性，或因不作为而致其死亡的……幻觉的循环……犯罪感引起的反复强迫症状……双胞胎妹妹在埋后二十八天左右死亡……验尸结果为自然死亡……

双胞胎妹妹……双胞胎妹妹……手电筒啪的一声掉在了桌子上。温暖的橙黄色光柱投射在锡铸的独角兽上。你知道吗，捕猎独角兽的时候要利用纯洁的处女作为诱饵……你不想拍些更像那么回事儿的照片吗……掩盖的事没有不露出来的，隐藏的事没有不被人知道的……看得清楚吗……爱情嘲笑地狱也嘲笑天堂……这是让开心果继续存在的魔术……一时间天旋地转。我的头歪倒向一侧，独角兽四蹄翻飞立起来，它仿佛将要用又长又锐利的角顶破天花板，一路飞升而去一般。我的脚下开裂，我向下、向下坠落，一直一直地坠落……我像在独自穿越无限膨胀的宇宙。该死，又开始了。据说古代人认为癫痫是神圣病。大概是因为发作时眼睛上翻、全身震颤的样子看起来就像是遇到了神。也许这种说法不是全然没有道理……

紧贴着背的地板是冰冷的。这是哪里？我吃力地抬起眼皮。眼睛里像蒙着毛玻璃一样视野模糊。有人蹲在身旁低头看着我。长发、清澈的眼睛……她的头顶上，倒悬在天花板上的圆形日光灯好像神圣的背光。那光如此耀眼，令人无法直视。她咧嘴笑着，对我说道：

“你醒啦。”

她停住话头，仰头望着晨光熹微的窗子。

“然后呢……”

“不知道，我的故事就到这里为止。”

啊，就到这里为止……现在我得睡一觉了。可是阳光……该死，这样的阳光下，我没法睡觉。我早该把那扇该死的窗户堵上的。我下了床，爬向房间角落里的衣柜。我打开柜门，把横杆上挂着的衣服都扔到地上。她的爱马仕连衣裙被厚厚的冬装外套压在下面，哀切地呻吟着。我钻进衣柜里，像没有破壳的小鸡雏一样把身体蜷缩成一团。

她从床上起身，走到阳光悄无声息地渗入的窗边，把双臂交叉成X状，像伸懒腰一样，把T恤衫从头上脱下，厚密的头发从空中划过，重又在她光滑的腰背上聚拢。她把我的宽大的四角内裤也脱下来扔在一边。从头发到肩膀、胸部、臀部、小腿、脚踝连成一道紧俏美丽的曲线，看起来就像用彩色蜡笔画在空中的速写画。

那浅浅的轮廓线仿佛很快就将被直射进来的阳光抹掉一般。

“你……要去了？”

“嗯。”

她弯腰从地上散落的衣服里捡起黑色的雪纺绸连衣裙。一边哼唱着十分耳熟的曲子，一边对着墙上的镜子把身体塞进连衣裙里。我的眼睛和正在涂唇膏的她在镜中相遇。

“我可以，问你一个问题吗？”

“什么问题？”

“你为什么……选择了我？”

我的声音裂成了几缕。她不回答，只是咧嘴一笑。她从挎包里取出蓝光闪烁的首饰。蓝宝石项链、蓝宝石耳环、蓝宝石镯子、蓝宝石戒指……红宝石虽然也不错，但蓝宝石更适合她，歌德称之为“魅惑的虚无”的蓝色。

“你总是问这个问题。虽然你明明还有更多疑问。”

“怎么……总是？”

她站在镜子前面左右扭动腰肢，整理服饰，摆弄首饰。也许是终于打扮完了，她转身朝衣柜走来。因为是背对着窗子，她看上去像一个剪影。

“完成的瞬间消失、消失的瞬间即重新开始的永恒的故事。就像无限延伸但绝不重复的派一样。”她把脸靠近过来，“那不就是你渴望写作的唯一一篇完美的悬疑小说吗？”

这个女人在说什么……我吃力地撑起眼皮，但止不住汹涌而来的倦意，眼皮马上又垂了下去。她微笑着用手捧住我的右脸，柔润的嘴唇靠近过来。

“睡吧，我永远的恋人。”

她的唇膏是柠檬香味儿的。那凉凉酸酸的吻让我想起了从前的、从前的从前、再从前的、再再从前的、再再再从前的……这个瞬间。她两手抓住衣柜门，缓缓地关上。黑色的剪影透过门缝说道。

“你问我为什么选择了你，每听到你这么问我，我都觉得特别伤心。你就一次都没有想过，是你选择了我吗？”

门被完全关上了。浓密的黑暗填满了衣柜。我仿佛在黑色的宇宙里漂浮。我的身体里开始抽出一条一条的黑丝。这就是哈路所说的消失吗？随便是什么都无所谓……等我好好睡上一觉，心情一定可以好起来。对了，山庄里最后剩下的那个女人怎么样了？还在独自讲着故事在没有尽头的时间里坚持吗？阿迷，网名没有出口的迷宫，她如果也能忘记第六个梦之类的东西，好好睡上一觉，心情肯定也能好起来。真困。现在我真的……得睡了。

被困在没有出口的迷宫里的人，
要徘徊多久才能知道那迷宫是没有出口的呢？
他真的有必要知道吗？

天空打开，光倾泻而入之前，Y 想了一会儿这个问题。他没有太多时间琢磨。一道耀眼的强烈的电光闪过，令他的大脑褪色成了一片苍白，就像暗室门打开时曝光的胶片一样。

七只猫眼

为《七只猫眼》创作的支离破碎的配乐。

曲四《松毛虫的轨迹》，为《七只猫眼》而作（3分54秒）。

数数时，眨着一只眼睛的柴郡猫不要多算一只。

两眼之间多出一只眼的猫，要减去一只。

一切都始于一条松毛虫。

我的小说原本打算这样开头。松毛虫，虽然形象不是人见人爱，但蠕蠕然不是给人一种有活力的感觉吗？而且它总有一天将插翅飞翔，这戏剧性变身的可能性也增添了它的魅力。唯一有点可惜的是，它只能变身成一只枯叶蛾，化不成艳丽斑斓的蝴蝶。不管怎样，有一天，偶然出现的一条松毛虫成了我的阿里阿德涅的线团，我一路跟着线团走，结果就有了这篇故事。所以我想就把第一个句子全当是一种献词，送给那只小毛球，以表谢意。可是，我的一双手却没能痛痛快快地伸向键盘。已经闲置了太久的手指仿佛一不小心就会咔嚓一声断掉，好像寒冬里干枯的树枝一样。就在我面对显示屏上青白的广袤雪原踌躇不前的时候，第一个句子自动变成了另外一句话。“自动变成了”是我颇为慎重地选择的一个中性的表达方式。因为我直到现在都不能确定……孤零零地漂浮在白纸上的那句话，究竟是不是我亲手写下的。随着第一个句子的改变，这篇小说比我当初构想的变长了——长了许多。这倒无关紧要，毕竟，重要的不是开头，而是结尾。

1

曾经在地铁里免费赠送的报纸上看到这样一则报道：一个星期天午后，一对五十多岁的中年夫妇在家里一边看电视，一边烙糊塌子吃。就是一个悠闲而平静的周末，和别的周末没什么两样。可是夫妻俩因为争频道而发生了小小的口角。多半就是丈夫要看棒球而太太要看电视剧那种程度的争吵吧。老娘儿们知道什么，这是棒球总决赛第七场，你敢换台！天天看那破棒球，我的电视剧这星期可是高潮啊，主人公身世就要揭晓啦，昨天我就没看成！原本不过是小事儿，可是越吵情绪越激动，丈夫一气之下把正吃着的糊塌子摔到了太太的脸上。太太什么话也没说，轻轻站起身，随后就从十五楼的阳台纵身跳了下去。

这条报道刊载在社会栏的一角，像个苦涩的笑话。我读着它，忽然产生了这样的疑问：假如当时丈夫扔的不是糊塌子，而是别的比较体面一点儿的零食，会怎么样呢？比如色泽雅致的韩式糕点、精致可爱的纸杯蛋糕等。也许两口子这次吵架不过摔几个小家电就完了。但是碰巧的是，当时他们在吃的是糊塌子。光是听名字就让人不舒服地联想到糊涂虫，或者连菜带饭胡乱对付着吃的窘况。也许就在上面还有丈夫牙印儿的油脂麻花的糊塌子打在脸上的瞬间，漫长岁月里在太太心里压抑的东西嘭的一声炸裂了开来。糊塌子会出现在那个场合，真的只是个偶然吗？

说起来，我们身边最多的就是“偶然”这东西。既没什么可惊奇的，也不浪漫。我明知如此，却还是忍不住诱惑，对一个不过是“偶然”发生的事件，也要给糊塌子赋予意义和名字。从命运和启示之类多少有些沉重的名字开始，到征兆、诅咒、果报、天降惩罚、墨菲定律、莎莉定律、神的骰子、霉运连连等。因为不管怎样，我们的人生总是需要戏剧化。

我发现那本书的事儿和二十一天的盲人生活之间没什么特别的关联。只不过从时间上来看，两件事前后脚接连发生而已。十分凑巧地，前后脚接连发生。被塞在书架上的、书页已经发黄的一本书遇到了“黑暗”这一溶媒后引发了可逆反应。我还不知道该给这种现象取个什么名字好。因为那可逆反应接连发生，现在仍在持续进行，兜兜转转地，划着螺旋形的曲线。

事实上，随着时间的流逝，我也悄悄起过怀疑。我所发现的那本书的秘密是真的吗？不，那天在图书馆，我实际上真的看过那本书吗？当然，到目前为止，我还能十分肯定地回答：是。但记忆这东西，随着年龄的增长，是必然要向服从合理性的方向发展的。也许我们童年时代都曾经历过许多以我们现在僵化的头脑不可能理解的奇异事件。现在这怀疑还只不过是不值一提的强词夺理，可随着时间的流逝，它必然也将套上“合理性”的燕尾服，道貌岸然地批评说，啧，怎么可能！肯定是你把幻想和现实混为一谈了。你脑子越来越古怪了。你得多吃点儿深海鱼补补啦。那该多么丑恶。因此，我决定现在就留下关于那本谜一般的书的记录，尽可能让当时的一切细节都保持原样。所以，一切都始于一只松毛虫。

那天，我在区图书馆里读《爱丽丝漫游奇境》的全译本。因为我刚看过一部电影的媒体点映，要为专栏写一篇影评。那部电影把长大成人以后的爱丽丝刻画成了一个帝国主义企业家。为了要最大限度地进行辛辣的讽刺与批判，我觉得有必要重新体味一下原著深藏不露的疯狂，再看一遍那个真正进入奇境的五次元少女爱丽丝。那是个天气晴好的春日午后，图书馆里冷冷清清。我正在读爱丽丝发现了树上的柴郡猫，并向它问路的那一段。

“这要看你想上哪儿去。”

“去哪儿我都不在乎。”

“那你走哪条路都没关系。”

“只要能走到一个地方。”

“哦，那行，只要你走得很远的话。”

“这周围住些什么人？”

“这边，住着个帽匠；那边，住着一只三月兔。你喜欢访问谁就访问谁，反正他俩都是疯子。”

“可是我不想到疯子中间去。”

“啊啊，这可没办法了，这儿一切都是疯的，我是疯的，你也是疯的。”

多么富有哲理的对话啊！插图里柴郡猫浑浊的眼睛和顽皮的笑容与这对话的气氛也很吻合。我正要翻页时，手无意间挠了挠后脖颈儿，一样东西掉在了脚边。是条松毛虫。小家伙大概是不习惯图书馆光滑可鉴的地板，正倒竖起白毛警惕地四处张望。它蜷缩良久，才开始朝像多米诺骨牌一般排成一列的书架蠕蠕爬去。它准是以为那边儿是森林。我算了算从坐在松树下的长椅上抽烟到回来的时间，小家伙已经在我身上游走、爱抚了快一个小时了。我的天，我是不是应该跟它道个别什么的呀。我呆呆地看着小家伙的超低速大逃亡，直到它爬上了电脑类书架，在一排排的书脊上不知所措地彷徨了一阵子后消失在了书架的后面。

我把椅子拉近书桌，换个姿势接着看《爱丽丝漫游奇境》。那小家伙准会高雅地啃咬书本，然后在上面结茧做屋。都怪你。坐在树枝上的柴郡猫嘻嘻笑着向我搭讪。是我的自由联想系统又开始运转起来。我这个系统是只要抓到一点儿由头，就立刻失控，像旅鼠群一样盲目暴走的。今年夏天，那个书架上将要诞生一只拥有渊博的计算机常识的枯叶蛾了。别想啦，什么乱七八糟的。小家伙也许会成为一个指导者，把全世界的枯叶蛾都集结起来呢。目标是控制全世界的电脑网络系统。哎哟，越来越不成话了。在枯叶蛾意想不到的袭击下，人类陷入了溃灭的危机。嘻嘻。终于，枯叶蛾与人类之间爆发了决定种族命运的最后决战……我站起身朝着电脑类书架走去。没拯救人类的命运之前，我是没办法安安静静继续读书了。我取下松毛虫爬过的那本书，未来的枯叶蛾领袖蜷缩成一团还趴在书的封面上。我把书拿到有松树的那一侧窗外，像扇扇子似的摇晃了几下。它不至于给我寄大腿骨折的诊断书来吧。我检查了一下书，看小家伙是不是已经掉下去了。也是直到这时候才注意到陈旧的黑色封面上印着的白字标题:《悬疑俱乐部 Q ——第一卷　七只猫眼》。

一条乘坐我的身体迫降在图书馆的松毛虫，一本错放在电脑类书架上的悬疑小说。偶然与偶然交叉。真是个有趣的过程。不过更使我感兴趣的是书的作者。封面、内折页上都没有作者姓名，也没有“作者不详”或者“作者要求匿名”之类的注解。只有封面下端孤零零地印着一个圆周率符号“π”，可能是出版社的标志。

我回到座位上，把书仔细查看了一番。封面、封底都是黑色的，上面只是极为朴素地印着书名和出版社的标志，没有带着一连串感叹号的广告，也没有聪明风趣的推荐语，甚至连定价都没有，让人联想到提倡清贫的托钵修会的修士。也许它并不愿意被人找到，所以才隐居在电脑类书架上冥想清修，却被我取了下来。我翻了翻书页，粗糙的纸张边缘已经发黄变色，字体僵硬，墨水浓淡不匀，给人感觉不大整洁。总算书后还有版权标志。1990 年初版初印，可没有作者和出版社的信息。应该不是正式出版的。我大致做完事前调查后，翻开了第一页，上面是一段短短的题词，可能是书名的出处。

回到家中，打开门
黑暗中，我看到七只猫眼
我养的小猫只有三只
白猫，黑猫，花猫
我怕得不敢去开灯

似乎是引用自诗或者歌词，同样也没有注明出处。怎么秘密那么多。第七只眼睛是我的，因为我在眨眼睛呢。柴郡猫又来乱插嘴。我一把把《爱丽丝漫游奇境》合上。莫名其妙，怎么我的周围忽然出现了这么多猫。就在上周末，妹妹跑来说要到外地去参加婚礼，不管不顾地把她的猫塞给了我。我这妹妹呀，居然给拳头大小的小猫取名叫流血娘子。流血娘子是街上常见的斑纹猫。我问妹妹是不是捡来的野猫，猫和主人一起发起了脾气。傻哥哥，这可是孟加拉猫啊。又说孟加拉猫是喵星之王，身价极其昂贵。喵星之王整个周末都像个野小子一样，把我的小窝搅得乱七八糟。真是的，我可不是要来谈猫的。都是因为那只多事的柴郡猫，害得我又跑到岔道上去了。再回头来说那本书。目录上列出了四个小标题。不知道是长篇小说，还是四部中篇小说的合集……既然它什么也不肯说，只是冥想，能确认的方法就只有一个了。第一篇小说，或者是第一章的标题是“暴雨”。

2

雨不像是轻易能停的样子。乌云沉甸甸地低垂着，仿佛一伸手就能抓一把下来一样。大片大片的乌云绞扭着身子倾洒下粗壮的雨线。瘦骨嶙峋的一对雨刷喘着粗气不停地扫去落在车窗上的雨水。雨刷横扫过后的扇形窗面上，弓背扭腰的两车道的国道时而突然冒出来，时而消失不见。一棵棵大树被大雨浓雾截去了树桩，漂浮在国道边的半空中。车前灯的光柱被层层叠叠的银色帐幕挡住，照射不到多远的地方。帐幕背后的远处是一个打着旋涡把周围的风景都吸进去的泥潭般的洞穴……像黑蛇一样荧光闪烁的 49 号国道盘旋着把自己的身体一点儿一点儿地送进那深深的洞穴里。

“人已经死了。”

大腹便便的警察甩下这么一句之后点燃了一支烟。他灰色夹克衫的胳膊和肩膀还有雨水打湿的斑驳印迹，花白的羊毛卷头发上沾了许多水珠，在白炽灯下闪闪发光。他把头发往后一抹，水珠四溅。外面的雨似乎仍然下得很大。

“尸体在您说的那块空地上躺着呢。详细情况要等验尸结果出来才能知道，不过我觉得是头盖骨凹陷导致的当场死亡。”

警察拖过铁制的椅子在桌子对面坐下。从他嘴里喷吐出来的香烟烟雾拉长了身体向着天花板上的白炽灯袅袅升起。验尸结果、头骨凹陷、当场死亡……生硬的词语乘着白蒙蒙的烟雾在空中逡巡。

“我看到被害人旁边有这么大一块石头……”

警察张开两手虚抱着看向我。我的眼睛追随着消散在空气中的烟雾，只是点点头。接下去是一段粗粝不安的沉默。警察开始用一次性打火机的棱角敲击起桌子来，慢慢地，保持着固定的间隔，一、二、三、四、五、六、七、八……在敲到第十五下的时候，声音停了下来。警察用手抹了一把下巴上疏疏落落地杂着许多白毛的胡须，在沉甸甸的玻璃烟灰缸里掸掉烟灰。他食指的指甲已经发黑坏死了。

“我们正在调查死者的身份，可能要费些时间。仓库里没有任何能证实他身份的东西，没有目击人，现场也被这场大雨给冲刷得干干净净。”警察慢吞吞地接着说道，“现在唯一能确定的是，这是一桩杀人案。对于受害人姑娘的遭遇我们也感到非常遗憾，但您还是必须先作为嫌疑人接受调查。”

杀人。一阵静电扫过背脊。手心里又真切地感到了被雨打湿的石头的凹凸不平的触感。脑袋里闪光灯一闪一闪，黑白的影像忽明忽暗。无时无刻不在倾泻的雨线、坚定地闪烁着光芒的刀、紧闭的一只眼、嘴角扭曲的微笑……小腹处一阵滚烫的空气直涌上来堵塞住了喉咙。

“我给您倒杯热饮吧？咖啡？绿茶？”

警察一手撑着下巴，呆呆地看着我。我垂下头，平缓着气息。肿胀的眼眶和嘴唇一阵阵刺痛。大腿和屁股也开始觉得又酸又痛。嘴唇内侧破皮的地方一点点渗出的血都积聚在了舌底。浑身的疼痛开始群起吵嚷起来，头脑反而变得冷静澄明。一团含血的唾液从喉咙滚落肚里。警察就着一声叹息长长吐出一口烟。

“您要是实在难受，可以先休息一会儿再……”

“咖啡。”

我和半欠起身子的警察四目相对。

“请给我一杯咖啡。”

警察用一只挺大的马克杯斟了满满一大杯咖啡回来。马克杯上印着水彩画风格的一座大雪覆盖的山庄。从背景上的冷杉树梢到山庄的窗户上有很长一道彩漆剥落的痕迹，像是指甲的划痕。我用双手捧住杯子，热气透过掌心缓缓地蔓延向全身。我轻轻吹着喝了一口。是几乎没有什么香气的速溶咖啡，只剩下糖和奶油稠腻的余味黏附在上颌。

“挺好喝的。”

警察把纸夹进打字机里，点了点头。

“您只要把昨晚的事情经过照实陈述一遍就行，从头开始，讲得详细一点儿。如果有必要，我中间会问您几个问题。您说您叫柳咪咪，是吧？”

警察把审讯记录需要的个人信息打在纸上。咔嗒咔嗒打字的声音像雨声一样钻进耳朵里。我把身体埋进又冷又硬的铁椅子里，开始陈述。从头开始，尽可能详细地。

“昨天傍晚，最后一场演出结束以后，我们一起吃了顿散伙饭。我因为要开车基本上没喝酒。我在车上休息了一会儿后启程回家，当时已经是……子夜时分了。您也知道，雨下得很大。”

我把手伸向烟灰缸旁边的烟盒和打火机。警察从鼻子里吐出一口烟，瞟着我的手的动作。

“可以抽支烟吗？”

咪咪把嘴唇拢圆，用力吸了一口卷得皱皱巴巴的烟卷儿。她把烟一直推进肺的深处，屏住呼吸，把烟在肺里存了一会儿，才慢慢地吐出来。体内像有许多肥皂泡轻轻飘浮起来。

“好吧？这是去欧洲演出的朋友给弄来的，和东南亚来的碎末不是一个档次的。”

坐在旁边的约翰接过烟，一直吸到火光烧到离手指很近的地方。收音机里流淌出金贤植的《像雨像音乐》。

“我今天又淋着这雨，送走了一天”——咪咪把座椅后倾，看着雨水淌落的车前窗。歌声化作光与色在飘飘曳曳的水帘后面跳着舞，霓虹灯忽明忽灭，巨大的花蝴蝶拍打着翅膀，一群海豚破浪游去。约翰俯过身子揽住咪咪的肩。

“你喝那么多怎么开车……”

他在肚脐周围揉搓的手慢吞吞地往上爬去。

“公主，看见那边那个汉河酒店了没有？咱们去休息一会儿，让我们继续燃烧在舞台上没能实现的爱情。”

约翰抚摸着她的胸部，轻轻咬了一下她的耳垂儿。一直面无表情的咪咪哧的一声笑了出来。她把手插进约翰的头发里，画着圆，搅动着。

“爱情，好啊，不过，你能为了我做一次真正的约翰吗？那样也许我能兴奋起来。”

咪咪竖起食指，拿指甲尖儿横着划过约翰的脖子。反射着霓虹灯光的瞳仁明亮耀眼。约翰停住手，挪开身体，嘴角肌肉僵硬，尴尬地张着嘴不知该如何是好。

“疯女人。”

约翰打开车门，走进了雨中。雨水像倒了许多洗涤剂在里面一样，腥气扑鼻。咪咪闭上眼睛，跟着收音机唱歌。“因为我们的爱情像流淌的雨水一样痛苦，哦——痛苦的雨就这样下个不停。”歌声一停，咪咪就把座椅扳正，启动雨刷。前挡风玻璃上舞动的光与色随着雨水一起被擦去。

雨滴碎裂，在道路上铺起了一层白蒙蒙的水毯。踩着油门的脚掌都能感觉到轮胎在打滑。仪表盘上指示速度的红色指针在 30km 的边缘打瞌睡似的微微颤动。咪咪连连深呼吸，给渐渐朦胧的意识输入氧气。挡风玻璃上起了一团圆形的雾气。是喝得太多了吗……一种莫名的挫败感引得她不住地举起酒杯。当被士兵们的盾牌压倒在地，舞台灯光熄灭的时候，她想到这将是自己最后一次登上舞台，几乎不想起身。真希望就此死掉……可是灯光马上又重新亮起，她只能对着不多的几个观众优雅地微笑、鞠躬谢幕。稀稀落落的掌声仿佛在嘲弄她竟然又活转来似的。眼前电光一闪，路边的灌木、塑料大棚，还有远处新城的公寓小区以及天上的乌云都在那一瞬间赤裸裸地露出了面目。风景重又隐入黑暗，就连残像也即将消失之际，天上响起了巨大的磨盘转动的声音。车窗也跟着一阵瑟瑟发抖。

“约翰，我吻了你的嘴唇，可是为什么那滋味如此苦涩？是血的味道吗？不，也许是爱情的味道。人们不是都说，爱情是苦涩的嘛。”

咪咪凝视着车内后视镜里的茶褐色的眼睛，吟诵着台词。从排练开始，姜导演就总是开玩笑说，咪咪的表演出神入化，就连奥斯卡·王尔德也要给迷住啦。虽然姜导一向喜欢夸大其辞，可接连几次的盛赞也让她有些不知所措。不要说什么出神入化了，像这次这样无法投入角色，咪咪也还是头一次。从冰冷的职业女性，到清纯开朗的少女、尖酸刻薄的娼妓、蛇蝎艳女、愿意为爱献身的纯情女子、骗子、幽灵……无论扮演什么角色，咪咪都能全身心投入。在话剧演出期间，甚至到了让人误以为是舞台上的人物来到日常生活中扮演柳咪咪的程度。她自己也很清楚，她的投入其实与演艺天赋无关。那更近乎于一种执念，不断变身，通过新的人生逃避现实的执念。

"我什么声音都听不到。他，为什么不大叫呢？啊，如果有人要杀我，我一定会大声呼叫，我一定会尽力挣扎。"

莎乐美是她特别钟爱的角色。从高中毕业汇演第一次遇到这个角色开始，这个跳七重纱舞的犹太公主就深深地打动了咪咪。纯真得有些愚蠢的激情与令人胆寒的疯狂，在两个极端之间绽放的性感和美丽，以及在高潮的瞬间迎来的死亡。听说姜导在策划这部戏的消息之后，咪咪就想哪怕没有报酬也要争取这个角色。如果能重新再演一次那个天不怕地不怕的公主……当得到正式录用的消息，而且是破例地预付报酬的时候，咪咪的心情就像又回到了十八岁那一年。右脚轻轻加力踩下去，一直在打瞌睡的时速指针缓缓地昂起了头。雨滴加快了撞向挡风玻璃的节奏，好像附在她的耳边讲述着一个危险的秘密。

演出刚一开始，她就意识到了问题。她再也找不到十一年前那种完美地融为一体的感觉了。她越是凑近，莎乐美就越是把她推得远远的。感觉上就好像是两人分别登台表演一样。她为了避开莎乐美，走位和动作接连出错，发声也没了自信。再这样下去，她说不准哪天会在演出中间突然对着看不见的莎乐美大吼大叫……雪上加霜的是，从第一天第一场演出一登上舞台开始，左侧头部就开始出现偏头痛。好像有一只蜂鸟把尖利的喙刺进她头盖骨里，一刻不停地叽叽喳喳一样。吃止痛药也没用。结果，偏头痛一直持续到全部三十三场演出结束。

右脚脚尖越发加力。雨滴们提高了声音欢呼、起立鼓掌。黑色的道路好似突然立起来一样飞似的迎上来。咪咪所梦想的变身不是为了逃避，而是为了将人生无限扩展。她想穿上红舞鞋，听着众人的喝彩声，永不休止地跳舞。初遇莎乐美的时候，未来还像是铺在她脚下的红毯，她以为自己需要做的只是轻轻提起晚礼服的裙角，优雅地挥着手走过去。可是十一年后重逢，莎乐美还和从前一样，她自己却已经毁掉了。她是如此寒碜。

为什么夺走我的红舞鞋，还不如把我的脚砍掉呢……黄色中心线向左急转身逃了开去。脚腕忽然一软没了力气。咪咪的右脚不知何时起已经挪到了刹车上。红色的指针没精打采地低垂着头。雨滴的欢呼和掌声变成了揶揄。

“啊！为什么你不愿意看我，约翰？如果你看到我，我知道你终于还是会爱上我的。爱情的神秘……”

咪咪停止独白，朝车内后视镜探过右脸。耳垂下面紫色的珍珠粉微微地闪着光。她伸手去翻副驾驶座上的挎包，没找到手绢，却扯出了围巾。咪咪犹豫了一下，把围巾缠在手指上沾了些唾沫，对着后视镜擦去莎乐美的最后一点儿痕迹。就在这一瞬间，挡风玻璃上突然出现了黑色的一团东西。咪咪一个急刹车，咚！钝重的撞击感传到了方向盘上。大雨如注的前灯灯柱里，一个男人蜷缩着倒在地上。

“您没报警吗？”

警察抬头问道。

“我跟他说先上医院，可那个男人说没关系，就是轻轻蹭了一下。事实上，因为下雨的缘故，我开得很慢，当时又是急转弯，所以撞得应该不是很重。现在想来，我甚至怀疑到底有没有撞到。我就是怕他以后诬陷我肇事逃逸什么的，所以就想无论如何要先送他去医院。可是他很顽固地拒绝了。他说不喜欢医院的味道，又嫌麻烦。大雨里，我也不能一直和他争下去……那男人说他不去医院，只让我送他回就在附近的家。”

“然后您就真载着他走了吗？”

“什么？”

“您应该想到，深夜到陌生男人家里去是很危险的啊。”

我咬住下嘴唇。

“我说，警察先生，当时是我的车在深夜里撞到了那个陌生男人。他执意不要去医院，难道我还把他捆起来送到医院去吗？人家表现出一番好意，只让我送他回家，难道我倒应该骂他没安好心，把他扔在路上才对吗？”

我不由自主地提高了声音。警察一脸不以为然，只是捋了捋胡子。

“其他没有什么觉得奇怪的地方吗？”

“没有。那个人穿得是有些寒碜，可人很有礼貌，看起来挺正常的。”

冷静，柳咪咪，冷静。她看了一眼后视镜。蜷缩在后座上的男人一动也不动。他是不是撞到头昏过去了呀。刚搬到车上的时候明明还喘气儿呢。得先上医院吧？咪咪轻轻啃着拇指的指甲。警察肯定要来的，醉酒驾车，再加上吸食大麻……这个男的要是死了……心头响起沙沙沙的声音。她这才醒悟到，原来自己的人生里尚有许多生怕毁灭的部分。咪咪减速，一眼一眼瞟向后座。男人身上散发着一股强烈的劣质高粱酒的味道。看起来大一号的卡其色夹克衫和黑裤子污渍斑斑，十分肮脏。有人看到吗？道路附近没有人，也没有过往车辆。我难道要因为这么一个酒鬼毁掉一生吗……沙沙声越来越响亮。心脏里仿佛有无数蛆虫在蠕蠕翻涌一般。该死的！见鬼！咪咪用拳头猛击着喇叭，尖叫起来。

“我的妈呀，吓我一跳。”

后视镜里面黑色的物体猛地坐了起来。咪咪吞回尖叫声，心脏停顿了一下，又开始有力地撞击起来，上面那群蛆虫噗噜噜掉了下去。

“您……还好吗？”

“我大概是睡过去了。”

“您似乎，喝了不少酒。”

“我好像是给车撞了……”

“是，车子蹭着您了，一点点。所以，这会儿……正在去医院的路上。”

“咳，这么点事儿哪至于要上医院。”

男人嘻嘻笑着用肮脏的袖子抹去额头上的血。

“从前我在部队里，有一回膝盖被野战锹砍得都能看见白筋了，也不过就擦了几回紫药水就完事儿了。”

“那，您真不用上医院吗？”

“不用不用。去了还不够麻烦的。我也讨厌那味儿。我的身体我知道，和剃头师傅穿一样大褂的医生知道个啥。”

“不怕一万，只怕万一，还是去检查一下……”

“检查啥，就是白花钱。医院就算了，我既然已经坐上您的车了，就劳烦您送我回家，我想回去好好睡一觉。”

“这样啊，那您府上是在哪里？”

男人往驾驶座这边俯过身子，指指点点地说明路线。调门高而浑浊的声音好像铁丝一样戳着耳朵。他的头发又黑又密，脸上却布满细细的皱纹，这样的对比让人难以推测他的年纪。从三十五六岁到五十五六岁之间，无论说他属于哪个年龄段，都不至于产生异议。他一双黑豆子般的眼睛从皱纹之间显出奇异的光彩。

“坏东西。”

一直看着窗外的男人忽然说道。

“啊？”

“我是说用野战锹砍我的那家伙，叫吴正焕，别提多混蛋了。您知道那个杂种怎么整我？他在练兵场拔了一棵已经干枯的杂草，非说是全世界都罕见的珍稀兰花，他这么跟我说，‘你给我好好养着，这兰花要是死了，你也去死吧。’妈妈的。疯子。就那杂草，啊？什么珍稀兰花！哈，我的膝盖要还是好好的，我现在肯定已经是著名的替身演员了。因为没参军之前，我一直都在给电影演员当替身的。”

男人兴高采烈地讲着自己过去干得怎么怎么好。咪咪点燃一支烟，把车窗摇下一点儿。雨滴飞溅到车内，掉落在她脸颊上。

“您看过《怨恨之街》吗？没看过？那里面有一个主人公坐着起火的车跃进大海里的镜头，是我拍的。哈，可惊险了。我胳膊上，您看这儿。”男人挽起袖子，对着驾驶座伸出胳膊。“这么大一片全都给火燎着了。导演那个夸啊，说我古德，连着说古德古德。《独臂剑客重出江湖》那部电影里，我还演了个角色呢，是个坏蛋头目的手下，在被刀砍死的那场戏里，还有我一面部特写呢。哈，可是都因为吴正八那狗杂种……”

男人五短身材，不像是干过替身的。他原本就肩背都有点儿内躬，坐在那儿活脱是一只大犰狳。也不知是因为酒后，还是他本来如此，说起话来东拉西扯，怎么都觉得精神不是很健全的样子。咪咪深深地吸进一口烟，又痛快地吐出来，那样子好像一只吹得鼓鼓的气球在慢慢漏气。男人从后视镜里眨巴着一双倦眼看着咪咪吸烟。

“啊？”

“名字，我问姑娘您叫什么名字。”

“啊，我叫咪咪……姜咪咪。”

“咪咪，咪咪。”男人像吮吸着吃糖球一样，把她的名字在嘴里滚了几滚。“嘿嘿，名字挺好听嘛。”

男人又拿袖子去擦拭额头上的创口。可能是伤口颇深，血一直在流。咪咪把扔在挎包上的围巾递给男人。

“您用这个擦吧。”

“哎哟，没关系的，别把您的围巾弄脏了。一点儿小伤，不打紧。”

男人十分夸张地摆着手。

“不要紧的，您擦吧。”

男人双手接过围巾，然后用围巾裹住鼻子。咪咪以为他要擤鼻涕，却发现他在闭着眼睛闻味道。好香。男人自言自语地咕哝着说道。随后拿围巾按住额头上的伤口。

“姑娘态度好，人又长得美，名字也好听。咪咪，咪咪。您看过一部叫《苦月亮》的电影吗？没看过？差不多是部电影我都看过。他妈的，吴正八，我腿要还是好好的……就说那个电影里的女主人公也叫咪咪。那个咪咪是法国的咪咪，她也像您一样漂亮，漂亮归漂亮，可是有点儿吓人。当然，也不能都怪她。她也是因为被自己爱得要命的男人像垃圾一样抛弃了，所以才要报仇。您知道后来怎么样？那个男的遭了车祸，咪咪到医院去看他。”

“车祸”这个词儿让咪咪畏缩了一下。车子推开无边无际的银色珠帘向前奔驰。新城的公寓小区在车窗外渐渐远去。

“她到了医院，把男人从床上拽下地，摔成了半身不遂。然后，她就照顾他，像母亲一样。不，可不是像母亲一样，她其实是折磨着落入自己手心的男人玩儿。她胡乱弄些乱七八糟的东西喂他吃，他尿在轮椅上她也不管，还带黑鬼回家当着他的面干那事儿，嘿嘿，你还不如杀了我！”

男人大吼了一声，摇摇欲坠的烟灰掉在了咪咪的大腿上。

“那男人这样大吼大叫，咪咪却拿出一只漂亮的盒子，笑模笑样地说是生日礼物。男人一感动，心又软了。咳，我毕竟只有这个女人了。他打开盒子，您知道礼物是什么？您猜是什么，啊？”

“我猜不出，是什么啊？”

“手枪。”

男人带着痰音吃吃地笑起来。

“哈，了不起的女人，送他一支枪当作礼物。让他拿枪做什么呢。啊？最后他用那把枪……啊，那儿，那就是我家。我家很大吧？”

咪咪开进山脚下像个大场院一样的空地，在一个旧仓库前停下车。白蒙蒙的雨雾像被暴雨冲垮了坟墓的冤魂一样围绕着山脚飘飘荡荡。

3

正读到这里的时候，广播响起，提醒图书馆闭馆时间已到，刚好我也正觉得两眼昏花，想要休息。从不久前开始，我常觉得视力模糊，眼前总像有黑窗帘在飘来飘去似的。我以为是疲倦引起的，虽然其实并没有什么能引起疲倦的事儿。我走到借书窗口，想把书带回家去看完。我把书和图书证递给正在做报纸上的方格填字游戏的馆员。可是就在这个关口，出现了另外一个推动剧情发展的装置。我怎么也没想到一只小小的、白白的女人的脚会跳出来阻拦我。

“您不能借书。”

馆员的眼睛从紫色角质镜框的另外一边瞪视着我。眼神凌厉得让我以为和他有什么私人恩怨呢。

“为什么？”

“您有逾期未还的书。已经逾期两个月了。”

“不可能啊。”

“《富美子的脚》。”

“那本书我……”

借过。是在去年冬天去日本采访电影节的时候。《富美子的脚》大概还在当时带到东京去的手提包里。问题是，那只手提包已经到了秋叶原抢劫二人组的手里。我因为护照、钱包、手机全都丢了，根本没办法正常采访，只在异国他乡吃了一番苦头就回国了。那是我最糟糕的一次旅行。这么说可能是借口，不过我当时真的顾不上社区图书馆的借书赔偿问题。

面对馆员不满的瞪视，我只好暂时持书后退。现在这种情况就需要利用周围的地形地貌采取隐蔽、掩藏战术了。我走到少有人至的教育史书架旁，把《七只猫眼》插在了《教育人力资源研修院三十五年史》与《日本文部科学省白皮书》之间。这两部书都是在“到底谁会在社区图书馆里浏览这样的书？”竞赛中荣膺大奖的光荣成员。我也知道这么干太没风度，可是正在读的书给别人从中间抢走是很讨厌的。那本书又不像在别处能借到的样子。也许在我读着那本书的时候，就有某个人在电脑类书架旁边气哼哼地找它呢。

先从结论说起，我没能读到那本书的后半部分。第二天早上睡起来以后，眼睛的状态越发不好了。左眼前垂下的黑帘子已经不动了，索性遮住了一半视野。我在去图书馆的路上先去了附近一家眼科医院。年轻的医生给我做完检查以后，让我赶快去大医院。我就赶快去了大医院，结果医生又让我赶快做手术。长得像《沉默的羔羊》里的汉尼拔·莱克特的医生眼神锐利地为我解释了一番“视网膜剥离”这种病。眼睛后面的视网膜是起到屏幕作用的，现在我的视网膜撕裂了，处在丝丝络络的状态，继续恶化下去就有失明的危险。医生又详细地为我介绍了手术过程。我第一次知道眼白部分是可以像皮肤一样切开的。也第一次知道眼白的切口里可以放进显微镜和手术工具。也第一次知道那个切口可以用线重新缝合。医生接着说，从手术后到视网膜愈合为止需要戴三周左右的眼罩。我想到的是独眼龙海盗船长哈洛克，可是汉尼拔·莱克托博士却要求我做阿炳。两眼都要遮光。眼睛这东西，两只是一套，只要一只眼睛移动，另一只也要跟着一起移动。家里有人可以照顾您吧？松毛虫、《富美子的脚》、日本抢劫二人组、撕裂的视网膜，围绕着一本书，竟然千丝万缕引出如此丰富多彩的节目来。

妹妹抱着流血娘子到我家成了我的临时看护。啊，阿兄，你好像盲人预言家哦！让我来预言你的未来吧！你命中注定终身不嫁、处女到老。“阿兄”是讥嘲之语，并不是“哥哥”的尊称。妹妹从小就想方设法回避父母让她叫我哥哥的硬性要求。我和妹妹是双胞胎。一说到龙凤双胞胎，很多人都觉得好奇，其实我们只是相隔七分钟出生的兄妹，别无特别之处。我们也像普通的兄妹一样，小时候你死我活地打架，懂事之后互相漠不关心，视若不见，成年以后则几乎没有见面的机会。尽管如此，到底是血肉，遇到困难，还是会互相帮忙的。比如说，需要托付价格不菲的孟加拉猫的时候，或者要做视网膜修复手术的时候。

俗谚说，“全身一千两，眼睛九百两”，我现在才终于有了切身体会。那一百两的找零只是用来吃和消化的。妹妹上班前喂我吃早饭，午饭我用手摸索着吃她替我摆在桌子上的三明治或者紫菜饭卷，晚饭则等妹妹下班以后喂。您闭着眼睛吃过饭吗？食物的味道、臼齿咀嚼时的触觉和声音、舌底生出的津液，软软的一团食物经过食道落进胃里，经过小肠和大肠，几个小时后成为排泄物排出体外的过程，一切都感觉特别真切。我觉得自己的身体器官好像大部分都已经退化，只剩下了狗卵形状的长长的消化管。我遵照医嘱，尽可能保持头部不动，除了吃饭的时间以外，整天都只得仰面躺在床上。当然除此以外我也无事可做。

这是一段非自发性的修行时间。被封闭在身体里的灵魂独自踏上了朝圣之路，去寻找我一直忘在脑后的原始森林。它大步流星地逆三十几年灵肉的岁月而上，很快就到达了婴儿时期。那个时期的我也是整天仰面躺着，除了吃就是消化。当然，会比现在更可爱一些。灵魂并没有在那里停下脚步，它继续溯源而上，回到了我还在羊水里漂浮的胎儿时期，然后又重新化成精子和卵子刚刚同居而成的受精卵，它从这里大大地跨越一步，进入了超越种族范畴的领域。我变成了一只猩猩，在原始森林里攀爬大树，我化作猴面包树，在非洲草原上张开手臂伫立五千年，我变作菊石，在不透光的海底闲度一生，我化成火山灰，在太初的混沌中浮游……

在黑暗中变成一个软弱无能的人，每天朝圣度日，并不愉快。那种感觉就好像是独自一人在到处放着镜子的洞穴里徘徊。四面八方都有什么东西在逡巡着窥视我，可每一回头，看到的都永远只是“我”的残影断肢。我越接近远处大张着嘴巴的黑暗，就越觉得一阵阵恐惧袭来。在那尽头，我将遇到什么？也许我最害怕的其实是，走了又走，却什么也遇不到……

在满一星期的那天，我这个盲人修行者虔诚的内心掀起了一个小小的波澜。那就是，我背后的镜中有别的什么人经过。回头看时，那人已消失不见，但我分明看到了一头闪亮滑润的长发飞扬的样子。是谁呢？我忽然变得生气勃勃起来。我激动地在镜中的洞穴里冲过来撞过去。我能感觉到她也在这个洞穴里。虽然没看到她完整的形象，但我可以把她在各个镜子里擦身而过时留下的碎片拼在一起。一直垂到腰部的蓬松的大波浪卷发，从额头开始，经鼻梁、下颏、脖颈，到锁骨为止，仿佛是一笔画成的迷人的轮廓，富有弹性的黝黑皮肤，堪称完美的身材比例和丰满的肉感……不知怎么，我觉得她很眼熟。洞穴深处响起一个声音，提醒了我她是谁。那声音好像在用铁丝戳耳朵一样调门高而浑浊。“姑娘态度好，人又长得美，名字也好听。”

是的，是柳咪咪。《暴雨》里面的话剧演员。她的形象是我在阅读的时候自然而然地在大脑里勾画出来的。我把她勾勒得相当有魅力，对不对？我马上就想起了出处。我不久前看了一部魔幻片，里面出现了所有的希腊神祇，我是把其中月亮女神阿尔忒弥斯的形象给借来了。月亮女神为在海底闲度日月、在草原伫立的我送上了辉煌灿烂的十五的月亮。就在那月光里，我得到了一个启示。好吧，让我来把只读了前半部分的《暴雨》在想象的剧场里续写下去。我是想，与其独自在洞穴里徘徊，不如在故事的迷宫里散着步，度过剩余的修行时间。以后再和书的实际内容对照也一定很有趣。

我先回忆着把已经读到的信息一一罗列出来。一个叫柳咪咪的女人正在警察局的审讯室里陈述事情的经过。她既是（性）侵犯案件的受害人，也是杀人案的嫌疑人。她是个话剧演员，正在扮演的角色是莎乐美。最后一次演出结束后，她在雨中驾车回家。她跟警察说几乎没喝酒，但实际上是醉酒状态，临出发之前还吸过大麻。开车的途中她心情忧郁，甚至在瞬间感到了自杀冲动。然后她撞了一个男人。幸好这个有点儿傻头傻脑的男人没给咪咪制造什么麻烦，只要求她送自己回家。两人到了坐落在一块偏僻的空地上的仓库前。好吧，整理出来，情节大致就是这样。可是柳咪咪后来怎么会杀人的呢？而且还是一个好心好意的、让自己得以摆脱困境的人。后来到底发生了什么事呢……

男人的憨傻形象会不会只是面具？一进家门，他就摇身变为色狼袭击她，或者拿醉驾的问题威胁她，然后在激烈的肉搏过程中，她把男的杀死了。要不然就是男人的家里藏着价值连城的宝贝，而男人并不知道宝贝的价值，她为了夺宝，杀死男人后，巧妙地伪装成正当防卫。比较容易想到的故事就是这些，可是都太寡淡无味。书名可是叫《悬疑俱乐部 Q》啊。他们两人之间应该存在更紧密的联系。再回到发生车祸的道路上。一对瘦骨嶙峋的雨刷喘着粗气扫去掉落在车窗上的雨水，被浓密的雨雾截掉了树桩的大树在空中漂浮……会不会，男人一直都等在急转弯的路上，挑这个时候故意冲到她的车前？其实，男人以前就认识咪咪。

4

男人下了车。咪咪也跟着下车，踌躇不安地站在车前，挡住车牌。

“进来喝杯热茶再走吧。您都湿透了，怕要感冒的。”

男人不等她回答，就一瘸一拐地走进了仓库。两扇大窗户忽明忽暗地闪了几下之后透出了灯光。水泥砖盖的破旧仓库好像一条趴在地上的老土佐犬，只有眼睛在转动。咪咪不想走进那个地方。不是因为恐惧。她相信就算那男人突然变成色狼，自己也完全能够制住他。她想逃避的是对自己的厌恶。因为如果亲眼看到这个精神不大健全的男人困窘的生活，会令她自己更显得寒酸。刚刚她还表现得好像可以马上超然地跳下悬崖，可是一转身就开始可鄙地转着念头，只想维护哪怕只剩下残片的人生。咪咪觉得活着这些年来，她已经够厌恶自己了，不需要再添补理由了。还是直接走掉算了，在门口留下一点买药的钱……她淋着雨正在犹豫的时候，不知哪儿袭来一阵浓郁的花香，包围了她。那花香分明是从门缝里泄漏出来的。咪咪受着花香的吸引，走近仓库。

仓库里面是另外一个世界。整个仓库就是一座人造的花园，里面摆满了各色各样的兰花。天花板上开着四个大采光窗，像温室一样看得到外面的天空。光是大大小小的花盆就足足有两百多个，养在原木和岩石的苔藓上的兰花更多。有的花绽放着一层层像饺子皮一样的白色花瓣，有的花像吐着舌头一样垂着长长的红色花蕊，有种淡紫色的花长得好像仿古的丝绸钱袋，还有种黄花羞答答地落在星星形状的花托上，又有种花长着一串串的橘黄色花穗，好像挂在屋檐下的风干柿子……

“我这些姑娘们都挺性感，对不对？请您尝尝这个，这是用春兰煮的药茶。”

男人递过来一杯热气腾腾的茶。茶里也散发着浓烈的兰香。

“您是经营兰花圃的吧？”

“什么花圃，就是个业余爱好，爱好。不过因为大部分都是野生兰，我倒的确是吃了不少苦头，也花了不少钱。还因为擅入什么保护区，坐过好几次大牢。这些小家伙都是生在野草丛里的，偏偏装扮得这么美艳妖娆。”

男人的视线瞟向咪咪的胸脯。被雨淋湿的衬衫紧贴在身上，令胸罩的轮廓纤毫毕现。咪咪干咳了几声，悄悄地用拇指和食指把衬衫扯了起来。

“不过，我不该管这些兰花叫‘姑娘’的。兰花的英语是‘奥奇德’嘛。奥奇德，据说这个词儿是从希腊语‘睾丸’来的，是说兰花球根很像男人的睾丸，嘿嘿嘿。”

男人笑起来，嗓子里像含着口痰似的。脸上细碎的皱纹像一群松毛虫一样蠕动起来。咪咪毫不掩饰厌恶的神色。不过男人并不在意，继续口沫四溅地给咪咪上兰花课。他先介绍了一番蜈蚣兰、尾瓣舌唇兰、细毛火烧兰等稀有品种，接着又说起种种关于兰花的奇闻逸事，诸如据说生长在南美洲偏僻地区能致人死亡的神秘的绿兰花，杨贵妃其实很胖，长得也丑，是靠身上的兰香吸引了玄宗，花图里五月那张牌上画的并不是兰花，而是菖蒲……咪咪跟着他走，只是敷衍地点着头。四周都是美丽芳华，更显得男人又老又丑。他干吗非把擦过血的那条围巾缠在手上……咪咪平白无故地别扭起来。就连密密匝匝的兰花也没有四君子之一的隐士气度，只散发出一股子浅薄的阴气。它们竞相咧着嘴儿喷吐的香气让咪咪胃里一阵翻腾。

“您看这儿，这叫鹭兰，是我最爱惜的小家伙。”

咪咪弯下腰细看男人指着的白花。

"这样子真像是白鹭在飞，对吧？这小家伙很宝贝的。知道的人就是发现它，也都不说出来的，就怕别人碰。"

花瓣分成三股，分别像两只翅膀和一个头，的确是一只鸟展翅飞翔的形象。翅膀末端像真正的羽毛一样有极细的丝络，好像随时都会拍打着翅膀飞起来似的。

"怎么样，好看吧？啊？"

他的语气像个在跟人炫耀听写分数的小淘气包，咪咪忍不住皱起了眉头。

"是，很好看。不过美归美，这鸟儿终究是不能飞的。野生兰花还是在野生状态时更美，像这样，都弄到一个地方来，不知怎么总觉得……"

男人没有应声。咪咪回头看去，才发现男人面目扭曲，满脸涨得通红，像晒在阳光下的黏土头像一样，僵固在脸上的皱纹开裂，变成了一道道的划痕。

"对……姑娘说得对。"

男人有气无力地嘟哝着。

"可不是么，野生兰野生才叫野生兰，呵，蠢货，我是干了蠢事儿。"

"不是的，我不是那个意思……"

咪咪慌了神，不知该说什么好。男人一瘸一拐地走过来，不等她拦阻，当着她的面，一把攥住了正在拍打着翅膀的小花。白鹭被肮脏的大手碾碎，吐出最后一股凛冽的香气。男人跟着把旁边的淡紫色的丝绸钱袋花也打到了地上，然后又向旁边挪动一步，把手伸向黄花。

“住手！”

男人瞪大了眼睛回头看着她，反倒是一副受了惊吓的表情。咪咪深吸一口气，把头发拢到脑后。空气沉闷得很。她无意中吼出的声音听起来特别尖锐，让她更加生气。花是他的，他毁不毁掉关我什么事呢……花香弥漫在沉重潮湿的空气里，搅得她胃里翻江倒海。她现在只想尽快离开这个仓库。咪咪潦草地在即时贴上写上自己的电话号码，把钱包里的纸币一股脑儿全掏出来递给男人。

“钱没多少，您拿着买药吧。回头如果身体出现问题，您可以打这个电话给我。”

咪咪转过身，朝着大门飞快走去。

“哎，喂，等一下……”

身后，男人有些迟疑地喊她。咪咪停住脚步。

“这……不是柳咪咪小姐家的电话号码啊。”

“那人飞快地逼近我的身后，把围巾缠在了我的脖子上。我根本不知道发生了什么，只觉得无法呼吸，像要睡过去了似的，意识变得模糊，接着就失去了知觉。”

我用掌心抚摸着脖子，似乎还能感觉到慢慢勒紧的亚麻围巾粗糙的触感。那条沾着我的唾液和那男人血液的围巾，现在在哪儿呢?

"重又醒过来的时候，我发现自己在舞台上。"

"舞台？"

"是的，我之前没有注意到，原来仓库的角落里有个舞台，熄着灯，一片漆黑，设置在天花板上的聚光灯照在我的身上。衣服……也给人换了，换成了我在《莎乐美》中穿的剧装。"

"您的意思是说，那个人认识您，对吗？"

警察拖过烟灰缸，很响亮地吐了一口痰。

"是，他说他到剧场来过。"

"昨天吗？"

"他说每天……每天傍晚，他都在观众席里看着我。"

"您是很有名的演员吗？"

警察似乎也觉得自己的问题有点儿太笨拙了，又尴尬地找补：

"啊，我的意思是说，那个，像那样……"

"不是的，我只是个无名演员，以自由职业者的身份参加一些草台班子的演出。这个戏也是因为受一个认识的导演拜托，十分突然地决定参演的。戏上演的过程中，观众席一直冷冷清清。大概就是特意去找，都很难找到看过那部戏的观众。”

“如果他每天都来，应该很引人注意的，您没在观众席上看到过他吗？”

“他说他总是亮灯之前就离开，在演到我死亡的那个场面时。”

警察用打火机的棱角蹭了蹭鼻梁，不知道是在等我接着说，还是在想心事。

“我一个人站在舞台上的光圈里，精神恍惚，一开始以为自己已经被勒死了呢。电影里不是常常有这样的情节吗，死后站在审判台前……”

“是什么内容，您那个《莎乐美》话剧？”

警察打断我的话头。

“《莎乐美》是……奥斯卡·王尔德根据圣经故事改写的剧本。负责企划的导演信奉正统戏剧风格，所以最终的舞台演出最大限度地保持了原作的感觉，也因此没有太多的卖点。原著本身比较短，内容也不大能引起现代观众的兴趣。”

“是什么内容？”

我叹了口气。他是要在这儿跟我讨论奥斯卡·王尔德吗？我把燃烧了一半的烟按熄在烟灰缸里，又衔上一支新的烟。警察伸长手臂用手里的打火机给我点着火。我朝他的头上长长地吐了一口烟。

“您查案还需要知道这个吗？”

“是，有时候需要。”

警察也衔上一支烟，点上火。火光中看得到他的白眼仁上横七竖八地布满了血丝。从两个方向分别吐出的烟雾在桌子上空摇摇摆摆地纠缠在了一起。我端着马克杯，透过灰蒙蒙的帐幕看着对面的他。这个喜怒不形于色的警察现在是不是也正沉溺于他自己秘密的快乐当中？他在这个密闭的审讯室里，坐在嫌疑人的面前，随便塞给对方一杯这样甜腻腻的廉价咖啡，然后一层层地揭开对方的面纱，揭露犯罪的真相，是不是同时也暗自觉得兴奋？

“莎乐美是犹太公主，王后希罗底和继父希律王的女儿。有一天，她看到狱中的施洗约翰，一见钟情。她向约翰诉说爱情，并向他乞求一个吻，却遭到了无情的拒绝。约翰反而义正词严地诅咒和批判她。越是这样，莎乐美的爱情就越热烈。莎乐美向希律王献舞，并得到了希律王的许诺，无论想要什么都可以得到。因为希律王一直对莎乐美心怀迷恋，非常想看她跳舞。莎乐美跳了一场性感的七重纱舞，作为代价，她要求希律王砍下约翰的头颅，装在银盘里。希律王拿出世界上各种珍贵的宝石，想劝她改变心意，可是她想得到的只有一个。希律王不得已履行了诺言，莎乐美最终亲吻到了约翰被砍下的头颅。”

“哇，那才是真正的爱情。仅仅为了一次亲吻，甚至可以砍下对方的头颅，不是吗？”

声音在黑暗中回响。那声音来源的方向与距离都无从估量。咪咪无法摆脱包围着自己的光圈。她觉得自己一旦跨出聚光灯的光圈，身体就将融化、渗透到黑暗里。我是在做梦吗？咪咪按住太阳穴，努力集中精神。几百簇兰花散发出的浓烈香气仍然弥漫在周围。

“你在吻那个砍下来的脑袋之前有一句台词是吧？念来听听。”

“喂……你，你这是要做什么？”

“咳，不是这句。爱情的神秘远远超越死亡的神秘。我觉得柳咪咪小姐就念这句台词的时候最棒了。”

“那不是我，是莎乐美的台词。”咪咪极力克制着颤抖的嗓音。“嗯，您似乎很喜欢我们的话剧……非常感谢。不过，您不能把戏剧和现实混为一谈。我不是莎乐美，我只是一个叫柳咪咪的演员罢了。”

一瘸一拐的脚步声传来。接着是椅子吱吱扭扭的声音。咪咪转动着眼珠扫视着黑暗。她想找到门的位置，可是因为打在身上的那道光，她什么也看不到。

“咳，知道，这我还是知道的。你看我像是脑子不正常、大小便失禁的神经病吗？当然，你不是莎乐美，你是柳咪咪。事实上，你的演技也糟透了。每场动作都随心所欲，发声时好时坏，视线处理不稳定，让观众根本没办法投入。你知道为什么吗？”

老天，他难道是要把我监禁起来指导演技吗？咪咪暗自怒火中烧。

“我不知道自己竟然演技那么差。为什么？”

“你啊，你是在渴望莎乐美。你贪婪地想把她的爱情、她的愤怒、她的疯狂，还有她的毁灭都占为己有，就像莎乐美渴望约翰一样，嗯？要知道，渴望是需要距离的，因为只有这样，你才能认清自己的欲望，只有这样，你才能喀嚓一声割下对方的脑袋。”

黑暗中回响的声音究竟是不是刚才那个男人的，咪咪也不敢确定。很像，但是这个声音听起来更鲜明，更铿锵有力。

“你的演技的确很糟糕，不过至少高潮部分还是值得一看的。我是指你抱着约翰的脑袋，滔滔不绝念独白的那个场面。从割下的脑袋上流出的血浸湿了你的身体，死者青紫的嘴唇和你的红唇……哇，真好，好得很。我看了一遍又一遍，可还是觉得像过电一样刺激。每次等你倒在舞台上，我走出熄着灯的剧场时都在想，啊，她是不是真的死了呢……说老实话，我希望你真的死掉。

我希望你像莎乐美一样，在最美的瞬间选择死亡，从而真正地和她融为一体。”

他的语气斩钉截铁，直截了当，再也不像糊里糊涂的酒鬼在胡言乱语了。

“可是，第二天你又准时无误地出现在十五的月亮照耀着的辉煌灿烂的舞台上，穿着白色的晚礼服，叽叽喳喳地抱怨无聊的宴会。我又只能在欢喜和遗憾中再一次看着你。”

击打着屋顶采光窗的雨声听起来好像座无虚席的观众席上的欢呼声。湿漉漉的潮气，与潮气混在一起充斥室内的淫荡的兰香……咪咪用晚礼服袖子擦了擦额头的汗珠。

“喂，我为什么要死？那只是演戏而已。在舞台上照着剧本演的戏码，是我赚钱糊口的职业。如果说我的演技蹩脚……”

“你在舞台以外的演技更加蹩脚。”

舞台以外？咪咪觉得一阵眩晕，跪倒在了地上。舞台就像在一刻不停地旋转着一样。

“你……是什么人？”

“三流，无法可想的三流。每当我看着你在日常生活里那样糊涂度日，然后走上那巴掌大的舞台，用你燃烧着的眼神渴望莎乐美的时候，我是怎样的感受，你知道吗？我觉得伤心，非常非常伤心。”

“你到底是谁！”

“是，你自己想必也很难受。每个夜晚，莎乐美都通过你的身体复活，热烈地燃烧自己，在最灿烂的时刻消失，可你自己却成了她的影子和傀儡，拖着剩下的躯壳走来走去……”

“闭嘴！我才不是影子！”

咪咪涨红了脸和脖颈。一想到就连自己现在这个样子也都给那男人看在眼里，她就越发感到愤怒。

“疯子，关于我，你又知道什么了！我能按照自己的意志生活！我和你这种疯子不一样！”

黑暗中传来哧哧的笑声。咪咪似乎看到了男人发黄的犬牙。

“疯狂也是一种意志，柳咪咪小姐。”

5

对于两人的关系，我设想了好几个脚本。其中之一是把男人设定为蹩脚的杀手。杀手停车正要除去作为目标的女人，却被车撞了，伤了头，闹出了许多故事。这是个黑色幽默。这样的安排比较符合我的个人取向，却和前半部分的气氛相差太多，只好放弃。还有一个版本，说他们二人是自幼分开的龙凤双胞胎，同日同时出生，互为分身一般，两个人多年后重逢，却因为彼此之间存在的一个可怕的秘密，而必须毁灭对方。这是因为有一天妹妹说要加班晚归，饿得我前胸贴后背，她回来的时候却一身酒气，我就构思出了这么个故事。那天她喂我吃饭前刷过牙，还用漱口液漱过口，却瞒不过我自从手术后变得像狼狗一样敏锐的嗅觉。下酒菜是烤大肠。这个构思反映了我当时的心情，有点儿半开玩笑的性质，不过出乎我意料的是，效果还不错。但问题是双胞胎里死掉的是男的，所以也被我弃用了。最后我突出了女人是个演员这一点，把男的设计成了一个跟踪狂。从谈到电影《苦月亮》的部分，可以看得出他对自己热爱的对象有过度执着的偏执狂心理。而且和我看过的前半部分的气氛也还比较符合。这么一看，《苦月亮》里的咪咪和莎乐美公主的个性还真有些相似的成分。

想象剧场的效果很不错。时间过得飞快。偶尔我甚至忘记了自己是蒙着双眼躺在床上。可是，我一边续写着故事，一边回想起那本书的时候，总是觉得有什么地方不能释然，那是一种像是有根柔软的羽毛在轻轻地搔着大脑皮层似的痒痒的感觉。当时我没有在意，但我的潜意识却从书中察觉到了某种奇怪的迹象，并向我发出了信号。打个比方，那种感觉是这样的：您坐在纽约洛克菲勒中心的咖啡厅里吃早午餐，读着《纽约时报》上关于世界金融危机的报道，窗外有什么东西倏然掠过。您看了一会儿窗外后，就又把视线收回到报纸上。唔，世界金融危机很严重嘛。可是仔细想想看，刚才经过的分明是一个骑着马、高举着剑的蒙古士兵……蒙古士兵的真面目，我决定以后到图书馆从书上细细地查寻出来，眼下也只能忍着痒，继续编故事了。

我们的满脸皱纹的跟踪狂每天都到剧场去看着她死亡，不，看着她化作莎乐美迎接死亡。他那疯狂的纠缠并非只限于舞台。舞台以外，他也一直都在偷窥着她的一举手一投足，静静地，屏住呼吸，如同文身，如同伤疤。然后，就在演出结束的当天，他伪装车祸，策划了一次绑架。弥漫着兰花香的偏僻仓库，舞台聚光灯下的她。我埋身在黑暗的观众席上，心想，这果真就是全部吗……

6

“他非常平静地讲起我都去过什么地方，做过什么事，见过什么人，甚至知道我房间梳妆台上的芭比娃娃、衣柜里的米老鼠睡衣……我只觉得背脊上阵阵发寒。”

“像这种跟踪狂，通常都会主动显示自己的存在，您没接到过匿名信或是电话吗？”

“从来没有。我一点儿感觉都没有，所以才更觉得可怕。我觉得他不是个活着的人，而像是……身上的文身或是疤痕之类的东西。”

警察自己点了点头，又问道：

“他说他是什么时候第一次见到柳咪咪小姐的？”

“他说……他是在街上张贴的海报上看到我的。海报是提前张贴的，所以大概有三个月了。他说一看到海报上的我，就产生了一个愿望，让他愿意付出自己的一切……”

每吞下一口烟，都带给嘴里的伤口一阵烧灼感。血已经止住了，可是嘴里仍然像刚咬了一口没熟透的李子一般，残留着酸涩的余味。

“那人根本就是个神经病。他自己突然就兴奋起来，说些莫名其妙的话……”

“具体来讲，他都说了些什么？”

我想了一会儿，然后摇了摇头。

“不知道。我自己也正魂不守舍，哪里听得进去他在胡说八道些什么。我就只记得一句话，他说想把适合我的死亡作为礼物送给我。”

“那是什么意思呢？”

“能有什么意思。我跟您说了，他就是个神经病。他的意思大概是说最后一场演出已经结束了吧。他一直都把我和话剧里的莎乐美混作一谈。”

一直悬在香烟上的长长一截烟灰掉在了书桌上。烟灰像被火烧了的毛毛虫，蜷缩成一团儿，一丝烟雾缭绕升起。

“可是，警察先生，那个男的，那男人的尸体真的在那块空地上吗？您是亲眼看到的吗？”

警察愣愣地看着我。

“是，我去现场查看过了。现在鉴定小组已经把尸体运走了。您干吗问这个？”

我把桌上的烟灰吹到地上。

“不知道。我到现在都没有真实感，不知道那件事是不是真正发生过。我觉得就像刚做了一场噩梦……”

“你到底想要我怎样？”

黑暗中，男人一瘸一拐地走来走去。

“我不想要你怎样。我只想送你个礼物，送你适合你的死亡方式。”

随着咔嗒一声响，又一只聚光灯打开。第二个光圈打在舞台上的一张桌子上。银盘上约翰被砍掉的头闭着眼睛。正是她每天晚上都亲吻的那个头颅。

“约翰，我还活着，你已经死了。你的头颅现在属于我了。我可以随心所欲地处置，我可以抛给恶狗，也可以掷给飞禽。”

男人用夸张的语调朗诵着台词。咪咪凝视着约翰的头颅，下意识地开始跟着黑暗中传来的声音一起喃喃念诵起了台词。

“所以，你已见到了你的神。约翰，但我，你却没有看我。”

约翰的头颅旁边有样东西在闪闪发光。却是把刀背上有锯齿的登山刀。咪咪拿起刀，刀刃上流淌着冰冷的蓝光。

“你让我拿这个……做什么？”

“我跟你说是礼物嘛。”

“你是要我划了脖子吗？”

“划脖子当然是最稳妥的。”

“我为什么要那么做？”

“因为今天是最后一场演出。”

“如果我不愿意……”

“我会替你下手。到那时候，事情就将变得丑陋多了。”

咪咪握住刀，把全副精神都集中在黑暗中传来的声音上。那声音有点儿像从远处通过扬声器发出来的，又有点儿像在耳边低语。一滴汗珠顺着脊梁飞快地滚落。

柳咪咪，你一定要保持冷静。

“听我说，你想要的是莎乐美，那个充满激情的公主。我只不过是，如你所说，一个没什么特别的三流演员而已，而且演技还很糟糕，这个角色也是纯属偶然，不知怎么就到我这儿的。其实，因为角色不合适，我本来都不想演的。”

“咳，你骗人。”

“真的。我听说本来定的是另外一位演员，但对方临时反悔了。导演，叫作姜敏规的，因为和我比较熟，所以才挺突然找到我。一开始因为时间太紧迫，我也拒绝了，可又说酬劳可以预付……”

“你这么说就太让我伤心了。这部戏费了我多少精神筹划啊！我亲自编写剧本，拉来姜敏规做导演，挑选能跟你搭戏的演员，租借剧场，你的每件剧装、每个道具，那个约翰的脑袋也是我亲手制作的，钱也花了不少，都是只为了你一个。”

“什么……你……为什么……”

咪咪说不下去了。她觉得仿佛脚下突然塌陷，自己就从原地直往下坠落。黑色的大坑比想象的更深。

“已经十一年了。哈，岁月真快啊。真快。那天你不知道有多么美丽。光芒耀眼。我忘不了坐在观众席上所感到的喜悦。不要说忘记，反而随着时间的流逝，只有那个瞬间变得越来越鲜明，甚至抹去了别的时间。因为就在那一瞬间，我已经破碎的人生又重新有了意义。我愿意为之付出一切的意义。”

咪咪四肢运力，勉强支撑住身体。施洗约翰不知什么时候睁大了眼睛。脖腔里流出来的血汪在银盘里。

“那时候你和莎乐美之间没有距离，因为你不是在渴望莎乐美，你自己就是莎乐美。不，倒好像是莎乐美在嫉妒你。哈，精彩极了。可遗憾的是……就只有那时候而已。那是最后一次。刚下了舞台，你就跳进了恶臭冲天的垃圾桶里。为了得到一个电视剧里的小角色，你就像个娼妓一样四处献身，你像个艺妓一样在浪荡的富家子弟之间周旋，你甚至吸毒成瘾被送进监狱，患上抑郁症在医院进进出出……真是，什么都干。”

男人的声音像从洞穴深处传出来的一样，在四面八方引起回声，仿佛无数只蝙蝠在围绕着咪咪拍打着翅膀。

“我坐在观众席上，一直看着你，静静地，屏住呼吸，就像是你身上的文身和疤痕一样。我只介入过一次。大概是在你二十四岁那年的春天吧。那天你醉酒以后，吞下了大量的安眠药，你还记得吗？虽然不是肯定会致死的量，但放任你一个人在那里还是很危险的。你也得为观众考虑考虑嘛。就那么结束不是太平淡了吗？”

咪咪驱赶着蝙蝠群，追随着那声音朝着洞穴里、朝着那大张着嘴巴的黑暗走去。

“也还是挺有意思的。怎么说呢，感觉好像是在看一场演了十一年的话剧。可是，这事儿变得越来越乏味，用不着施洗约翰预言，你的未来也是显而易见的。继续看下去呢，又觉得心里不舒服。怎么办呢？只能让它落幕啦。不过，我也跟了你那么久了，随随便便就这么结束，未免太那个了。我可不是无情无义之人。一部话剧一定得有高潮。于是，我就决定最后一次把莎乐美作为礼物送给你，嘿嘿。”

咪咪不停走着，可怎么也找不到那声音的主人。不知不觉间，蝙蝠群消失了，就连洞穴也消失了，声音开始从她自己身体的深处传出。咪咪抬起手抓住头发。又一波偏头痛开始了。一只蜂鸟把尖尖的喙戳在她的头盖骨上，叽叽喳喳地叫着。

“你是说……你一直都在看着我。”

咪咪清清嗓子，对着黑暗中的观众席说，像平时在舞台上所做的那样。

“足足十一年……你怎么不早跟我说话。如果你伸出手来，也许我就不那么孤单了。”

“伸出，手？”男人像打了个嗝似的反问道，“我？……为什么？”

“还能为什么……你不是说我是你唯一的意义……”

黑暗中传来一声哧笑。

“啊，这位小姐听不懂人家说话啊。我着迷的是舞台上的莎乐美，不是舞台下的三流演员柳咪咪。你不能把话剧和现实混作一谈。”

咪咪低下头，咬住了嘴唇，忍不住一阵苦笑。没错……我现在只是三流演员柳咪咪。咪咪伸直了腰，正面迎向照射着自己的灯光。那灯光真的像每天晚上都挂在舞台上的那轮辉煌灿烂的圆月。今天是最后一场演出。被砍了头的施洗约翰在身后怒吼。

“你不害怕吗，希罗底的女儿？我不是告诉过你，我听到宫廷里有死亡天使振翅的声音，他不是已经来临了吗，那死亡天使？”

咪咪举起了握在手中的刀。光滑的刀刃看上去是如此坚定，如此自信。它仿佛在点着头说，一切都交给我吧。咪咪把刀刃比在脖子上。四周的黑暗屏息静气地看着她。只有雨滴击打着天窗，发出喧哗的欢呼和如雷般的掌声。她轻轻加力，冰冷的刀刃割进了柔嫩的皮肤。血管跳动着推开了刀刃。

瞬间，仓库的内部像黑白负片一样在咪咪眼前闪过。紧接着传来一声雷鸣。那雷声如此响亮，仿佛天空都被揉得皱成了一团，残影像沉入泥潭一样，缓缓地消失了。咪咪深深地吸进一口含着兰香的湿腻腻的空气，停顿一下，而后猛地把吸进的空气推出。锐利的尖叫声在仓库里引起长长的回声。她把上身往前弯曲着，持续不断地发出尖锐的金属音。尖叫声停，重又伸直腰的时候，咪咪的脸色变得十分苍白。她软弱无力地把刀扔到了光圈外面的黑暗里。

“求求你放过我。”咪咪跪倒在聚光灯圈里。“一切都是错的。”

“啊……什么？你在说什么？”

男人不自然地挑高尾音说。

“一切都是错的，你所看到的我的人生……”

“你又想玩儿什么花招？这不是你的风格嘛。”

“我不想死。我不想就这样结束。”

“别担心，死亡只是过程而已。”

“我还有好多事情想做。”

“你没有。”

“就一次，求你再给我一次机会，然后再继续观察我。”

“哎，看了你十一年，我已经够了。不要让我失望。”

“求你了，放过我吧。”

“起来，快。”

“只要饶我一条命……”

“起来。”

“求你了……”

一滴泪从咪咪的脸上流下，接着又是一滴。伴随着哽咽声，整张脸很快就布满了泪痕。咪咪扑倒在地上，肩头耸动。黑暗中传来椅子摔倒的声音。错着拍子走来走去的脚步声越来越快。越来越粗的呼吸声像是在压制呕吐的声音。一瘸一拐的脚步声朝着舞台走近。

“啊哈，你竟然这样。我，我为了你，准备了这样的机会……”

就在脚步停止的瞬间，咪咪将蜷缩的身体朝自己扔下刀的方向用力弹起。额头撞上了一块硬邦邦的、凹凸不平的东西，悬在舌根的一声短短的尖叫在耳边迸发。咪咪朝着刚刚在瞬间的光明中闪过的大门方向奔去。摔倒、断裂、破碎的声音回响在仓库里。脚下，被践踏碾碎的兰花吐出刺鼻的香气。

7

还有一件事要讲。就在咪咪逃出仓库，故事接近尾声的时候，接连发生了两件怪事儿。事儿倒不算什么事儿，怪是真有点儿怪。

当时我刚吃了权作午饭的紫菜饭卷和饺子，正躺在沙发上，想象着紫菜饭卷和饺子披着一身胃液正在渐渐融化的光景时，我的手机忽然响起。一个年轻女人问知是我本人后，就开始不分青红皂白地指责起我来。

"您怎么可以把别人的故事随便写在书里？"

从她的语气可以听得出来，她非常气愤，但出于基本的教养，正在最大限度地克制自己。

"您说什么？"

"《她的发条》。"

"啊？为什么……"

事情是这样。几天前，她在图书馆读到一部出版于五年前的小说集，发现里面一篇题为《她的发条》的短篇小说里，描写了和她的经历完全一样的故事，感到十分愕然。虽然只是小说，可是未经当事人同意，就曝光人家的隐私，未免不大合适吧？她抗议说，您连最低限度的职业道德都没有吗？我默默地听着，试图领悟她的意图。是读者看完小说后闲极无聊打来的恶作剧电话呢，还是真有一个人纯属巧合地和我小说的主人公有过完全一样的经历？因为那篇小说百分之百是凭想象写出来的。

"您至少要做些文学加工吧？讽喻、隐喻什么的。您把听来的故事照原样写出来，也算是写小说的？"

"您不说我也早就不写了。"

“啊，是吗？为什么？”

“不为什么，私人问题。”

“先不说这个，那个故事您到底是听谁说的？”

“泰民，朴泰民，在广告公司上班的那个。”

“我就知道是这样。他一个大男人偏偏嘴这么碎。”

肯定是恶作剧。因为在广告公司上班的朴泰民是《她的发条》里的一个人物，也百分之百是虚构的。一个真的人纯属偶然地和小说主人公经历过完全一样的故事，她还纯属偶然地有一个朋友和小说里另外一个人物的名字、职业也完全一样，这种概率根本无须考虑。我确定她是恶作剧之后，心里放松多了。我刚好正是百无聊赖的时候，就和她聊了好一阵子，诸如文学加工啦，隐喻和讽喻什么的啦。她对人物的分析，十分投入的演技，就是去当演员也毫不逊色。我甚至觉得自己真是在和《她的发条》的女主人公说话，不但性格、语调一样，就连声音也完全和我想象的一样。小说里的人物打来电话！竟然有这样的事！她大概是气已经消了，还悄悄地把小说里提到的那个事件的后续情况讲给我听。

“哦，原来是这样一个结局。”

“是啊，这是我自己公开的，所以您要是写在小说里，我不会再反对了。”

“好，嗯，如果有机会的话。”

这个恶作剧电话的水平相当高。直到道过别、挂断电话，她都没有表现出是在恶作剧的样子，始终都很认真，实在太认真了。

第二件事就发生在那天晚上。深夜里，我被一阵哐当声吵醒。要知道我的听觉已经变得像蝙蝠一样敏锐。哐当声过后，吱吱，咚！有人越窗而入。没良心的窃贼，竟然挑上我家，随你怎么偷都不够人工费的，连最低限度的职业精神都没有。我一边装睡，一边想着如何应对。在目不能视的状态下，我该怎样对付入侵者呢？乖乖不动？反正也没什么可偷的东西。但是我突然想到了桌子上的笔记本电脑。虽然型号早就过时了，但里面的小说、日记、照片等私人记录可不能让小偷拿去。要不要跳起来怪叫？我可以趁他吃惊的空当奔出去让妹妹报警，可是我能准确地找到门把手吗？不，这样也许会给妹妹带来危险。不如使劲地叫各种人名，装作家里有很多男人似的……我闻到一股花香，不是从窗外吹进来的，分明是入侵者身上带的，像是各种花香混合在一起的浓烈香气。蹑手蹑脚走动的脚步声显然是一瘸一拐地错着拍子的节奏。

我蜷缩起身子，集中起全副精神。脚步声停在了书架旁。抽出书翻来翻去的声音，重又插回去的声音，转动地球仪的声音，拨动衣架上的衣服的声音，走到书桌旁拿起烟盒晃动的声音，翻动桌上台历的声音，拉出椅子的声音，屁股坐下去的声音，打开笔记本电脑的声音……声音在眼皮内侧转换成了像超声波影像一样的图像。一个满脸皱纹的男子握着鼠标开始把保存在电脑上的文件一个个点开来看。隐藏在皱纹里的黑豆一般的眼睛在显示屏的荧光下闪闪烁烁。我觉得自己好像站在舞台上的聚光灯下，被一层层剥去了衣服。我想马上站起身冲向那男子，可是整个人定在床上，动弹不得。自虐性的暴露癖的冲动和窥阴癖的冲动首尾相接，转着圈子。我是想偷窥那个正在偷窥我的入侵者……

“喵呜！”

一声尖锐的咆哮打破了静寂。是流血娘子。它威武地嘶吼着，仿佛在说，老子其实是一只隐藏了真实身份的小老虎。我也下意识地跟着猛然坐起身来。紧接着响起了椅子向后翻倒的声音、慌忙地翻越窗户的声音。我呆呆地坐在床上。只有还没来得及散去的花香仍然在刺激着鼻息。流血娘子跳上床来，用它带着细毛刺儿的舌头舔了舔我的小拇指。

您问我是不是做梦了？我也以为是梦。直到早上妹妹进我房间之前。

“哎，你干吗把笔记本电脑开着？”

8

“我从仓库里逃出来，跳上了车。幸好钥匙还插在车上。我失手了几次才勉强发动了车子。四面一片漆黑，我不知道该往哪里开。地上又泥泞得很，车子开不动。然后……”

声音一停，警察抬起头来。

“怎么了？”

“等一下。当时情况太混乱了，到底是怎么回事来着……对，前灯，我意识到自己没有开前灯，这才开了前灯。那个男人站在灯光里，满脸是血。我直接踩下了油门。他咧嘴一笑，在被撞到之前敏捷地飞身躲到了一旁。车子撞在了他身后的铁丝网上，方向盘压在胸口上，我顿时喘不上气来。”

警察点着头，认真做着记录。

“还没等我缓过神儿，就响起一阵爆炸的声音，接着玻璃碎片倾泻而下。那男人的手忽然从驾驶座旁的窗子伸进来，一把抓住了我的头发和衣领。我像一件行李一样被扯了出去，一个背摔被丢进了泥潭里。那人那么矮小的身躯，力量却大得惊人。我想撑起身子，可是就像被埋在渐渐凝固的水泥里一样，手脚都不听使唤。雨线毫不留情地戳着眼睛……男人走近我，开始一瘸一拐地围着我转圈儿。他低着头看着我，一件一件地把衣服甩脱。那个杂种骂我……是廉价的娼妓。”

男人的裸体在黑暗中闪烁着微弱的光。他每吸进一口气，身体都像注入了空气的救生圈一般渐渐胀大起来，全身结实紧绷的肌肉像天上的乌云一般微微抖动。微躬的肩背舒展开来，不知什么时候，脸上的皱纹也都消失了，绷得皮肤紧紧的。他手里的刀像发光体一样放射着光芒。咪咪挣扎着欠起上身，男人却冲上来按住了她的双肩。打磨得十分锋利的一拃长的刀刃突然袭至眼前。咪咪无法呼吸。刀刃后面黑豆子一样的眼睛靠近过来。他的鼻子和嘴角流下血来。一团软软的异物碰到了下巴尖儿。咪咪全身的体液仿佛都在逆流。血浸的舌头划着红色的轨迹，像一只蚰蜒一般顺着脸颊爬了上来。男人嘴唇微动，在咪咪的耳边呼出滚热的气息。

“好吧，你非要死得像一个廉价的娼妓，那也只能由得你。”

咪咪用拳头猛击男人的颧骨。男人纹丝不动，含着微笑用舌头舔舐着流到嘴边的血。男人猝不及防地一拳击中咪咪的下巴。苦涩的香气直涌到嘴里，咪咪神志恍惚起来。男人的铁拳接连打在她的脸上和胸口上，好像一把铁锤不停地砸下来。咪咪仿佛全身都被碾成了碎片一样疼痛至极。她为了让自己不昏过去，只能把那疼痛当成唯一的救赎，紧紧抓住不放。她眼睁睁地看着砸下来的拳头渐渐染成了血红色。狗杂种……我要杀了你。

“他打我，打我，一直打我。”

我无意识地咬在了过滤嘴上，烟头上的火光猛地颤抖了一下。

“那种软弱无力的感觉……我什么也不能做，只想着自己就要死了。直到这时，他才停止殴打……开始脱我的衣服。他把我的晚礼服扯烂，把胸罩和内裤用刀挑成碎片……”

警察低着头，奋力打着字。花白的头顶接连上下点着。我又衔上一支新的烟。

“警察先生，您想不想知道被强奸是什么感觉？”

打字声戛然而止。

“请您把这个也记录下来。感觉，非常非常，肮脏。”

我用刚吸完的烟给新的烟续上火儿。警察给打字机换上纸，用公事公办的口气说道：

“给您提个醒儿，您这样的陈述有可能不利于正当防卫的认定。”

我们隔着袅袅升起的白色烟雾，相对无语。警察把手放在键盘上，耐心地等着我继续说下去。

“那个家伙面无表情地低头看着我赤裸的身体。他高举起一只手，接着，那把刀就对着我的脸插落下来。”

锐利的金属扎进淤泥里的声音从左耳边擦过。咪咪把眼睛微微睁开一条缝儿，缓缓地转过头。插在地上的刀刃上映出一个陌生女人的眼睛。那眼睛丑陋地扭曲着，充满了恐惧。

这个人真的是在十一年前那天第一次看到我的吗？我觉得更久以前就感到过他的视线。是只有三条腿、整天在街上游荡的那条狗吗？那条总是流着口涎的、像小牛犊一样的黑色大狗……是小时候偷偷捡回来的那个芭比娃娃吗？那个娃娃是我的朋友扔掉的，一条腿外翻着倒栽在垃圾桶里……也许是被我从攀爬架上推下去摔断腿的那个小孩儿。他嘲笑我是煤铺子家的小黑妹……要么就是后屋里那个总是张开双臂吊在墙上的叔叔？他脚上不是钉着钉子吗……我总是一个人趴在那个满屋子都是煤灰的房间里看童话书，一直看到书页都被翻得又脏又旧。对，很可能是跛脚狐狸，抢走匹诺曹五枚金币的跛脚狐狸和独眼猫……啊，我知道了，是红舞鞋少女，那个亲手砍掉自己双脚的女孩儿。真傻，好好的脚为什么要砍掉呢？舞鞋脱不掉，那就一直不停地跳舞好了。不管是在公墓，还是在荆棘丛中，都跳着美丽的舞蹈……可是这苦涩的味道是哪儿来的？

咪咪睁开眼睛。男人下巴尖上的血水一滴滴掉进了她张开的嘴里。咪咪一边细细地咀嚼着混合了男人和自己鲜血的唾液，一边悄悄地朝扎在脸旁的刀伸出左手。两人的视线在刀刃上相遇。她的手就要碰到刀之前，男人飞快地夺走了刀。掐在脖子上的手一松，咪咪又能呼吸了。她瞪大了眼睛，大口大口地喘着气，看着男人黑豆一般的眼睛里映出的自己的脸……咪咪举起攥在右手上的尖利的树枝，拼尽全力对着男人的眼珠刺了过去。指尖感到的震颤划过脊背。

“男人捧着脸滚到了一边。我不停地咳嗽，无法站立，只能爬着逃开。”

“刀在哪儿？”

“刀？”

“您说在刺中那人的眼睛之前，刀被他抢走了，可我看到死者大腿上有刀伤。”

警察用手指着自己大腿的内侧。

“刀……对了，那个家伙滚到旁边的时候，我看到了掉在地上的刀，于是捡起刀没头没脑地就往眼前的肉体上刺了下去。男人倒退了几步坐倒在了地上。他喘着粗气，嘴里喷吐着白色的雾气。他握住扎在大腿上的刀柄怒视着我，扎着树枝的眼睛里流着血和黏液……”

我用掌心抹了一把脸。太阳穴抽搐了一下。

“当时，我看到旁边有一块石头。我什么也不能想，就在他拔出刀，大腿上血喷涌出来的瞬间……我也不知道哪儿来的力气……”

咪咪冲上去把刀刺进了男人的大腿。男人怪叫一声翻倒在地。咪咪也失去重心向前栽倒，不停地咳嗽着，眼珠像要迸裂出来一样。男人身子靠在铁丝网上，吃力地拔下大腿上的刀。大腿上鲜血喷涌而出。咪咪四脚着地向着远处的大路爬去，磕磕绊绊地拖着像装满废铁的麻袋一样的身体。

“咪咪！”

短短的一声叫喊寂寞地回荡在雨中的空地上。咪咪回头去看。男人倚靠着铁丝网而坐，低垂着头。像乌云一般膨胀的威容消失了，重又变回成漏气的救生圈一样皱皱巴巴的猥琐模样。咪咪委顿下来，两手用力拍打着脸颊，发出脆响。她看到泥潭里有一块磨盘大小的石头。咪咪拔出石头，吃力地撑起身体，仿佛一股薄荷香弥漫开来一般，头脑里感到一阵清新的刺痛。咪咪摇摇晃晃地走近男人。男人的嘴里喷吐着不规则的白色口气。他每次吸气，紧绷的血管就像干枯的落叶的叶脉一样凸起。男人的脸上重又布满了皱纹，比刚看到的时候更加老迈丑陋。垂落下来的手里握着从大腿上拔出来的刀，大雨已把刀上的血水冲刷干净。男人歪斜着抬头看咪咪。插着树枝的眼睛里混合着黏液的血像眼泪一般流下来。男人扭曲着嘴唇用仅剩的一只眼睛笑着。

“嘿嘿，雨可真大。”

咪咪把石头高高地举过头顶。凹凸不平的石头仿佛是定制的一般感觉十分凑手。撕得破烂的莎乐美的白色长裙紧贴在身上。

“疯子，要死你死！”

“我到了大路上，拦了一辆过路的车，然后就到了这里。”

现在是几点了？我觉得自己好像是被埋在了沙漠里，滚烫的沙子一直堆到下巴。警察双手举过头顶，长长地伸了个懒腰。

“您先合一会儿眼，等一下再确认一遍陈述的内容。”

警察拿起烟盒，抽出一支烟叼在嘴里，也给了我一支。我们相对无语，只是吸着烟。两个人不停地喷云吐雾，逼仄的审讯室很快就被淹没在了灰蒙蒙的烟雾当中。

“我……会怎么样？”

警察像扇扇子似地扇动着文件夹，把眼前缭绕的烟雾赶开。

“既然是那男的有计划地制造事端，并且还持有凶器，您应该不会有什么问题。当然，前提是现场调查结果得和您的陈述一致。”

我端起马克杯喝光了剩下的咖啡。冷咖啡黏腻腻地贴在了上颚上。

“您是说我撒谎了吗？”

“我不是那个意思。”

警察的嘴角若有若无地动了动。他是在微笑吗？警察贪婪地吸进最后一口烟，把烟在堆满烟头的烟灰缸里按熄。

“有人说过，说真话只是单纯地反复，说谎却是个创造的过程。举例说，就像柳咪咪小姐刚开始说的谎话一样。”

“啊？”

“您说那咖啡很好喝，是吧？”

※

天上下着雨。雨线像用筛子筛过一般，既不变粗，也不变细，均匀地洒落。离大路很远的空地上坐落着一个旧仓库。疯长的杂草折下身子和着雨的节奏抖动着。空地的一边，一个男子躺在生锈的铁丝网旁边。男人浑身赤裸，一丝不挂，四肢呈大字张开，已经僵硬了的身体上闪烁着微弱的蓝光。被碾轧成了黑红色的左眼里竖直插着一根一拃长的树枝。那树枝好像在眼球里生了根，这会儿正要绽放出新芽来一样。他张开的嘴里积满了雨水，像一口泉。

男人的旁边站着一个女人。她穿着撕烂了的白色长裙，垂着两条手臂，低头静静地看着男人。她的周身缭绕着淡淡的水汽。女人用双手把茂密的长发缓缓地拢到脑后，开始绕着男人转起圈来。越来越快的脚步像跳舞一样轻快。

“约翰，你那充满愤怒和轻蔑的双眼，现在却紧闭着。你为何要闭着眼睛呢？睁开眼睛吧！扬起你的眼盖，约翰，为何你不看着我？”

女人的声音越来越高昂。

“还有你的舌头，像是四处喷洒毒液的红蛇，现在不再动了，你再也不说话了。约翰，为什么那条红色的毒蛇不再蠕动了？”

女人骑坐在男人的胸口上。湿漉漉的皮肤互相吸附，雨线抚摸着两人身体的每一个角落。

“约翰，我的一切你都不想要拥有，你拒绝我，你向我口出恶言，你以娼妓待我，我，莎乐美，希罗底之女，犹太王国的公主！”

女人弯腰对准男人的脸，滚烫的气息喷吐在他僵硬的脸上。

“我是贞洁的，你却点燃了我的血液……啊！为何你不肯看着我，约翰？如果你看着我，你就会爱上我。”

女人光滑的手指抚摸着男人皱纹密布的脸。

“爱情的神秘远远超越死亡的神秘。”

女人的红唇俯下，覆在了男人青紫的嘴唇上。远方，天与地伸出光的触须，刹那间交接在一起。交缠在一起的两个躯体瞬间染上了蓝光。沉甸甸地低垂到他们头上的乌云绞扭着身躯倾倒出粗重的雨线。在那无边无际的灰色的团团乌云全部融化、洒落之前，大雨不像轻易就能结束的样子。

9

上帝说，要有光！二十一天后终于摘下眼罩，我觉得好像获得了重生一样。我回收了九百两的保证金，代价是听觉和嗅觉又恢复到了平凡的人类的水准。妹妹说要给我一个机会报答她所赐予我的河海之恩，拖着我去了百货商店。甚至在她摩挲着安娜苏的黑色雪纺绸连衣裙试探我的时候，我都没想到她真的会买。经过那次深夜入侵事件之后，我和流血娘子好像也有了感情，临走那天，小家伙趴在妹妹的肩头看着我，凄切地叫着。是，小老虎，我知道你的真实身份。

几天后我去了图书馆。汉尼拔·莱克特博士拿像要吃了我似的眼神说，近期内最好不要碰书和电脑。可是我哪里忍得住好奇心。到底柳咪咪和跛脚男人之间实际上发生了什么？然而，教育史书架上《教育人力资源研修院三十五年史》和《日本文部科学省白皮书》亲亲热热地肩靠着肩，那本书却不见了。我抱着一线希望把整个教育史书架都翻了一遍，可是没有《七只猫眼》。没有被借走，也不在和索引号相符的位置上。难道是这期间松毛虫又进来过吗……我去问管理员，那本书是不是被搬到了别处。

“没有，没有搬书出去过。有些读者阅览完毕后不把书插回原处，而是随便插到别处，如果是那样，就真的很难找到了。”

图书管理员把紫色角质镜框推了上去，直直地盯着我。我嘟嘟囔囔，怎么有这么不守规矩的人，然后赶快回到了座位上。但一句话终于还是像匕首一样飞来，插在了我的背上。

“请您把逾期的书还回来啊。”

我接连几天都跑去图书馆翻找，但都没找到那本书。不能把《暴雨》的原本和我改装过的《暴雨》比较一番，我觉得非常遗憾。我也上网搜索过，希望可以至少查到故事梗概。可是网上没有任何关于《七只猫眼》的资料，连一行也没有。我还到国会图书馆和国家图书馆的网站上检索过，可全是一场空忙。没有任何关于丛书《悬疑俱乐部 Q》和出版社 π 的资料。我觉得很奇怪。要知道，在现在这样一个信息化时代，像这样深藏不露也并非易事。

故事梗概还在其次，我最感到遗憾的是，没能够揭开潜意识所感知到的异常征兆的真相。我是说，在曼哈顿洛克菲勒中心读着《纽约时报》的时候忽然看到的那个从窗外经过的蒙古士兵。那本书的某个接缝的地方有一点点错位的感觉总是挥之不去。从那缝隙里吹来的风冰冷地打在我的脸上。在我自己也没意识到的时候，一只蝴蝶扑棱棱飞进了我大脑的仓库里。那是什么呢……那本书不见了之后，我反而更加放不下它了。很长一段时间，我都不得不忍受着一根柔软的羽毛搔弄着大脑皮层的折磨。

当偶尔发现潜意识比意识更加精密地发挥作用的时候，想到控制自己的也许不是我所知道的自我，常常令我悚然而惊……大概过了两个月左右，蒙古士兵渐渐被我忘在了脑后。他让出了陈列台的位置，被塞进仓库里，渐渐落满灰尘。意识自我安慰道，那没什么大不了的，不过是旅鼠群的一次盲目的狂奔而已。然而，潜意识却肯定会摇摇头，送上嘲讽的微笑。最后，真相到底还是揭开了。这一次同样也是通过一个偶然的戏剧化装置。跟着松毛虫、《富美子的脚》、日本抢劫二人组、撕裂的视网膜之后登场的最后一个戏码是公共汽车。我站在人行横道前等信号时，那辆公共汽车挡在了我的面前。它借堵车之名，故意一动也不动，就像是为了让我快看公共汽车侧面张贴着的电影广告似的。“您所看到的一切都值得怀疑。追查真相的唯一一个目击者——《幽灵作家》，惊悚片巨匠罗曼・波兰斯基导演作品。”忽然间，一个场面戳中了我的大脑皮层。

您看过一个叫《苦月亮》的电影吗？没看过吗？……那里面的女人也叫咪咪。不过那个咪咪是个法国咪咪。那女的也像姑娘您一样美丽。美是美，可是有点儿吓人。

《苦月亮》也是罗曼・波兰斯基导演的作品。我记得那是部未成年人禁止观看的电影，我和几个都还未成年的朋友是在一个录像厅里看的。我们听说这部电影特别色情才去看的，出来的时候大家都不满意。和我们期待的不一样，电影十分正常。“不管怎么说，往胸脯上倒牛奶，然后用舌头舔的场面还是挺给劲儿的。”外号叫“阿拉伯人”的朋友的这句话，我到现在都还记得清清楚楚。不知是不是外号有预言的神力，这个朋友去年去了迪拜分公司，我们还为他践行来着。当年录像厅的同伴们时隔多年重又聚在了一起。是初中同学，对，我肯定是初三那年第一次看到那部电影的。

回到家里，我上网搜索了一下《苦月亮》。我的猜想没有错。它是罗曼·波兰斯基导演1992年的作品，“奥斯卡和咪咪在巴黎的公共汽车上一见钟情。两人贪婪地渴望着彼此的肉体和灵魂。他们不知满足的欲望越来越颓废变态。最终，致命的爱情走向了毁灭……”我终于发现了《七只猫眼》的奇怪之处。1990年出版的书里怎么可能提到1992年才上映的电影呢？

当然，一个常识健全的朋友一定会这样回答：

“准是你看错了。你不是说那本书的印刷质量很糟糕吗？你那时候眼睛又不正常。”

“是，可是我有个习惯，阅读之前都会先仔细看看出版年份，因为我想知道书是在怎样的大环境下写成的。无论怎么想，我都肯定书上印着的是1990年。何况，如果是‘6’和‘8’，还有可能看错，‘0’和其他数字很少会弄混的啊。”

“那，会不会是印错了？印刷错误是很常见的嘛。”

“又不是正文，出版年份都会错？当然，不是没有这个可能。如果编辑刚好回忆起自己特别辉煌壮丽的1990年，结果打错了字，而出版社和印刷厂的所有员工又全都像鬼上身一般，没有一个人校对出来。”

“反正肯定是两种可能性之一。就常识来讲，根本没有可能嘛。”

说老实话，比起那两种可能性来，一本没有注明作者，封面和封底上只印了一个书名，出版社名为 π，在浩瀚的网络大海里没有任何一条相关资料，因为松毛虫而被偶然发现，随后就不留任何痕迹消失的书，其实是在掩饰着一个奇怪的谜。这样的观点不是更有说服力吗？所以，我没有接受那位虚构的、常识健全的朋友的意见，对那本书的秘密得出了以下结论：

《七只猫眼》呢，其实是一本内容在不断变化的书。就是说，某个人把自己幽闭在书里，不断地写出新的故事，就像幽灵在演奏的变奏曲一样。我在百科辞典上查到的关于圆周率的说明也给这个推论提供了一些线索。“超越数 π 可以计算到小数点以后的任何位，而且绝不重复。”一个可以延伸到无限，且绝不重复的故事链，可以规定最简单的封闭曲线，即，圆……等于说，《悬疑俱乐部 Q》第一卷其实也是无限延长的整部系列。这不正是一部最完美的悬疑小说吗？

为了证实我的推论，近来我只要去图书馆，都要找一找那本书，但是再也没有见到过它。因此，我在这里需要说明的是，我所引用的《暴雨》的前半部分虽说是我那天在图书馆读到的内容，但只能依靠我不怎么靠得住的记忆力还原。可也是，就算我把书放在手边引用，也不能保证一定准确。因为有人在读到这篇文章的时候，原著的内容也已经发生了改变。就这本小说而言，原著的概念是没有意义的。

消失了的《七只猫眼》在哪里呢？是因为某个不守规矩的用户，而在那个图书馆的神学或工学书架上冥想吗？还是它长了翅膀，飞到别的图书馆去了？我也曾想过，是不是找一天把图书馆的所有书架都翻一遍，不过最后还是决定不那么做。因为就我个人看来，后者似乎更有魅力。它从自己的身上抽丝作茧，经过蜕变的过程之后，化为华丽的蝴蝶，翩然飞去。或者是化作了枯叶蛾，翩然飞去。也许有一天，您也会在附近的图书馆里碰到那本书。请您不要错过，务必要翻开看看。也许它的书名已经随着内容改变了，也许出版社和封面设计也变了……

雨不像轻易能停的样子。梅雨带在天上扎下了根，接连几天，电闪雷鸣，暴雨倾盆。我喝着咖啡，看着沉甸甸地低垂下来的乌云，不由自主地想起了他们。闪电落下的远方山脚下的空地上，柳咪咪和跛脚男人是否还在雨中激烈地搏斗……又或者随着内容的变奏，他们俩已经从书里消失了。“不要担心，死亡只是个过程而已。”我不怎么担心你，我只是还想见到柳咪咪。“如果你看着我，你就会爱上我。”哎哟，这位小姐却又未免太超前了。不管怎样，就算你们从《七只猫眼》里消失，也无须难过，因为在我将要以小说的形式留下的关于那本秘密之书的记录里，你们还是会作为主人公登场的。

我怀着有些紧张的心情坐到了笔记本电脑前，在显示屏上建立了一个新的文档。我双手抱肩，呆呆地看着眼前的一片雪原。光标孤零零地站在荒原上，起劲地做着热身活动。第一个句子该怎样开始呢……这是最令人激动也最令人烦恼的部分，为神圣的混沌之神赋予世俗形态的瞬间。冥思苦想之后得到的句子是：“一切都始于一条松毛虫。”还不错。又可以作为献词送给成为一连串可逆反应的起点的那只小毛球儿。可是，我的双手却迟迟无法落在键盘上。好像久置不用的手指稍不小心就会折断，就像寒冬里干枯的树枝一样。我呆坐了一阵子之后，不知怎么就坐在椅子上睡了过去。

我被雷声惊醒，睁开眼睛看时，已经是深夜了。窗外仍是大雨如注。我擦了一下口水，大大地伸了个懒腰，却差点儿没连人带椅子摔个后仰。因为我看到，白色的雪原上有人经过，留下了一串脚印。光标停在句尾，缓着气儿。是我写的吗？似梦非梦之间，我好像敲了几下键盘，又好像没有。如果不是我，那么究竟是谁写下这句话的呢……正在这时候，窗外划过一道闪电。就我而言，一看到这个句子，就觉得一阵毛骨悚然。如果您已经读到了这里，那么，是的，您也准已经知道是哪个句子了。

好，接着讲吧，免得我们睡过去。